Fan
ファン文庫

雨音は、過去からの手紙

著　富良野馨

マイナビ出版

【目次】

Kaoru Furano Presents

雨音は、過去からの手紙

富良野馨

夢との再会

彼女に初めて逢った日は、小糠《こぬか》雨の降る六月始めのことだった。

そのせいか、彼女に対しては水のイメージがある。

音すらなく、頰にあたることさえ判らない、霧のような細かな雨が一面を満たすように降っている、誰もいないしずかな灰色の世界。

彼女の家にいると、自然にそんな場面が頭に浮かんだ。


そもそも何故わたし、朝川季衣子《あさかわきいこ》がその家に行くことになったかというと、住んでいるアパートの向かいでビルの取り壊しが始まったからだ。

なんでもマンションが建つのだそうで、つい数日前にそのビルがすっかりシートで覆われ、いざ工事が始まると、わたしは途方に暮れた。

ビルとアパートとを隔てている道路は、ちょうど一車線半くらいの幅しかなく、重機がビルの壁を打ち砕く度に、アパートの床はずずんと鈍く揺れるのだ。

床が揺れる度に仕事の手を止めざるを得なくなり、わたしはため息をついた。

椅子から腰を半分浮かせて、道路に面した窓にかかったレースのカーテンをわずかにめくって向かいの方向を覗いてみる。

同時にまた、がしゃんと壁が打ち砕かれて、窓ガラスがびり、と震えた。

わたしはもう一度ため息をついてカーテンを戻すと、仕事を諦め、ぺたぺたと素足《すあし》でフローリングを踏んで台所へ向かった。

グラスに冷蔵庫から出した牛乳を注いで、ぐいっと半分ほど一気飲みする。そのグラスを手に、机へと戻ると、かたりと椅子を引いて腰をおろして机の上の刺繍のデザインを見つめた。

もうすっかりイメージは頭の中にできているのに……。

ちらっとカレンダーの日付に目をやって、わたしは眉をしかめた。今回の依頼は姉を介して知り合った人からのものだったし、「絶対にこの日まで」という締め切りがあるものではなかったけれど、だからといってあまり待たせるのも悪い。

今がオフシーズンでまだよかった。これが数か月前だったら青ざめているところだ。納品が遅れでもしたら、お客さんは二度と戻ってきてはくれない。

わたしは残りの牛乳を飲み干すと立ち上がって、軽く伸びをした。

とにかく、夕方になって工事が終わるまでは細かい仕事はできないし……昨日の夜に水につけておいた布の下ごしらえでもしておこう。

そう思いグラスを洗う後ろで、相変わらず騒音と共に家がびりびりと揺れていた。

わたしの仕事は、裁縫屋だ。

それも、子供ものが専門である。

基本すべてインターネット販売で、バッグや巾着、お弁当袋、エプロンなど、それぞれに色は勿論、サイズや持ち手の色、模様もひとつのモチーフで何パターンも選べるようにしている。個人のサイトで他と差をつけるための工夫だ。

もともと子供の頃から針仕事は好きだった。それが高じて、高校や大学の頃は自分の服まで手づくりしていたくらいだ。

そんなわたしと対照的に、姉はこの手のことが苦手だった。

姉とは年が十歳離れていて、裁縫のことも含めていろいろなことが対照的だった。けれどわたし達は小さい頃から仲がよく、明るくさばさばした姉がわたしは大好きだった。

わたしが中学生の頃に姉は結婚し、すぐに子供が生まれ——保育園に入る際に作る、いわゆる『お母さんの手づくりグッズ』を一切合切《いっさいがっさい》、頼まれたのだ。

姪《めい》っ子が可愛くて仕方なかったわたしは一も二もなく引き受け、それどころか頼まれてもいないのに、山のように服やらよだれかけやらまでこしらえた。

それが姪の通う保育園でずいぶんと評判になったようで、姉が「バイト代を出すから、保育園のママ友の分も頼まれてくれないか」と言ってきたのだ。

そのバイト代がかなりよかったこともあって、わたしはそれを引き受けた。

なかにはつくりかたを教えてほしい、と言ってくる人もいて、姉の家で簡単な講習会をやったりもした。最終的には、その園のお母さん達のかなりの人数から依頼を受けるようになったほどだ。

さすがに受験生になった時には依頼を受けないようにしてもらったけれど、毎日机に向かって勉強ばかりしているとどうしても気持ちが行き詰まってきて、気づくとついハンカチに意味もなくイニシャルを刺繍してみたり、余り布を雑巾に仕立てたりと、針を手にしていないと落ち着かない自分、というのがいた。

だから大学に受かってからもわたしはそのバイトを続け――もともとは姉の園のお母さん達だけが相手だったのが、その友達や親戚からさえも依頼が来るようになっていた。

卒業が近くなる頃、なかなか就職先が決まらないわたしに、姉はあっさり言ったものだ。

「きいちゃん、お裁縫で食べていけるじゃない」と。

実のところ、それは薄々自分でも考えていて……けれど同時に、そんなにうまくいく訳がない、とも思っていた。こんな風に、ただ「知り合いの知り合い」という、小さなコミュニティの中だけの仕事に過ぎないのでは、いつかはじり貧になるだろうと。

そんなわたしに、姉は自分の旦那さん、つまりわたしにとっては義兄の弟さんを紹介してくれた。ネット関係の会社で働いていて、販売のためのｗｅｂサイトを作成してくれると言うのだ。

そして姉がそのやたら広い顔を生かして、全方面に宣伝しまくってくれたおかげと、ネットショップに施してもらった検索サイト対策が効いたのとで、卒業の頃にはわたしは大学にいる時間よりミシンに向かう時間の方が長いくらいになっていた。

こんなにうまくいっていいのか、と時々は不安に思うこともあるけれど、でも卒業して三年と少し、今のところ日々の暮らしに困ることもなく、なんとかやっていけている。最近は子供用品を扱う大手の会社から、傘下に入ってブランド化しないか、などという大それた誘いも来ているけれど、正直そんなことは自分の手に余るような気がして、ぐずぐずと話を引き延ばしているような始末だ。

最も多い依頼はやはり入園・入学グッズなので、一年で一番忙しいのは年度末から年度始めだった。後は衣替えの時期にもちょこちょこと依頼が増える。

六月の今頃は、ちょうど暇な時期だった。

それもあって、今回は姉の学生時代からの友人の、お姫様映画が大好きな娘のためにきれいなドレスを作ってほしい、という依頼を引き受けたのだ。

希望を聞いて、白のオーガンジーにピンクや赤の薔薇を刺繍で散らしたものを重ねたスカートに決め、今はその刺繍のデザインを仕上げているのだけれど……この振動では、全く仕事にならない。

いっそ夜中に仕事をしようか、とも思ったけれど、昼間はうるさくてとても寝られたものではないし。

わたしはため息をつきつつ、お風呂場へ向かった。

洗い場で、水を張った大きなタライの中から布を取り出す。

布は洗濯すればどうしても多少は縮む。つくられた後の保管や輸送の間に布地が歪んでくることもある。だからすべての作業の最初に、水通しと布の目をまっすぐに整える地直しとが必要となるのだ。

仕入れた布は、シルクのようなものでなければほとんど最初に水通しをする。仕入れ先の手芸店の店員さんによると、最近の品質の安定した布、特に綿などは水通ししなくても問題はないそうなのだが、それでもやはり、わたしはどうしても気になる質《たち》だった。

大人は布のバッグを洗ったりすることはあまりないかもしれない、けれど子供は汚すものだし、それで洗って縮んだり、むらができる程色が抜けたり、というのはやはりどうかと思う。

それにわたしは、その作業が好きだった。

一晩水に浸した布を軽めに絞って、お風呂場できっちり広げて陰干しにし、生乾きになったらそれにゆっくり、アイロンを当てて地直しをしていく。

波打っていた布の目が立ちのぼる蒸気の匂いと共にすうっとまっすぐに伸びていく。布の端までさあっとそれが広がっていくのを目と手で感じると、まるで地の果てまでもそのまっすぐさが続くような気がして、心まできれいに糸が引き直されていくような心地がするのだ。

縦横がきちんと整った布の目を見ていると、ああ、きれいだな、といつも素直に思う。

それから布に指先を走らせ、手の甲でそっとこすって、端に軽く頰を当ててみる。もしここで肌触りが悪ければその布は駄目だ。

そうしてすっかり布ができあがると、胸の奥がふくふくと幸福で満たされる心地がする。

さあ、ここから何をつくろうか、そういう気持ちが一杯に湧き上がって……けれどそれを、外の騒音と振動がずん、と打ち砕く。

ああ、もう、どうしよう。

こんな訳で、わたしはここのところすっかり途方に暮れていた。

そんな時に、ミナモこと水森梓《みなもりあずさ》がご飯の誘いをかけてきたのだ。


高校の時の友人、ミナモは看護師だ。お互い住んでいる場所が近いこともあって、よく遊びに出かけたりする。が、だいたいひと月に一度くらいのペースで、ついこの間ランチしたばかりなのにこうして呼び出されるのは珍しかった。

ミナモはその日は七時頃に仕事が終わる、と言うので、彼女が働く病院の近くのイタリアンで待ち合わせることにした。

「きいさ、この間、家で仕事できないって言ってたよね？」

ミナモはわたしが店に入った十分後くらいにやってきて、ウエイターがグラスにワインを注ぐのも待たずにいきなりそう切り出した。

「え？　ううん、完全にできないって訳じゃないけど」

その唐突さに目を白黒させながら言うと、ミナモは目を輝かせて身を乗り出してきた。

「あのさ、仕事場とかほしくない？」

いったい何の話なのか、とその勢いに押されながらも、わたしはとりあえずツマミになりそうなものをいくつか頼んで、ミナモの話を本腰を入れて聞くことにした。

ミナモは駅前の総合病院で看護師をしているのだが、担当している患者さんに足を骨折して入院している年配の女性がいるのだそうだ。で、これからリハビリのために専門の病院に移るのだけれど、そこが自宅からはかなり離れているため、近くのマンスリーマンションを借りることにしたらしい。

「多分二、三か月はかかると思うんだけど、その間自宅の管理はどうしたらいいだろう、って相談されて。彼女ひとり暮らしでさ。他に同じような状況になった患者さんはどうしてるんでしょうか、って聞かれて」

「本当、どうしてるの？」

確かに、目下ひとり暮らしで、ふたり暮らしになる予定もない自分にもそれは気になる。まあ、わたしの場合は両親か姉に頼んで時々部屋を覗きに来てもらえばいいけれど。

「だいたい家族に頼んだり、賃貸だったら大家さんにお願いしたり、だよね。でも彼女持ち家だし、身内はみんな遠方にいてほとんどつきあいもないって言うの。便利屋さんみたいなのもあることはあるけど、紹介して、何か間違いあっても困るじゃない？　こっちは責任取れないし」

タコのアヒージョをつまみながら、わたしはうなずいた。

「それでこの間、きいの話聞いて、次の日出勤した瞬間に、あっ、て閃《ひらめ》いた訳。そうだ、きいがいるって」

「え、じゃあ、わたしが？」

話が判って、わたしはちょっと面食らった。他人の家の管理って、いったい何をどうしたらいいのだろうか。

「実はもう、ちょっと話してあってさ。知り合いにこんな子いるんですけど、って」

「ええ？　話早くない？」

「そりゃ本人の同意が取れたらって言ってあるって。ただ、こういう子がいて今こういう状況で、仕事に差し支えがあって困ってる、もしよかったら家の様子見を兼ねて部屋を仕事場代わりに使わせてもらっても構わないかって」

「えええ、そんな、図々しいよ」

「そう？　全然問題ないって、高窓《たかまど》さん」

「タカマドさん、っていうんだ」

　ミナモのこの押しの強引さは高校の時からで、その度に隣でわたしは呆れたり縮み上がったりしているのだったが、本人に悪気が全くないのと、その裏表のない率直ぶりで、当の相手に嫌がられることはほとんどない。常々羨《うらや》ましいと思う気質のひとつだ。

「ほら、きいさ、明《あきら》の保育園グッズ、つくってくれたじゃない？　高窓さんと同室の患者さんで今度お孫さんが三歳になるっておばあちゃんがいて、じゃあその時にはぜひって、あんたのグッズの写真見せて宣伝したんだよね。それを高窓さん覚えてて、あのひとならむしろこちらからお願いしたいって」

「え、どうして？」

ミナモには今年二歳になる甥っ子、明がいて、以前に保育園グッズや遊び着もつくらせてもらった。こうしてあちこちで宣伝してくれるので大変ありがたくはあるのだが。

「写真を見たけどすごくいい品だったからって。頑丈そうで、でも子供の喜びそうなツボやお母さんが子供に持たせたい、と思う雰囲気の両方を満たしててとってもいい、こういう品をつくるひとで、その上、水森さんの友達なら絶対間違いはないから、ぜひ、って」

思いがけない褒め言葉に、はっきり頬に血が上るのを感じた。実際につくった相手やその家族ではない人にそんな風に言ってもらえるとは、なんだかこそばゆい。

そうしてつい、逢ったこともない『タカマドさん』に好ましさを覚えてしまった。我ながら現金である。

「もしよかったらさ、近いうちにウチの病院来てもらえないかな。直接話してみてよ、高窓さんと」

「……ん、判った」

どちらかというと人見知りな自分が、相も変わらぬ友の強引な仕切りにそううなずいてしまったのは、その『好感』の成せる業《わざ》としか言いようがなかった。

そしてその二日後、わたしはタカマドさんの病室を訪れた。

前日から降りはじめた雨は細かい霧のような小糠雨に変わっていて、窓の外はどんよりと暗いモノトーンの世界と化していた。

ミナモに教えられた病室の入り口で、『高窓 晶子』という名を確認する。

ああ、タカマド、ってこういう字なんだ。

そう思うと同時に、何かが引っかかった。

わたしはちらちらと頭の奥で火花が閃いては消えるのを感じながらも、どうしてもその正体が摑《つか》めないまま、お見舞いの焼き菓子の箱が入った紙袋を持ち直して中へと入った。

壁の両脇に、向かい合わせでそれぞれ三台のベッドが並んだ六人部屋。

ベッドの脇の机には物がのっているので、満室なのだろう。しかし、その時はたまたま、他のベッドには誰もいなかった。

一番奥の窓際のベッドに、ひとりだけ。

わたしは何となく声を掛けられずに、部屋を入ったところで立ち尽くす。

彼女はベッドの上に半身を起こして、わたしには全く気づかずに窓の外の灰色の空を見つめている。

ほっそりとしたなで肩の上には綿のように白いカーディガンが掛かっていて、シーツの上に揃えられた手の指が驚く程細く長かった。白さの混じった灰色の髪をゆったりとした一本の三つ編みにまとめて、その端が肩に掛かっている。

凛《りん》と背筋の伸びたその姿はまるで絵のように静謐《せいひつ》で、彼女ひとりですべての世界が完結しているかのようで、わたしはそこに近寄ることがどうしてもできなかった。

「——来たんだ、きぃ」

後ろからの声と同時に肩を叩かれ、わたしは飛び上がった。

ベッドの上の細い肩が、ゆっくりと振り返る。

「あ、ミナモ」

何故だかその顔をすぐに見るのが怖いような気がして、わたしは逃げるように後ろを振り向いた。

目の前に白衣姿のミナモがにこにこと立っている。

「ありがとう。あ、高窓さん、この子」

ミナモは屈託なくそう言いながら、わたしの隣を抜けて部屋の奥に入っていく。

わたしは一度深呼吸してから、恐る恐る向き直った。

「……あ」

口元に小さく声が漏れてしまう。

こちらを向いた高窓さんは、相変わらずシーツの上にきちんと両手を揃え長い指を伸ばしていて、口元には穏やかとしか言いようのない笑みが浮かんでいる。その表情は、先刻見た後ろ姿の印象よりはずっと若いように思えた。

髪に白いものが混じっているのが年寄りめいて見えただけで、色白のうりざね顔にはほとんど皺《しわ》もシミもない。深い二重の奥の瞳がわずかに灰青色を帯びていて、吸い込まれそうな気がした。

「すみません、わざわざ」

「いいえ。高窓さん、彼女が例の、朝川季衣子さん。きい、こちら、高窓晶子《あきこ》さん」

「どうも、初めまして、朝川です」

ベッドの上で頭を下げる高窓さんに、わたしは慌てて部屋の奥に足を運ぶと、自分も大きくお辞儀をした。

「あの、この度は……こちら、お見舞いです」

しどろもどろになりながら紙袋を差し出すと、何故かそれをベッド越しにミナモが受け取って歓声をあげる。

「わあ、ここのクッキー美味しいよね！　きい、ありがとう！」

「えっ、それミナモにじゃないから！」

泡を食って言い返すと、高窓さんが口元に手を当ててわずかに声を上げて笑った。

あ……なんだか、安心する。

それまで相手に感じていた、ぴりぴりとした細いピアノ線のような緊張感がすっと消えて、わたしはほうっと肩の力が抜けるのを感じた。

「いえ、いいんですよ……水森さん、よかったらお味見していってくださいね」

ミナモが手渡した袋を受け取りながら、高窓さんはやわらかい目で彼女を見上げている。

その目線から、彼女がいかにミナモのことを信頼しているかがよく判って、わたしはまた改めて親友の底力を見た気がした。おそらく人見知りはわたしだけでなく彼女もで、その互いの緊張をミナモは一瞬で拭い去ってくれたのだ。

「勿論です！　あ、でも今は仕事あるんで、また後で必ず。きい、また後でね」

ミナモは笑顔でわたしの肩を叩くと、大股にすたすたと部屋を出ていった。

その姿を見送っていると、高窓さんがベッドの上から、大きく反動をつけるようにして細い体を乗り出す。

「どうぞ、お座りください」

「……いえ、そのまま」

見ると、彼女が手を伸ばしてベッドの横の丸椅子をこちらに押し出そうとしているのが判って、わたしは慌てて両手を振った。

「大丈夫です、自分でできますから」

急いでその青いビニール張りの椅子を手元に引き寄せると、わたしはさっとそこに腰をおろして両手を揃えて座った。

薄い唇から小さく笑みを漏らすと、高窓さんもすっと背筋を伸ばして座り直す。

急に耳元に、サーッ、とごくごくかすかなノイズのような雨の音が聞こえてきた。

それは彼女も同様だったのか、ふっと瞳を巡らして窓の外に目線を投げる。

「……よく、降りますね」

思わずそう言葉が口をついて出ると、彼女は少し驚いたかのようにわずかにその不思議な色をした目を見開いてわたしを見た。

「そう、ですね」

そしてその色の薄い唇から、低く落ち着いた声が返ってくる。

「でも……」

と、彼女はまた窓の外へ目を向けた。

「雨は、落ち着きます……守られているような、気がしますから」

思いも寄らないその言葉に、わたしは少し、瞬きをした。

「……今日はわざわざ、お越しいただいてありがとうございます」

そのわたしの戸惑いを感じているのかどうなのか、彼女はまっすぐにこちらを見て、丁寧に頭を下げてきた。

「急なお話で、さぞ驚かれたでしょう。でも水森さんからお話をいただいて、ぜひに、と思ったものですから」

それからその柔和な調子で、彼女は今回の骨折の原因について語った。

彼女の家は郊外にある一軒家で、普段は食材など必要な品もたいていは取り寄せで間に合わせているそうなのだが、先日どうしても役所に行かないといけない用事ができて街に出たのだそうだ。そしてその際、駅の階段を踏み外してしまったらしい。

いや、よくよく聞くとそれは『踏み外した』というより『踏み外させられた』と言うべき状況だった。階段の端を下りていた彼女に、後ろから駆け下りてきたサラリーマン風の男がぶつかってきて、バランスを崩して落ちた彼女を無視して、ちょうど来た電車に飛び乗って行ってしまったらしい。

それはひどい、とわたしは憤慨したけれど、当の彼女は存外けろっとしていた。

「急がれていたんでしょうよ。普段、街になど出ないものですから、きっと動きも遅くて邪魔だったんじゃないかしら」

目撃した人もいて、一応警察も来て事情を聞いていったそうなのだけれど、あれから全く音沙汰がないので多分見つからなかったのだろう、と彼女は本当にまるっきり気にしていない様子であっさりと語った。

「骨なんて、繋《つな》がりますでしょう。リハビリをすれば動くようにもなります。どうということはありません」

「でも……」

当の本人が達観しているのに、第三者のわたしの方が納得のいかない心持ちでいると、彼女はわずかに肩を傾けて微笑んだ。

「もうよしましょう、この話は。……それより、今度のお願いの話なんですけど」

「あ……はい」

そうだ、もともとはそのために来たんだった、とわたしは背筋を伸ばして座り直した。

「別段、財産めいたものがある訳じゃないのですけど、何分お隣までも距離があるようなところですから、やっぱりあまり長いこと空けておくのも気になりまして」

聞かされた住所は、ここから車で四十分弱ほどの、かなり郊外のちょっとした避暑地だった。あまり行ったことのない場所だったけれど、森の中に小さな湖が点在するリゾートエリアだ。

彼女の頼みは、できれば週に一度くらい家の様子を見に行って、換気や郵便物のチェックなどをしてほしい、ということだった。

「二階建てなんですけれど、普段は一階しか使っていないんです。ダイニングに大きなテーブルがありますから、もしよければそこをお仕事机代わりにしていただければ」

「ええ、でも……本当に、いいんですか？」

「ええ、勿論。週に一回、というのはできれば最低それくらいはお願いしたい、という希望で、朝川さんさえよければ毎日でも、もしよろしければ泊まって寝室やお風呂をお使いいただいても。電気も水道も止めてはいませんから」

「え、いや、いくら何でもそこまで図々しいことは」

「構いませんよ。どうせ誰も使わないのですから、使ってもらって構わないのです。……ああ、交通費については勿論お支払いしますから。別途、お礼もいたします」

「え、いえ、そんな、とんでもない」

わたしは今度こそ椅子から飛び上がって両手を横に振った。さすがにそこまでしてもらう訳にはいかない。

「他に頼める人もおりませんから。できるだけのことはいたします」

「いえ、あの、じゃあ……仕事場の借り賃ということで、いかがでしょうか」

一歩も譲りそうにない相手に必死に言うと、ごく生真面目な顔つきをしていた彼女の眉の根が少し緩んだ。

「まあ、リハビリがどれくらいかかるのか、こればかりはやってみないと判りませんから、お礼についてはすべてが終わった後でまた改めてお話ししましょう」

それが精一杯の譲歩らしい彼女の言葉に、わたしはこくこくと何度もうなずいた。


次の日わたしは、さっそく高窓さんの家に向かうことにした。

高窓さんは明日には病院を移るそうで、家から着替えなどを取ってきてほしい、と頼まれたのだ。

雨はやんではいたが、濃い灰色の雲が低く重く垂れこめている。

ナビに住所を入れて車を走らせていくと、三十分ほどで辺りにどんどん緑が多くなってきた。地図が示しているのはこの近辺にいくつか点在している小さな湖のほとりだ。

この辺りは避暑地として多少名が知れているので、定住しているのはたいていが観光業の人なのではないかと思われた。後は、別荘だ。

場所からして彼女の家は、別荘かペンションにふさわしいような気がした。この辺りは冬はそれなりに雪も降るし、近所にスーパーもなさそうだし、あんな年齢の女性ひとりでよく住んでいるなと正直思う。

その思いは、家に着いてますます深くなった。

どんどん細くなる道の先、まわりに何の建物も見えなくなってきた頃、ようやく道沿いにごつごつした灰色の石のタイルを貼った門柱が現れた時にはほっとした。門柱には『高窓』と表札があり、隣に深緑色の郵便受けが立っている。

わたしは一度車を降りて、預かった鍵でアール・デコ様式のラインを描いた黒いスチールの門柱扉を開いた。車はその中に入れるように言われていたのでそのとおりにして、再度、門を閉じる前に郵便受けの中を探る。

中には『売り別荘募集してます』という旨のチラシが二、三枚だけで、ダイレクトメールとかチラシの類は捨ててくれていい、と言われていたので、わたしはそれらを畳んで車の中に置いた。

後部座席から鞄《かばん》を取り出して、改めて目の前の家を見る。

ごくごくうっすらと黄色みがかった壁に、蔦のからんだ煉瓦《れんが》色の瓦屋根と、玄関脇、出窓の緑の窓枠が可愛らしい、こぢんまりとした家。家のすぐまわりにはさすがに木はなかったが、数メートル開けて、もっさりと背の高い木の葉が生い茂っている。

真正面の玄関に入らず、脇に回ってみると家の裏手に湖が顔を覗かせた。

「わあ……」

いきなり開けた眺めに、思わず小さく声が出た。

岸辺から湖面に、古びた桟橋が伸びている。

小さいとはいえ湖の周囲は二、三キロはあり、湖面の向こう岸にはやはりぽつぽつと小さな別荘らしき建物が見える。

ただ、ちょうど今いる場所が湖の南側にあたる、つまりは湖に面した、採光側の方向が北側になるためか、こちら側にはほとんど建物は見当たらなかった。

今にも降りだしそうな曇り空に湖面は藍色味の強い鈍色で、かすかに波が立っている。

水面近くをかすめるように、鳥が何匹か飛んでいった。

わたしはしばらくその眺めに見とれていたが、不意に、ぽつりと頬に水気を感じたのに我に返る。

――雨だ。

ぽつん、ぽつん、と湖面の上に波紋が散っている。

わたしは急いで玄関側に戻り、ポケットから彼女に預けられた家の鍵を取り出した。

濃く沈んだ色合いの木製の扉の鍵を開け、引いた扉の間に肩を押し込んでぐっと中へと入り込む。

中を見る前にとりあえず上がり框《かまち》に鞄を置いて、外へ出て車に駆け戻ると、積んできた傘を取り出して開いた。

帰る時までにやんでくれるといいのだけれど……。

あまり運転が得意ではないわたしは、そうひとりごちながら玄関から中に入った。

ひんやりと冷えた空気を頬に感じると、しいん、としずまったその場所が、あのうるさいアパートとあまりに違っていて、ひとつ深呼吸した。

玄関は両扉となっていて、上がり框の端に小さなスリッパ立てがある。そこに掛かっていた薄い水色のスリッパを取り、中へとあがった。

玄関脇の靴箱の上には壁に鍵を掛けるフックが取りつけられているのと、ガラスの豆皿にほんのりと香りを放つポプリが置かれている以外、何の飾り気も無い。

少し幅のある廊下は正面に階段、そして右手に二枚、左手に三枚と、一番奥の突き当りにそれぞれドアがある。

まず階段を上ってみたが、二階の部屋にはストーブなどの冬物用品や丸められたカーペットなどが置かれているくらいで、どこも空っぽで……とりあえずすべてのドアと窓を開け、風を通しておく。

一階に戻って右手の扉を開けてみると、そこがダイニングだった。

……確かに、これなら十分な大きさだ。

部屋の真ん中に置かれた、一般的な四人掛けよりやや大きい、かと言って六人掛けには少し窮屈なサイズの、実に見事な無垢板のテーブルを見て、わたしは納得した。

ウォールナットだろうか、濃褐色の板の表面には丁寧にオイルが施されていてつやつやと光っており、手を当ててると感触が心地よくて……これを使わせてもらえるなんてありがたい、そう思いながらわたしは荷物をテーブルの上に置いた。

巻いていたストールを外して椅子の背に掛ける。テーブルが大きい割に、椅子はたった一脚だけだ。

本当に、完全なひとり暮らしなのだなあ……誰かが訪ねてくることもないのだろうか。

部屋の奥、扉のない開口部を覗くと、その向こうはキッチンだった。

白地に青ラインが入ったタイルの貼られた壁に、フックで銅鍋や鉄のフライパン、ホーローのミルクパンなどがきれいに下げられている。

コンロや流しの大きさとしてはごく普通のファミリーサイズにもかかわらず、冷蔵庫はずいぶんと小さかった。壁沿いの食器棚もごくごく小さく、上にはお茶が入っているらしき缶が何個か並んでいる。

処分の必要な物はないか、確認のため冷蔵庫を開けてみたけれど、中はさっぱりと片づいていた。ジャムやバター、味噌やケチャップなどの調味料があるくらいだ。

キッチンの換気扇を回して、扉を開けて元の廊下に出ると、目の前がトイレだった。その横の扉の先は洗面所と浴室だ。

廊下の突き当たりの部分の扉を開いて中を覗くと、広めの寝室だった。

「うわあ……」

いくら頼まれたこととはいえ寝室に入るのはさすがに少し気が引けたが、部屋の一番奥、湖に面したところが大きな掃き出し窓になっていて、その先にバルコニーが続いているのに、思わず引き込まれるように中へと足を踏み入れた。

掛かっていたレースのカーテンを開くと、目の前に眺望が広がる。

雨が降っているとはいえ、部屋の中よりも外の方がやはり白っぽく明るく、ぼやけた湖面が美しくて、わたしは窓に手を当てて外を眺めた。

きれい、すごく……こんなところに住んでいたら、さぞ気持ちがいいだろうな。

そう思いながら振り返ると、部屋の奥にある皺ひとつなくぴっちり整えられたベッドと、壁のクローゼットが目に入る。

ああ、ここか。

わたしは高窓さんに預かったメモを取り出して、つくりつけのクローゼットを開いた。

メモの内容どおりに、上の棚からボストンバッグを取って、ハンガー掛けや引き出しから指定されたコートや肌着を取り出して中に入れていく。

しかし、それにしても、本当に何もかもがいちいち、きっちりしている。メモには『何段目の引き出しの奥から二列目、右から五枚目のベージュのTシャツ』というように、実に正確に指示が記されているのだ。わたしには絶対、こんなのは無理だと思う。

でも、こんなにきれいなところでひとりというのは……やはり、さみしいのでは。

先刻から何もかもが丁寧に、こぢんまりとしていて、その慎ましさが病室のベッドの上に背筋を伸ばして座っていた彼女の姿と重なって、ふっとそんな気持ちがした。

わたしは荷物を詰めたバッグを持つと、レースのカーテンとその上にもう一枚、開いたままだった遮光の薄緑色のカーテンをきっちり閉めて、部屋を出た。

トイレの隣、ダイニングの向かいの部屋のドアを開く。

「うわ、古」

最初に目に入ったものに、思わず小さな声が出た——ブラウン管のテレビだ。

その部屋はどうやら居間のようで、二人掛けサイズの小さなソファに低い楕円形のテーブル、そして玄関側の窓際にその小さく古ぼけたテレビがあった。

これ、今時もう映らないよね？　それとも、何か機械を繋げば見られるのだろうか。

手を伸ばしてスイッチを入れてみたが、やはり映るのは砂嵐だけだった。

ということは、この家、テレビも見られないんだ……今のところパソコンも無いようだし、なんというか、まさに『隠居』だな。

そんなことを思いながらくるり、と振り返る。

「……あ、れ？」

部屋の逆側の奥、そこは一面、本棚になっていて——その、ど真ん中。

棚の真ん中は飾り棚で、広く空間が空いており……そこに、それが飾られている。

わたしは足を引っ張られるように、そこへ近づいた。

……これ、見た、ことがある。

それは、台座を含めて高さ七十センチくらいの、上に球体の持ち手のついた大きなドームガラスの中に入ったオブジェだった。

下から上まで、青みがかった銀の枝がからまるように伸びていて——枝の間に、きらきら光るネジや歯車、透明な水晶、青や黄色に透ける鉱石、いくつもの小さな真鍮《しんちゅう》色の鐘、そんなものが一杯に、ガラスの内側にいくつもの筋を描いて吹きつけられた砂を透かして、子供の夢のように詰め込まれている。

近づくごとにそこここがちらっと光を放っては消え——ああ、まるで吸い込まれてしまいそうだ。

わたしは息を止めたまま、その前に立った。

手を伸ばしかけ、ためらう。

あんまりきれい過ぎて、触れることさえためらわれて。

うん、でも、そう、わたしこれ、知ってる……見た、覚えがある。

少し頭を傾けて黒い木製の台座を見ると、そこにわずかに緑がかった銅の板がはめ込まれていた。


『夜を測《はか》る鐘　By 音の窓』


かちり、と頭の中の箱が開いた。

ああ、そうだ、これ……父がコレクションしていた美術雑誌で見たのだ。

あれは確か小学二年生の頃だったか、父が転勤になってそれまで住んでいたマンションから引っ越すことになった。その荷造りの際に、押し入れの奥から引っ張り出されてきた雑誌の束を、手伝いもしないで眺めていて見つけたのだ。

「せっかくまとめてあるのに、散らかさないで」と母から小言を言われたが、わたしはひと目見たその写真から目が離せなかった。

「きれいだろう、それ」

父が後ろから嬉しそうに声をかけてくる。

「季衣子が産まれるずっと前の話なんだが、新人なのに大きな賞を取ったんだって。気に入ったか」

もう昔のこと過ぎてあまり細かいことは覚えていないけれど、その作品はデビュー作で、賞を受賞して雑誌に掲載された、という経緯を父は教えてくれた。

「テレビにも出てたんだよ。えーと、どこだったかなあ……」

「ちょっともう、お父さん！」

片付けを放ったらかして押し入れの中を漁りだした父を、母は叱りつけ――それでも結局、その晩だったか、父がいつも録画していた美術番組の古いビデオテープの中から彼女達が出演していたものを見つけ出して見せてくれたのだ。

そうだ、思い出した……これは。

わたしは屈んで、十数センチは厚みのある台座の裏を覗き込み――そこにぜんまいが飛び出しているのを見てとり、ひとりうなずいた。

そうだ、あの時、テレビで見た……これは、仕掛け付きなのだ。

わずかなためらいもあったが、好奇心とあの時の感動とが勝った。

指を伸ばして、ゆっくり、そうっと、きりきりとぜんまいを巻く。

こくり、と唾を飲み込んで、指を離した。

ジー、とかすかな音が奥の方でして——唐突に、カーン、と澄んだ音がいくつも立て続けに鳴りだす。

わたしは息を止め、目の前の光景を見つめた。

枝の間に吊《つ》るされた、複数の鐘がふるん、と揺れるたびにその甲高い音を響かせ——それが落ち着いたと思うと、枝の芯がぼうっと光って、台座の中からカリンカリンとオルゴールの音が鳴りだした。

「わあ……」

唇から、思わず感嘆の声が漏れた。

これだ……この、メロディだ。

子供の時の記憶が、いっぺんに甦《よみがえ》る。

父にねだって、何度も何度も、巻き戻しては見返した、単純なのに胸に沁《し》み入る、心のいちばん奥底を痛い程切なくさせる哀しみと美しさを秘めたその旋律は、まさに、完璧だった——いや、正確に言うと違う、このオブジェとこのメロディ、そのふたつが合わさっての『完璧』だった。

音のひとつひとつが銀の枝の間にきらめく星のようで、その姿を一度目にしてしまうと、音だけでも、オブジェだけでも、不完全な気がした。お互いがお互いに呼応しあい、美しい宇宙をそこに現出させていた。

魂を抜かれたように見とれていると、だんだんと音がゆっくりになっていき、やがてかちりと止まった。

——しいん、と部屋が静まり返り、一瞬後に耳にさーっと雨の音が戻ってくる。

わたしは肺の中にたまっていた空気をすべて吐き出し、光の消えたそのオブジェを見つめた。

確か……テレビの映像では作者のインタビューもあって……もう名前も顔もおぼろげだったけれど、二人組だったはずだ。

——高窓、という彼女の名字がぱっと頭の中に閃いた。

そうだ、作者名はふたりの名前から取ったと言っていた。だから確か、もうひとりの名前には「音」の文字があるはずだ。

わたしは考え考え、本棚に並んだ背表紙を眺めた。

どこかにあの時の美術雑誌が無いだろうか、そう思って探してみたが、そういうものは見当たらなかった。ほとんどが文学作品で、そもそも美術関係の本すら置かれていない。

雑誌とビデオで本格的に彼女達に惚《ほ》れ込んだわたしは、父に今はどういう活動をしているのか尋ねてみた。なにせその雑誌は、わたしが生まれる何年も前のものだったから。

父もその後のふたりについては知らなかったらしく、しばらくしてわざわざ調べてきてくれて、それ以降の作品のいくつかが載っていた古い雑誌を取り寄せてくれた。

けれど、それは最初に見た作品とは微妙に違って見えた。

雑誌、紙媒体だけで、音や仕掛けが見られないからかも、と子供心に考えた。本当に期待で胸を膨らませていたので、その違和感にどうしても納得できなくて。

きれい、ではあるのだ。確かに。色も形も、ピカピカ光り輝いている。

けれどもそれは、ただピカピカしているだけだった。

最初に見た彼女達の作品は、輝きの裏に、影があった。言うならば、深みがあったのだ。きれいなだけでは終わらない、たやすく底を掴ませない、そんな何かがあった。

期待が大きかっただけ失望も大きく、当時のわたしは急激に興味を失い、作者の活動を追うことをやめてしまった。

わたしにとって彼女達の作品は、最初に雑誌とテレビで見た三つのオブジェだけ、そう思うことにしたのだ。

そしてその中でも、賞を取ったというこの作品、『夜を測る鐘』は、わたしの心に美しく焼きついた。

いつかあんなものをつくりたい。いや、ああいうものは自分にはつくれない、でも何でもいい、きっちりとこの世界の中に位置を占める『何ものか』をつくりたい。

子供心に、そんなことを思った。

そしてそれは遠く細く一本の標となって、今の自分に続いている。

いわば、わたしの原点だ。

わたしはもう一度つくづくと、目の前のオブジェを見下ろした。

――これを、あのひとが？

ベッドに座る、細い肩と灰色の髪を思い出すと、急に胸がドキドキしてきた。なんといっても、長年のファンだったのだから。

……でも、何故あの輝きは失われてしまったのだろう？

ふっとその問いが頭に浮かぶと、胸の高揚が少ししぼんだ。

改めてぐるりと部屋を見渡してみる。

彼女は何故あの明るく輝いた場所を離れて、この、小さくきっちりとまとまった簡潔な空間――こんなひとりきりの世界にいるのか。

何故だか突然、奇妙な程に心細くなってきて、わたしはそっと、自分で自分の肩を抱きしめた。

頼まれた荷物を持って病院に着いた頃には、空は曇ってはいたものの雨はすでにやんでいた。

ボストンバッグを抱えて、病室へ向かいながら逡巡《しゅんじゅん》する。

言おうか、黙っていようか……ファンの感情としては言いたい、でもその後の作品を自分が受け入れられなかったことを考えると、やはり話題にすべきではないのでは、とも思う。

病室の扉の近くで一度立ち止まり、深呼吸する。

どうしよう、と思いかけた時、中から「わあ、すごい！」と弾んだ子供の声がした。

えっ、と思い、頭だけを動かして中を覗いてみる。

「可愛い、きれい！」

四つ五つくらいの小さな女の子が、一番奥、ちょうど高窓さんのベッドの隣ではしゃいでいた。

何だろう、と入ろうとすると、後ろからすっと誰かがわたしを追い抜いていく。

「ああもう、本当にすみません。ほらナナちゃん、あんまり大きな声出さないの」

まだ年若い、すらっとした女性が早足で子供の脇に寄り、何度も高窓さんに向かって頭を下げている。

「いいえ、いいんですよ。お祖母様、もうすぐ検査から戻ってこられるんじゃないでしょうか」

わたしの位置からは顔は判らなかったけれど、そう高窓さんの声がした。

「すみません、見ていただいて。ほらナナちゃん、行くよ」

女性は子供の手を引いて、こちらへと歩いてくる。

「ほら！　ほら見てママ、これ可愛いでしょ！」

女の子は片手に持った折紙を、大きく振り上げてみせた。

それは、おそらくいくつものユニットを組み合わせてつくった、色とりどりの紙ででききた金平糖《こんぺいとう》のような形の星の折り紙だった。

赤やオレンジ、黄色と子供の喜びそうなカラフルな色の大きな星――そしてそれを反射するかのように、きらきら輝く少女の大きな瞳。

その輝きを見た瞬間に、心が決まった。

「ああ、こんにちは……すみません、お手数をかけまして」

ベッドから身を乗り出して少女に手を振っていた高窓さんが、わたしに気づき、やわらかく微笑んで頭を下げてくる。

わたしはきゅっとバッグの持ち手を握り直して、ベッドに近づいた。

「こんにちは。あの、こちら、お荷物です。ご確認ください」

「いえ、改めなくても構いませんよ。本当にありがとうございました」

高窓さんはもう一度頭を下げて、受け取ったバッグをベッド脇のサイドテーブルの下の棚に置いた。

「どうぞ、お座りください。家の場所、判りにくくはなかったですか」

「いえ、カーナビがちゃんと、案内してくれたので」

片手で勧められた丸椅子に腰掛け、そう言うと彼女は薄く微笑む。

「ありがたい時代になったものです」

そう呟《つぶや》くように言うと、ふっと窓の外に目を向けて。

「……あそこに、ずっとおひとりで？」

ためらいながら問うと、こちらに目を戻して小さくうなずく。

「元はね、伯母が持っていた別荘だったんです。彼女が亡くなる際に、いろいろな財産を整理するにあたり、あれを私《わたし》にと」

わたしは納得してうなずき返した。やっぱり別荘だったんだ、あれ。

「しずかで、とてもいいところです。お仕事場として、お使いいただけそうでしょうか」

「あ、はい、勿論です。もう、もったいないくらいで」

「ずっとどなたもお迎えしておりませんでしたから、こんなお若い方が来てくださって、あれも別荘冥利《みょうり》に尽きるでしょうよ」

まるで生き物のようにあの家のことを言って、柔和に微笑む。

その穏やかな表情に背中を押されて、わたしは口火を切った。

「……わたし、子供の頃に、『夜を測る鐘』を見ました」

――その瞬間、彼女の全身の動きが止まった。

もともと姿勢よく伸ばされていた背筋が、かちりと固まり、呼吸すらしていないように見える。

……ああ、やはりまずかっただろうか。

わたしは頭の中の血が沸騰するような焦りを感じながら、急いで言葉を継いだ。

「あの、見たと言ってもテレビで、なんです……まだ小さい頃でしたが、本当に……胸の奥に、ぐっと刺さるみたいな」

ベッドの上で重ねられた彼女の細い指は、微動だにしない。

「わたしは、あれを見て……自分も何かを、つくるひとになりたい、そう思いました。だからある意味、今のわたしは、あれのおかげです」

ひと息に言うと、わたしは立ち上がって小さく頭を下げた。

「いろいろ、失礼かとは思ったんですけど、どうしてもお伝えしたくて。本当に、ありがとうございました」

そう言ってもう一度頭を下げると、すうっと、とても長い息を彼女が吐き出す。

「……私は、つくることをやめた人間なのですよ」

そして、まっすぐで透明な声で、そう呟いた。

……やめた？

わたしはその言葉に瞬間、戸惑いながらも、彼女の声音にきり、と胸のどこかが痛むのを感じた。

その色の無い、平坦な声の奥底に、何かが沈んでいる気がして。

「もう、続けられなかったのです」

淡々と続いた言葉は、まるで不治の病の宣告のように響いて、わたしは狼狽《ろうばい》した。

もしかして、悪い病気にでもかかって、創作が続けられなくなって離れてしまったのだろうか。だとしたらわたしは彼女に、ひどく辛いことを思い出させてしまったのではなかろうか。

「……大変、失礼しました。申し訳ありません」

深く頭を下げると、高窓さんは驚いたように目を見開き、かすかに笑って小さく手を振った。

「いいえ、失礼なことなんか、なんにも。貴女のようなお若い方が、あんな古いものをご存じだなんて思わないでしょう。驚きました」

高窓さんは先刻の様子がまるで嘘《うそ》のように普通の姿で、そう微笑んでまた手でわたしに椅子を勧めた。

「あの、父が……美術が好きで、雑誌や美術番組を録画したビデオを、たくさん」

小さくお辞儀して座り直すと、彼女がうなずく。

「もう、どなたからも忘れ去られたものだとばかり……。長く生きてはみるものです」

高窓さんはどこか楽しげに微笑んで、そっと手の甲を撫でた。

その様子に少し安心して、わたしは息をひとつして座り直す。

「子供の頃の、わたしにとって、あれはなんというか、『完璧』でした。音と物とが完全に調和していて、そこに小さな宇宙があって……どちらが欠けても駄目で、両方があってそれで完全体になる、みたいな」

少し緩んだ気持ちに任せて思いの丈《たけ》をぶつけてしまうと、高窓さんは灰色がかった瞳を少し見開いてわたしを見た。

「そう、あれはそんな風に見えましたか」

紅も差されていない、薄い唇がわずかに震える。

「ええ……あれは、私にとっても、そういうものです」

ベッドの上で彼女はきゅっと両の手を重ねて、まっすぐにわたしを見た。

「あれを含む三つの作品と、その後の仕事については、ご存じでしょうか」

ドキン、と心臓が動いて全身が緊張する。

……正直に言うべきなのか、それとも。

心が瞬間的にぐらぐらと揺れて――その時、耳に突然、外の音が入ってきた。

「……雨」

また……降って、きた。

わたしは一瞬だけ外を見て、また目を戻す。

先刻と全く変わらぬ姿勢で、彼女はしずかにわたしを見ている。

その姿に、このひとに嘘をつこう、なんて気が雲散霧消した。

「はい、少しだけ存じてます」

わたしは小さくうなずき、言った。

「作品をご覧になられた？」

「ええ。といっても図書館の本や雑誌で、写真だけですけど」

「それで、どう思われました？」

「…………」

嘘をつこう、とはもう思っていなかったけれど、それでもさすがに、一瞬言葉につまる。

するると彼女が、続けて口を開いた。

「あれのように……『夜を測る鐘』のように、完璧だと？」

「──まさか！」

反射的に声を上げてしまって、あっと口を押さえる。これではあまりに露骨過ぎた。

けれど高窓さんは、口元に手を当てて可笑《おか》しそうに笑った。

「そうですか……そんなに、違うものでしょうか」

「違います、全然」

頬の端が熱くなっているのを自分で意識しながら、わたしは小声で、でもしっかりと言い返す。

「新しい作品は、キラキラしていて、きれいなんだけど、でもそれだけで……その場でわあきれい、と言っても、振り向いたらもう頭からは消えてる、みたいな。世界が無い、そういう感じです」

もうここまでいったらいっそ全部話してしまおう、そう決めて言葉を続けると、彼女はどこか驚いたような目でわたしを見つめた。

「わたしにとっては、あの三つの作品だけが特別でした。理由なんて判りませんけど、あそこには本当に、才能のきらめきみたいなものがあって……それが、わたしの琴線に触れたのだと思います」

そう言うと、また彼女の体がかちりと固まった。

わずかに顎が引かれ、瞳が伏せられる。

すうっ、と彼女の細い体の周囲からだけ、温度が下がったように見え、わたしは今度こそ失礼なことを言ってしまっただろうか、と焦ってしまう。

が、彼女はその姿勢のまま、小さく一度息を吐いて。

「――本当の才能を持っていたのは、彼女でした」

「……え？」

ほとんど唇の動きだけで呟かれた言葉に、わたしが身を乗り出したその時、

「あ、きい、来てたんだ！」

と、ミナモの張りのある声が後ろから響いた。

はっとして見ると、空の車椅子を押してミナモが中へと入ってきて、わたしは焦って、中腰になってミナモと高窓さんとを交互に見る。

高窓さんは先刻の様子を完全にぬぐい去って、微笑んでミナモを迎えた。

「明日、転院しますでしょう。わがままを言って、家から必要な物を取ってきていただいたんですよ」

「あ、そうなんですか、きい、ありがとうね……ねえ、どうだった、高窓さんのおうち？いいおうちだったでしょ？」

「あ、うん、しずかで、すごくきれいだった」

「へえ、わたしも見たいなあ」

わたしの隣に並んで明るくそう言うミナモに、高窓さんは笑って、「もしよかったら朝川さんがおいでの際に、ご一緒にどうぞ」と言った。

「わ、嬉しい！　……あ、その転院の件で手続きがあると先生からお話が」

「そうですか、判りました」

ミナモは車椅子を高窓さんのベッドの脇に寄せると、わたしが手伝うまでもなく素早い身のこなしで彼女を車椅子に移す。

「朝川さん、今日は本当にありがとうございました。おかげでずいぶんと助かりました」

車椅子からそう言って頭を下げる彼女に、わたしも慌てて大きくお辞儀をする。

「いえ、あの、こちらこそ……あの、明日は、何かお手伝いすることは」

「転院は朝の早い時間に、車を呼んでますので。お気遣いなく」

「そうですか……あ、あの、お気をつけて、お大事に」

唇の端に笑みを含んで、彼女がもう一度頭を下げ、ミナモが「じゃあきい、また連絡するね」と小さく手を振り、車椅子を押して部屋を出ていった。

それを見送って、わたしは大きく息をつく。

ふと窓の外に目を向けると、雨はやんで、薄く午後の陽が差していた。

次の日、わたしは厚意に甘えて、彼女の家を仕事場に使わせてもらった。

先日起こしたデザインをまずは布に転写する作業を始めて、つくづく広いテーブルっていいものだ、と思った。自宅では二人掛けより少し大きめのダイニングテーブルを食卓兼作業場にしていたけれど、やはり布をバッと広げて、まわりに道具やライトを並べても十分なスペースがあるというのはすごい。食事はリビングを使えばいいので、ご飯の度に片付けなくていいのも楽ちんだ。

わたしは大きなカッターボードの上に手芸用の複写紙を置いて、その上に布とデザイン画をまっすぐになるように注意しながら配置すると、大きな鉄の文鎮で端を押さえる。

鉄筆でゆっくりと図案をなぞっていくうち、ここが他人の家だという意識がすうっと消えていって、作業にのめり込んでいく。

甲高い鳥の声にはっと目を上げると、時間はすっかりお昼をまわっていて、わたしは少し驚いた。我ながら集中してしまった、すごいな。

軽く伸びをして、お手洗いに行ってから台所の冷蔵庫に入れたコンビニのお弁当を取り出し、レンジにかけると、一緒に買った紙パックの野菜ジュースを持って、リビングでお昼をとった。

それにしても、しずかだなあ……。

換気も兼ねて、朝いちで全部開けっ放しにした部屋の窓からは、何の音もしない。いや、音はしてる、してはいるけど、鳥の声や風や葉ずれの音ばかりで、普段の環境とはまるで別世界だ。

こんな素敵な場所でコンビニのご飯を食べていることを一瞬後悔するも、今は仕事を一日も早く仕上げることが最優先だ。

わたしは自分に言い訳をして、仕事を再開するため立ち上がった。


夕方になって家に帰ると、ミナモから高窓さんが無事転院していったこと、もし家のことで何かあればミナモに伝えてほしいとのこと、そして重ね重ねわたしにお礼を言っていたことなどが書かれたメールが来ていた。

わたしは父に電話をして雑誌とビデオについて尋ねてみたが、テープはデッキと一緒に全部処分してしまったということだった。でも雑誌は一部残しているものがあるから確認してみる、と言ってくれた。

翌日、わたしはまた、仕事道具を持って彼女の家へと向かった。

三度目ともなるともう慣れた手つきで門を開け、車を入れ——特に何も考えることなく、習慣的に郵便受けの中に手を突っ込む。

「……え？」

指に触れたチラシではない感触に、小さく声が出た。

当たったものを摑んで、引っ張り出してみる。

それは、かなり厚みのある、白い封筒だった。

くるり、とまわして、「えっ」とまた小さく声が出た。

柳の枝のようになめらかな文字で住所の脇に書かれていた宛名には、

『高窓 方
朝川 季衣子 様』

と、記されている。

慌てて封筒を裏返すと、裏書きに『高窓 晶子』の名があった。

その隣に書かれた日付は一昨日、あの荷物を届けた日だ。

わたしは言葉もなく、その手紙を見つめ、とにかく家に入って読んでみようと玄関へと向かった。

仕事道具をダイニングのテーブルに置き、少し悩んでから、寝室に移動する。

掃き出し窓の横に置かれた、小さな丸机の前のゆったりとした木製の揺り椅子に座り、一度、深呼吸する。

少し躊躇してから、思い切って封を開くと、折り畳まれた何枚もの便箋をぱらり、と開いた。

一通目の手紙

◆

拝啓
朝川様におかれましては、突然のこのようなお手紙、さぞ驚かれていることと存じます。
改めてお礼を申したかったことと、あの時にお話しできなかったことについてお伝えしたく、筆をとりました。
本当はお会いしてお話しするのが筋なのでしょうが、明日には遠方に向かってしまう身であることと、言葉でお話しする前に一度自分でも整理してみる必要があると思い、勝手ながらお手紙を差し上げた次第です。

朝川様が言われた『夜を測る鐘』についてのお言葉、あれはまさしく、かつての私の日々、そのものでした。

私の青春は、完璧だったのです。

それは私が十六歳、高校二年生の二学期のはじめでした。

私のクラスに、彼女——音羽《おとわ》早紀《さき》が、転校してきたのです。

その頃の私は、ただただひょろりと背が高く、痩《や》せぎすの、地味な娘でした。

それに引き換え、早紀は小柄ながらすでに女性らしい体つきを備えた、肩より少し短めに切り揃えた漆黒の髪と大きな瞳が印象的な、くっきりとした美しさを持つ少女でした。

その容貌から、クラスの中でも派手な子達から誘われたり、当時華やかだった演劇部や合唱部などから声がかかったりしていたようですが、彼女はそれらを皆、実に慎ましい態度で断っていました。

かと言って、それで避けられていたということはありません。人並みに友達もできて笑って過ごしている、けれど……ひとりでいる時も、当人は特にそれを気にしていなくて、ただ景色を眺めているだけで奇妙に幸せそうで充足している、そういう顔つきをしていました。

昼休みに忘れ物を取りに教室に戻った時に、早紀が自分の席ではない、後ろの窓際の他の人の席に座って、じいっと外を見つめていた姿を、今も覚えています。

いったい何が見えるというのか、私は少しだけ好奇心が湧いて、自分もそうっと、教室の前の方から外を見やってみました。

私達の高校は山裾に建っていて、学校の裏側はそのまま山に続いていました。

早紀はその山の木々を、わずかに笑みを含んだような表情でじいっと見ていました。

それはどうということもない、ごく普通の風景で——私はちらっと彼女を見て、もう一度外に目を戻しました。

その時、風が強く吹いたのです。

秋も盛りに近づいていて、山の落葉樹の葉はすっかり色を変えていた、その葉が風に乗って、一斉にふわりと舞いました。

息が止まりました。

毎日毎日、何も考えることなく眺めていた風景でした。それがあんなに、美しいものだなんて。

私は息を呑《の》んで、それを見つめていて——ふと気づいて顔を向けると、早紀もこちらを見ていました。

目が合った瞬間、彼女はにっこりと笑って、「きれいね」と一言、言いました。

私は自分でも驚くくらいにどぎまぎしてしまって、何も言えずにただ小さくうなずき、一目散に教室から走り去ったのです。

でもそれは一瞬の火花のような出来事で、その後も、特に私と彼女との間に接点はありませんでした。

見た目通りごく地味な学生生活を送っていた私は、自分から積極的に転校生に近づいていく、ということができずにいて——けれど時折、彼女が眺めていた景色を彼女が消えた後にこっそり眺めては、その中に今まで自分が見過ごしてきた美を発見する、そんな日々でした。

そうして実際には何の交流も無いまま時が経って、あれは、冬も半ばの頃でした。

私がひとりで帰宅途中だった時、道の向こうに、早紀の姿が見えたのです。

それはとても、奇妙な姿でした。

彼女は垂直にしたら小柄な自分より背が高そうな、大きな木箱のようなものを抱えて歩いていたのです。

地面に引きずらないように抱え込んでいるためか、数歩歩いては立ち止まり、また抱え直しては数歩歩き——牛のような歩みで、けれどひと時も休むことなく、熱心に前を見て進み続けるその姿を、私は呆気《あっけ》に取られて見つめました。

しばらくそうしてから、はたと我に返って私は後を追いました。

単純に大変そうだから手伝ってあげなければ、と思ったのと、いったい何を運んでいるのだろう、という軽い好奇心からです。

背後から名を呼ぶと早紀は顔だけ振り向いて、大きな目を一層くるんと丸くしました。

何を運んでいるのか聞くと、彼女はぱっと顔全体を明るく輝かせ、その腕の中の物をとん、と地面に垂直に立てて見せてくれました。

それは、時計でした。

木製の、大きな振り子時計だったのです。

「ゴミ捨て場に捨ててあった、だから拾ってきた」と、嬉しそうに、どこか得意気に語る彼女に、私は呆れて、そんなものをどうするのかと尋ねました。そもそも捨ててあったのなら、壊れているのではないかと。

すると彼女は、確かに壊れているようだ、でもそれは構わないのだと言いました。何故なら別に、時計として使おうと思っている訳ではないから、と。

そして、振り子部分や文字盤の部分をあれこれ指差しながら、ここにこんなものを飾ろうと思う、ここにこう色を塗ろうと思う、ということをひとつひとつ語り出したのです。

私はその時、自分の心臓が動きだすのを感じました。

勿論、心臓はそれこそ母親の胎内にいる時から片時も休まず動いているものです、でもその瞬間まで私はそれを、はっきりと自身の中に意識したことなど無かったのです。

それはすなわち、私が初めて、自らの命が生きはじめた、と実感した瞬間でした。

早紀が語るすべての情景が、まるでそこにあるかのようにありありと目の前に浮かびあがりました。その古ぼけて汚れた振り子時計は、私の目の前で、みるみるうちに内側から光を放つオブジェに変貌したのです。

さらにそのオブジェには、動きと音とが付いていました。

彼女の施すデコレーションの中で、こちこちと音を立てて振り子と時計の針が動いたらどれ程素敵か、時間を告げる鐘が鳴って、それと同時に美しい曲が流れ出したらどれ程魅力的か、私は一瞬のうちにそれを目の前に描き出し、語りだしていたのです。

彼女は目を見開いて、息を止めて私を見上げていました。

その頰に、ゆっくり、じわりと赤みが差していき、黒い瞳につやつやと光が走りました。

今でもくっきりと、その姿が思い出せます。

私と早紀との間に、目には見えない、けれど強く太い、透明なワイヤーのようなものが繫がった瞬間でした。

思い返すと、胸が痛みます。


「素敵だ」、夢中で語り終えた私にため息混じりに彼女がそう呟いて、私ははっと我に返りました。

普段こんな風に熱っぽく語ったことなど無かった私は、ひどく狼狽しましたが、彼女はそれに全く気づかず、体を前に乗り出して下からひた、と私を見つめました。

「すごく素敵、でもこの時計、また動かせると思う?」

そう彼女に尋ねられ、私は動揺を隠してうなずきました。とりあえず中を改めてみないとなんとも言えないが、多少のことであれば修理はできる、と。

私の父は、町の小さな電器屋でした。幼い頃からお父さんっ子だった私は、父と一緒にいたいばかりに様々なことを覚え、手伝っているうち、自分はそういう作業そのものが好きなのだ、ということに気がついたのです。

特に、壊れてすっかり動かなくなった物が、父の的確な仕事で息を吹き返すのを見るのが好きでした。まるで魔法のようで、でもそこには機構を見抜く目と問題を切り分け修復する揺るぎのない論理と技術とがあり、それを自分も身につけたい、そう思ったのです。

父はそういう私のことをとても喜んでくれ、様々なことを教え込んでくれたので、その頃の私は多少の故障の修理もお手の物でしたし、もしどうしても私では直せないようなら父に頼めばいい、そう言ったのです。

彼女は飛び上がらんばかりに喜んで、片手で時計を支え、危なっかしく片手をこちらに差し出しました。

「じゃあお願い、一緒につくろうね、約束」

そう言って、早紀は小指を立てました。

私はどきん、としながら、その小さく細い指に、自分の骨ばった、不格好な小指を絡めると、彼女は軽く手を振り「指切り！」と言って軽やかに笑ったのでした。

それから私は、早紀と一緒に、その時計を彼女の家まで運びました。

私が後ろ、彼女が前で、脇に時計を抱えててくてくと。

道中、彼女はあそこをこうしたい、ここをこうしてみたい、と次から次へときらめくようなアイデアを撒《ま》き散らすように話しては、時折顔だけ振り向けて、「ね、どう？」と笑顔で尋ねるのです。

私はそれに、いちいちうなずいて――その度に自分の中にも様々なイメージが飛び散るのを、奇妙に思っていました。

何故なら私はその時まで、芸術に強く興味がある、という子供ではなかったからです。勿論、一応は女の子ですから、きれいな絵や美しい音楽に触れれば素敵だとは思いましたが、積極的に知ろうという気も、無論自分が関わろうなど、夢にも考えたことはありませんでした。

なのに彼女の言葉を聞いていると、自分の中からどんどん豊かなイメージがあふれ出してきた。

それはまるで、魔法使いに導かれるシンデレラのようでした。彼女が杖《つえ》を振ると、ありふれたかぼちゃや汚れた普段着が、きらきらと輝く別物に変貌する。

私はそれこそ、ガラスの靴を履いて、お城のふかふかの絨毯《じゅうたん》を踏むような心地で歩きました。

早紀の家は、町の中心から少し離れた、裕福な人達が暮らす中の一軒家でした。門の前で彼女は「ここまででいい」と私の手から時計を引き取り、「また明日」と笑顔で小さく、手を振りました。

その姿に、心の中にぽっとろうそくの火が灯《とも》ったような、そんな気がしたのです。

けれど翌日、登校してみると早紀はずいぶんしょんぼりした様子で下駄箱の前で私を待っていて——母に時計を焼かれてしまった、そう小さな声で言いました。

後になって知ったことですが、彼女の母親は大変厳格で、娘には生け花やお茶、書道などのいわゆる『花嫁修業』以外の趣味など許さないような人でした。

誰でもごく小さい頃には、道端の光る石やつやつやしたドングリを拾って帰ったりするものでしょうが、彼女の母はそれを片っ端から捨ててはきつく叱りつける、そういう人だったそうです。

「庭の裏手にこっそり置いておけばしばらく気づかれずに済むと思ったんだけど」と、そう彼女は肩を落として言いました。

それならば私の家に運べばよかった、驚いた私が言うと、彼女も驚いたようにこちらを見て、「いいの？　じゃ、次見つけたらそうしてもいい？」と飛び上がるようにして尋ねてきました。

あんな代物はそうそう見つからないだろう、そうは思いましたが、私は勿論、とうなずいたのです。

それから早紀はしばしば、私の家に通うようになりました。

家ではスケッチもできないから、と大判のスケッチブックや色鉛筆を私の家に置き、あれこれと話しながらたくさんのイメージを描き散らしました。

そこに私も様々なものを足していき——そのうちにやはりどうしても、それを実際に形にしてつくり出したい、そういう思いがふたりの中で強くなっていきました。

お店で安い工作用の粘土や絵の具、手芸用品などを少しずつ買い足して、私達はアイデアを具体的な形に起こしていったのです。

それは夢のような、それでいて強い生命感を感じられる日々でした。

それまでの私は、流れていく時間を、ただ右から左へと過ぎ去らせていくだけの人間でした。より正確に言うと、自分がそういう風にただ漠然と時を過ごしていたことに、そうでなくなってから初めて気がついたのです。

早紀と過ごす時間は、とても濃密で、固体のようにその時々に違う形となって、きちんと私の心の中の棚に並べられていきました。私は今でも、それをひとつひとつ取り出して『これはいつの、どの場所での、どんな内容か』を思い返すことができます。その時の空気の色や匂いまで、鮮明に思い出せるのです。

あの頃の記憶は、どれを取り出してもすべてが鮮やかに色づいていた。

今の私は、もうそれを取り出して見返すこともなくなっていました。

美しい湖畔の小さな家に住み、毎日様々に色を変える水面や木々の葉の間からの木漏れ日、朝に夕に聞こえる鳥や虫の声、そういうもの達に心と体を取り囲まれ、ただただしずかに、ゆっくりと朽ちていくのだと、そう思いすごす日々でした。

棚にはあの『夜を測る鐘』が飾ってはありますが、あれはもう私にとっては壁紙の模様のように、そこにはあるけれども目にも心にも留まらない、そんな存在と化していたのです。

朝川様、
そこへ貴女が現れました。

貴女の言葉に、私はあの日々を——そう、確かに『完璧』だった時を、まざまざと思い出したのです。

そしてそれが、永遠に失われた時のことも。


これらはもう皆、過ぎ去ってしまったことです。

いわば年寄りの繰り言です。

ですから、お返事は不要です。

なんならこれから差し上げるものについては、読まずにお捨ていただいても構いません。

私はこうして胸のうちに甦ってきたこと共を、自分の胸の中でただ腐らせていくことができなかった、そういう身勝手な心持ちでこの手紙をしたためているだけなのですから。

もうすぐ消灯の時間となります。

あの家はとても居心地のいい住処《すみか》ですが、少し冷えやすくできているように思います。

梅雨寒の時節柄、お仕事に使われる際にはなにぶんお体にお気をつけくださいませ。

かしこ
高窓　晶子

◆

長い手紙を読み終えて、わたしは何かを考えることもできずに、ただ呆然と椅子の中に体を沈めていた。

カサリ、という音に我に返ると、指先から便箋がこぼれて、床に何枚か落ちている。

わたしは体を起こしてそれを拾い上げ、順番どおりに重ね直して丁寧に封筒の中へと収めた。

窓の外に目をやると、薄く広がった雲間から幾筋も光が湖面に伸びていた。

目を細めてそれを見つめながら、小さく息をつく。

病院の窓辺のベッドに座った、灰色の髪と細い肩とを思い出す。

あの孤独な姿からは想像もできない手紙の中のきらめきに、心が震えた。

子供の頃に見た映像の中の姿を思い返そうと頭を絞ってみたが、オブジェの様子は出てきても、確かにそこにいたはずのふたりの姿は思い出すことができなかった。

その日、その後の仕事はろくにはかどらず——作業をしていても、ふと気づくと手がぴたりと止まっていて、頭の中で何度も手紙の文面を思い返してしまい、わたしはお昼過ぎには仕事を早々に諦め、ただ黙々と彼女の家の掃除をして過ごす始末だった。


次の日は人と会う用事が控えていて、高窓さんの家には行くことができなかった。

その用事とは、しばらく前からろくに進行していない、つまりはわたしにとって正直あまり気の乗らない仕事の打ち合わせだった。

それは三か月ほど前に持ち込まれた話で、ある大手企業とコラボして、会社のマスコットキャラクターをわたしの小物に入れて売り出しましょう、という企画である。

資料をいくつも並べて、それがどれほどわたしにとって有益か、自分達がどれほどこちらを尊重しているか、そんなことを滔々《とうとう》と語る相手の前で、わたしはついあの手紙のことばかりを考えていた。

相手にも「上の空ですね」と呆れられる始末で……それでも、そちらの方が今の自分にとって遥かに重要なことだと、そう感じられる。

夜、ひとりの部屋で何度も昨日の手紙を読み返していると、細い肩を斜めにして机に向かって文字を綴《つづ》る彼女の姿がまざまざと目に浮かんだ。

そして次の日、わたしは朝早く起き出して急いで高窓さんの家へと向かった。

郵便受けには、二通目の手紙があった。

二通目の手紙

◆

拝啓
新しい病院は、海のすぐ近くに建っています。

私は長くあの家に住んでおりましたので、水辺で暮らすことには慣れているつもりでしたが、海というのは湖とは何もかもが違うのですね。

まず潮の匂いに驚きました。海に行ったことがない訳ではないのですが、もういつだったかも忘れてしまうほど昔のことで、そうか、海というのはこんなにも強く香るものなのか、とここへ来て感銘を受けました。

波の音も、湖のそれよりずっと大きく、時に激しくて、海というのはこんなにも荒々しいものだったか、と目を見開きました。が、穏やかな時には本当にしずかでただただ明るくきらめいていて、窓から一日中見ていても飽きないのではないかと思います。

私はこの病院に来られてよかった。

前回お話しした高校生活も三年生となり、私と早紀は、同じ大学を目指すことにしました。東京にある有名な、いわゆる『お嬢様大学』を受けることにしたのです。何故ならそこには女子寮があり、一年生は全員、強制的に入寮が決められていたから。彼女の母の束縛は日に日に厳しくなり、補習だの委員会だのと言い訳をしたり、お稽古に少しだけ遅刻していったりして、わずかな時間でも私と過ごそうとしていた彼女でしたが、それもどんどん難しくなっておりました。


そんな日々の中、一度夢中になって、お稽古の時間をすっかり忘れてしまったことがあり、その次の日学校に来た早紀の、制服の袖から覗く腕は、赤く腫れていました。

「竹の定規で何度もぶたれた、けれど晶子の名前は決して口にはしなかったわ」そう明るく誇り高く彼女は言って、朗らかに笑いました。

その前で私は涙を止めることができなかった。

ぽろぽろ涙をこぼす私に、彼女はびっくりしたように大きな目を見開いて、私の肩をぎゅっと抱き、また軽やかな笑い声を立てました。どうしたの、大袈裟ね、と。

きっと私が守るから、私は彼女の手を取り、そう言いました。貴女のその才能は決して何者にも遮られてはいけない、きっと私が守って、輝かせてみせるから、と。

彼女は首を傾《かし》げて、「大丈夫」と微笑みました。

貴女といると自分の想いはぐんぐんと伸びる、だから例えまわりで何があろうとも、貴女が傍にいるだけで貴女の言う自分の『才能』は間違いなく輝くの、だから大丈夫。

——ああ、自分は生涯、このひとを守ろう、そう私は胸に誓いました。

それを破る日が来ることを、その時には知りもせずに。


もともと早紀の母親は、彼女が高校を卒業したら『花嫁修業』をさせ、その間に自分の眼鏡にかなう相手と見合いをさせて結婚させよう、そう思っていたはずです。

それから逃れてとりあえず時間を稼ぎたい、母から離れて晶子とふたり、一度は思い切り自分のやりたいことに没頭してみたいんだ、彼女はそう言って大学進学を望み、私も同じ思いで、進学を決めました。

私達の時代には大学に行く女性はむしろ珍しい方でしたから、そういう背景を何も説明せずにただ「進学したい」と言うと、うちの両親は大層驚いていましたが……それまでもずっと、作品の仕掛けのアドバイスをもらっていた父は「早紀と同じ大学だ」ということが判ってからは何も言わずに、そう安くはない学費を工面してくれました。

勿論早紀の進学の意思について、彼女の母は大きく難色を示しました。

けれども私達は諦めませんでした。進学先がお嬢様大学だけあって、在学中であっても相当の家からの見合いの申し込みが多くあったり、卒業後もかなりの名家に嫁ぐ生徒が大勢いる、ということを調べて早紀に教えたのです。

それを知った彼女の母は、一転して彼女の進学、そして家を出て寮に入ることもあっさりと認めました。

彼女の父は一般的に見れば十分名の通った会社にお勤めされていたのですが、どうも母親にとってはその会社も、そこでの役職も、とうてい納得のいかないものだったようでした。

「だから娘を自分が思う『名家』に嫁がせ、そこと縁続きになる、それがあの人の人生最大の目標なのよ」そう言って早紀は笑っていたものです。

私達はふたりとも、そんなことは露程も考えておりませんでしたけど。

無事進学が決まり、大学の、そして寮での生活は、本当に輝かしいものでした。

寮は二人部屋で、もともとはお互い別の人が割り振られていたのを、適当な理由をつけて変わってもらったのです。

寮は二年以降は強制ではなかったのですが、無論そこから出ていく気はなく、何も知らない彼女の母も寮を出てひとり暮らしなど認めるはずもなかったので、私達は何食わぬ顔で無事に四年間をそこで過ごすことができました。

そして、様々なものを作り出したのです。

あの『夜を測る鐘』、あれは彼女が高校生の時に拾ってきた時計へのイメージが基となってできた作品です。

本当はあの振り子時計に施したかった様々なアイデアを、私達はあのガラスのドームの中に詰め込みました。

オブジェに配置する物や色のアイデアはもっぱら早紀の方で、それをどう動かすかはふたりで考え、その仕掛けの機構と音楽は私の担当でした。

曲はオルゴール職人の方を探し出して、新聞配達などのバイトで貯めたお金でメロディにしてもらったのです。

なにぶん私も早紀も初めてのことで、特に思うように動くための仕掛けをこしらえるのは大変に難しい作業でした。あの頃はよく父に電話や手紙でアドバイスをもらったものです。

しかも動いたら動いたで、それを見て彼女が更なるアイデアを思いついたり、逆にすでに仕上がった部分が気に入らなくなって取り外したりと、ある程度納得できるところまでたどりつくには実のところ、四年のほとんどを費やしました。

けれど勿論、四年間の大学生活が終わるまでに、私達はその後の自分達の行き先を定めなければなりませんでした。特に彼女は、ただ単純に『地元に戻らず就職する』だけではなく、『彼女の母が帰らないことを納得する程の就職先』を見つける必要がありました。

正直私は内心で、そんなことはとうてい無理だろうと思っていて……けれど彼女は、意外なところから突破口を見つけてきました。

東京には彼女の母と、彼女が習っていた華道の流派の本部がありました。

彼女はそこに、事務員として就職を決めてきたのです。

そこには早紀の一家が私の高校に転校してくる前に暮らしていた土地で通っていた教室の師範が、今は役員として勤めていました。大学生活の間にもお稽古ごとを続けるよう母に命じられていた彼女は、その先生のところへ通い続けており——そこでどうやってかうまいこと先生を味方につけて、就職することに成功したのです。

さすがにこれには、彼女の母も反対することができませんでした。


私の方は、ごくごく普通の、さほど大きくはない食品会社に事務員として就職しました。

正直に申しまして、仕事なんてなんだってよかったのです。

ひとりで暮らしていけるだけの収入があり、創作に時間と体力の余裕を残しておけるような仕事であれば、何でも。

私は仕事以外のほとんどの時間を、彼女との創作に費やしました。

そして大学の四年間と就職してからの二年間で、私達は『夜を測る鐘』『時を裁《た》つ鋏《はさみ》』『水を裁く弓』の三つの作品をつくり上げました。

つくっている間、私達は実のところ、これを誰かに見せようとかそういうことは全く念頭にありませんでした。

目的は『つくること』それ自体で、それが楽しくて、その後のことはもともと考えていなかったのです。

だから『夜を測る鐘』は勿論、他の作品についても『完成』ということはなくて、いつまでもいつまでも飽きることなく、手を入れ続けていました。年数の割につくったものの数が少ないのはそのせいです。

ああしてずっと、純粋にただ『つくること』に耽溺《たんでき》していればよかった。

作品を世に発表しようとか、それによって名声や収入を得ようとか、そんな欲求は私達には微塵《みじん》も無かったのですから。

あれは、私達ふたりだけの、完璧な世界で、そこで十分、私達は満ち足りていたのです。

それ以上のものは、何も要らなかったのに。

少し手が痛んできました。

こんな風に文字を綴るなんて、久しくなかったことですから。

けれども気持ちは不思議に高揚しております。

波の音に励まされているような心地がいたします。

どうかもう少しおつきあいください。

かしこ
高窓　晶子

◆

手紙を読み終え、わたしは居間に向かってあの『夜を測る鐘』の前に立つと、名前を見たことで急速に甦ってきた他の作品の記憶をひきずり出した。

『時を裁つ鋏』、それは一見、とても奇妙な作品だった。

形状としては『鐘』と同じ筒型のドームで、でもサイズはもうひとまわり大きく、そしてその表面は一面銀色に覆われていて中の様子は全く判らない。

暗くなったスタジオにぽん、ぽおん、と親指ピアノのような音が軽やかに流れ出すと、突然、ドームの上から下へ向かって、順々にぴかり、と中から光があふれ出て、それと同時に光った部分だけドームの内側がはっきり見えた。

青や薄緑、琥珀色の鋭角なガラスの破片が舞う中を、ぱらぱらと開いたページをはためかせながら背の赤い小さな本が落下していく。

それは一冊の本ではなく、上から下に何冊もの本があって、順に光らせることで落下していく本の瞬間瞬間を切り取ったように見せているのだ、そう子供ながら判った。

一番底の本は、ページをずぶりと透明な鋏で突き刺されており――ふっと音楽と光が消えると、そこにあるのは元の銀色のドームだった。

子供のわたしは、自分でも気づかぬうちに完全に止めていた息を長く吐き出したものだ。

そして『水を裁く弓』、これは今までの二つとは違って、一回一回、仕掛けをし直さなければならない作品だった。

全体としては上に銀の蓋のかぶせられた筒型のドームで、一番上の部分は透明なガラス、一番下は中が見てとれない程度の透け感のある黒みがかったガラスで、中心は透明な液体で満たされている。

液体の一番下と最下層の空間の境目には、薄い銀色のグラデーションをかけたすりガラスのような加工がされていて、液体の底の部分がどうなっているのかは判らない。

女性のひとりが長さが五、六センチ程の少し幅のあるガラスの矢を取り出して――その表面には一面、炎のようにうねる青いラインが施されている。

蓋を開けて内側にある何かに矢をセットしてまた元どおりに蓋を閉め、台座の裏を触ると、かりん、かりんと胸の奥をひっかくようなオルゴールの旋律が流れだして。

その曲が少し流れたところで、かちり、という小さなスイッチ音と共に、蓋の下からすぱん、と矢が飛び出した。

ひゅっ、とわたしは思わず息を呑んで――が、一気に底まで貫くと思っていたその矢は、水中に入った瞬間に姿を消し、いや……ある。

何故かその矢は水に入った途端に全く見えなくなり、けれどその青いラインだけが水の中にあって、くるりくるりと螺旋《らせん》を描いてゆっくりと下りていくのだ。

父に聞いてみると、おそらく真ん中にある液体はガラスと屈折率が同じもので、液の中にガラスの螺旋の管があって、そこにうまく矢が入って落ちていくように設計してあるのではないか、そう言っていた。

やがてその青い炎の矢はすりガラスの向こうに見えなくなり——と思うと、ひときわぽおん、と高く音が鳴って、ぱっ、と下の黒ずんでいた部分が明るくなり、その中心で底に突き刺さった矢がくるり、と回った、その瞬間に電気は消え、音もやむ。

後にしいん、と沈黙が広がった。

多分番組にはその後のトークなどもあったのだろうけど、わたしの中に残ったのは、あの夢のように美しいもの達のたたずまいと、胸の底を貫くように響く音楽、そしてそれが終わった後に残る水のような沈黙と余韻、それだけだった。

ここに行けたらいいのに、幼なごころに、わたしはそう思った。

これ等には確かに何か間違いの無い『世界』がある、そこに行けたらいいのに。

それは子供ごころに、焦がれるような憧憬だった。

学校が終わって帰り道、途中で友達と別れてひとりになって、ふと立ち止まって夕空を見上げる。夏の日、親が連れていってくれた海はずいぶんと遠浅で、その中をどんどん歩いてふと振り返ると驚く程遠くに砂浜が見える。夜、ベッドに入って電気をぱちりと消すとそれと共に部屋の中がしいんと静まって天井の壁紙の上にゆらりと何かが立ちのぼる。そんな時、わたしはいつも、あ、行ける、今なら行ける、そう強く感じたものだ。

無論一度も、旅立つことはできなかったけれど。

あの子供の頃の灼《や》けつくような憧れを思い出しながら、わたしはそうっと、爪の先で『夜を測る鐘』のガラスに触れた。

子供の頃に感じた、ただ単にきれいというだけではない、その奥に何かがあるような気がする、そういう漠然とした感覚を今はもっと強く感じる。

光の裏の影、儚げな輝きの中に潜む強かさ、そしてそれを練り上げてこうしてかたちにした、ふたりの魂の強さ。

世界の果てのようにもの寂しいものに対峙して凛と立っている背中、そんな姿が目の裏に浮かんだ。

その立っている人のひとりは、ぴんと背筋を伸ばした高窓さんの後ろ姿で、そしてその隣には、もうひとり、誰かが……そう、音羽早紀が、いた筈だ。

二通の手紙から伝わる、ふたりの深い友情——なのにどうして、今の彼女はあんなにもひとりぼっちでいるのだろう？

……もしやもう音羽早紀は、この世のひとではないのかもしれない。

彼女の手紙の中に時折ちらちらと走る深い悔恨や痛みを考えると、それはあながち外れてはいない気もして……けれど、もしそうだったとしても、それはただ単純に病気や運の悪い事故で亡くなった、ということでは無いように思えた。何か、もっと他に、不幸な事情があったのではないだろうか、と。

いろいろと考え出すとどうにもならないような気持ちになったけれど、わたしはとにかく一日手を動かして仕事をした。


次の日、郵便受けは空のままだった。

そしてさらに翌日、また衝動に任せて朝から高窓さんの家に向かったけれど、郵便受けの中には何も見当たらない。

……まあそれもそうか、とため息をつきながら、わたしはダイニングテーブルに仕事の荷物を広げ、昨日から始めた刺繡の続きを開始した。

けれどなんとなく気力が削がれてしまったような感じで、手を動かそうという気が起こらない。

わたしはトートバッグの中からお茶を入れたステンレスボトルを取り出して寝室へと移動すると、丸机にカップを置き、窓とカーテンをいっぱいに開くと揺り椅子に腰掛けた。

窓の外には、明るい青空に大きめの雲がぽかりぽかりと浮かんで、その雲の下の側の色が湖面を反映するかのように灰青ずんでいて、ああ、低いな、と胸の内で思う。

……なんだかこのまま、一日空を眺めて過ごせてしまいそうだ。

彼女もここで、こんな風に過ごしたのだろうか、そう思いながら見ていると、雲は風に流されて、少しずつ数が増えてくる。

見つめていると、胸の中がどんどん平らかに、安らかに落ち着いてきた。

ここに、いたら……なんだかいろんなこと、どうでもよくなっちゃいそうだな。

風をはらんでふわり、と膨らむレースのカーテンを見ながら、そうひとりごちる。

この奇妙なまでの明るさとしずけさの中にいると、そこであくせくと何かをする、ということがなんだか不自然な気がしてきて……もっときちんとこの自然の中に身を委ねるべきだ、そんな気がしてくる。

高窓さんは……ここで毎日、どう過ごしていたんだろうか。

きちんと整った家と、あの凛と伸びた背筋、流麗な細い文字を目の裏に思い出す。

小さく美しくしずかな家の中で、まるで修道女のように何かを削《そ》ぎ落したような暮らしを送る彼女の姿。

それは確かに硬く小さいダイヤのように輝いていて——不幸ではない、きっと、でも。

でも……温度と湿度のある幸福、とは、どこか違うような、そんな気がする。

手紙の中にはっきりと漂う、底の無いようなさみしさを思い出し、わたしは胸がきゅうっと締め上げられるような心地を味わった。

しばらくそうやってうだうだと時間をつぶしてしまった後、それでもせっかく来たのだし、とわたしは重い腰を上げて刺繍の続きを始めた。

お昼が近くなってきた頃、外の意外な程近い場所にバイクの音がしたのに、はっと顔を上げる。

――もしかして。

やりかけの刺繍を脇に置き、飛ぶように立ち上がって玄関へ向かい扉を開くと、門の脇で郵便受けに今しも何かを入れようとしていた五十代後半くらいの配達人の男性が目をまんまるにしてこちらを見た。

「あの、それ、家ですか」

言いながら歩み寄っていくと、男性は一度手の中のものを見直してから「え、ええ」とうなずいてそれをこちらに差し出してくる。

「いや、自分ももう何年もこの辺を担当してますけどね、こちらのお宅の方を見るのは初めてで……というか、こちらにこんなに郵便を届けるのも、初めてなんですけどね」

「そうですか」

わたしは生返事をしながら、それを受け取った。なんだか今日のそれは、ずいぶんと分厚く、そして何故だかとても固い。

なんだろう、これ……？

「じゃ、確かにお渡ししましたよ」

彼はそう言って軽く頭を下げると、バイクの音を響かせて去っていった。

わたしは首を傾げながら家へ戻ると、封筒を開いてみる。

中からは一枚の便箋と、もうひとつ——透明なプラスチックの四角いケースに入った、カセットテープが出てきた。

わたしは同封されていた便箋を開いてみる。

そこにはもうすっかり見慣れたあの細くさらりとした文字で、短い挨拶、手の調子が悪くなって文字が書き辛いこと、そこで書きたかったことをこのテープに吹き込むことにしたこと、が記されていた。

そして、居間のテレビ台の下にカセットデッキが入っていることとその使い方の説明も。

わたしはテープと便箋を片手に、居間へと向かった。

テレビ台の扉を開けてみると、そこには確かに、アタッシェケースのような形をした大きな銀色のカセットデッキが入っていた。

カセットテープはその昔、父が持っていたりテレビや雑誌で見たことがある。けれどよく考えてみたらデッキを見るのは初めてかも。

こんな嵩張《かさば》るもので音楽を聴いていたのか、と感心しながら、わたしはデッキのコードを壁のコンセントに差し込んだ。

便箋の説明とデッキ本体を交互に見ながら、かちり、とテープをセットする。

ひとつ、深く呼吸をして、浅くソファに座り直すと、わたしは指を伸ばして『再生』と書かれたデッキのボタンを押し込んだ。

「……朝川さん、高窓です」

わずかな間をあけて、あの声がすうっと風のように流れ出してきた。

三通目の手紙

◆

朝川さん、高窓です。

突然こんな形の『手紙』になってしまって、驚かれたでしょう。ちょっと、どうしても手がきつくなってしまったものですから、こんな形でお便りすることになってしまいました。

今時テープに録音なんて、と思ったのですけれど、看護師さんが、倉庫にしまいっ放しの古い備品を貸してくださったのです。

テープも同じ看護師さんが駅前の大きな電器屋さんで買ってきてくれました。いまだにこんなものが普通にお店にあるなんてねえ、いったいどなたが使われるのやら。

もう何年も使っていない家のデッキの方が、ちゃんと動くか心配です。

……ああ、なんだか、可笑《おか》しな気持ち……機械に向かって話しているのに、貴女が向かいで話を聞いてくださっているみたいで、それが嬉しくて。

そちらには余計なお時間を取らせてしまいますけれど、どうかよければ、おつきあいください。

どこまで、お話ししたでしょうか……そう、私達ふたり、大学を卒業して、働き出したところでしたね。

卒業して二年後くらいに、とても困った様子で早紀から電話がかかってきたのです。次の休みに、必ず寮に来てほしい、と。

休みはいつも、用事が無ければどちらかの寮で会うか、材料を調達しに買い物に出るかで、電話はむしろ会えない時の連絡用でしたから、私は少し不思議に思いました。

言われたとおり、私は次の休みに彼女の寮へと向かいました。そこで、彼女のお花の先生、彼女の就職を手助けしてくれた方に、お会いしたんです。

話を聞いてみると、親しい寮生のひとりが私達の作品を気に入って、先生に話してしまったんだと……それで、彼女の部屋にやってきて作品を見た先生が、やはり感心されて、ご自身の知り合いの、美術界の名の知れた方に作品のことを話したのだと、そういういきさつでした。

そしてこれから、その美術界の方がこちらに作品を見に来られるのだと。

私達は、困惑しました。おかしな話なんですけれど、その時まで私達は、自分達が『美術品』をつくっている、という意識が無かったのですね。

ただ、あれは……私達にとって『正しいもの』をつくっている、という感覚でした。私達の魂の向かう先の世界、それを形にしてこの世に起こしている、そういう感じです。

だから、飾って誰かに見せる、なんて思いもしなくって。作品だって普段は、私の部屋のそれより少し大きめだった早紀の部屋の押し入れに、壊れないよう段ボールなんかを巻きつけて押し込んでいたくらいなのです。いったいその人はこれを見てどうしようと言うのか、正直途方に暮れました。

でもこうなったものは仕方がないので、私達は作品を取り出し、丁寧に磨いて部屋の真ん中に三つ並べました。

数時間程して、その方はやって来られました。少しだけお腹の出た、でも背筋のしゃんとした、白髪に白髭《しらひげ》の、粋な背広を着たご老人でした。

「見せてください」と挨拶もそこそこにおっしゃるので、私達はおっかなびっくり、作品を順々に披露しました。思えばそれが、あの作品をきちんとした形で自分達以外の誰かに見せた初めての経験です。

仕掛けが終わって、部屋がしいん、と静まって、その後ずいぶんと長い間、その方は腕を組んだまま黙っておられました。

所詮女子供がつくったおもちゃのようなものだもの、きっと気に入らなかったんだろう、私は内心、そんな風に思いました。

でもその時、腕組みを解いて、言われたんです。

「これを見た後と前とでは、沈黙の音が違うものに聞こえる」と。

その瞬間に私は、ぱあっ、と目の前が開かれるような思いがしました。それは、彼女があの、大きな時計を引きずって歩いていた、私に向かってこれをどうしたいか熱く語りだした、あの時の感覚に似ていました。

あの時には、私の中の、私の知らない部分の扉が突然開かれた、そんな風でした。そしてこの時は、私と彼女とでつくりあげた大きく複雑なお城の扉がぎいっと開かれた、そんな気持ちになりました。

いるんだ、と……ふたりきりの遊戯だったそれを、ちゃんと、こうして判って、見抜いてくれるひとがこの世にいるんだ。それは大変、新鮮な感覚でした。

新鮮で……とても、嬉しかった。

それは彼女も、同じ気持ちのようでした。ちらっと見た横顔の瞳が、きらきら輝いていて。これが胸に届くひと達が、この世に他にもいるのなら、それを見てみたい。そのひと達と、この世界を共有してみたい。

そう、思いました。

だから……私達ふたりは、ＯＫしてしまったんです。

「この作品で世に出てみないか」という、その方の言葉に。

私達がその時最も恐れていたのは、彼女の母の反応でした。

おとなしく華道の仕事をしながら、より良い結婚相手を得るために花嫁修行をして機会を待っていた、とばかり思っていた娘が、こんなことにうつつを抜かしていたとあの人が知ったら……間違いなく彼女は仕事を辞めさせられ、実家に強制的に戻されて彼女の母が思う『良き家』に嫁がされてしまうだろう、そう。

私達はその懸念を、ご老人に打ち明けました。

彼は、言いました。

「貴女達は、自分の作品で、いつか世界まで羽ばたける……そんなものは石ころ程度の重しにもならないよ」と。

それを聞いた時の、早紀の表情を今も覚えています。

色白の頬が内側からほんのり上気して、瞳が大きく見開かれて……たった今深い眠りから目が覚めた、そうしたら自分がまるで知らない場所にいた、そんな顔をしていました。

自分が一度だって考えもしなかった、そんな可能性を目の前にした人の顔でした。

「――やります」

と、聞いたこともない声で彼女がはっきりと言い切りました。

それにぐいっとつられるように、私も「やります」と言い、彼は大きくうなずきました。

そうして私達は、今までとは全く違う場所へと続く階段に、ひとつ足を進めたのです。

それからしばらくの日々のことは、正直言ってあまり覚えてはいないんです。

ただもう、あまりに忙しく、慌ただしくて……作品を世に出してしばらくして、当時かなり権威のあった美術賞をいただき、その途端にあちこちから取材の申し込みが殺到して。朝川さんが見てくださったテレビ番組も、その頃のものだと思います。

早紀は母親にデビューすることを全く話しておらず、受賞してテレビや雑誌に露出が増えて初めて、母親がそれを知って……ええ、大変な剣幕で乗り込んできましたよ。でも彼女は以前に取材で仲良くなった記者の方にお願いして、母親がやって来た際にそこにいてもらうようにしたんです。

あれはもう本当に、ある意味見ものでした。遠目で見てもはっきり判るほど、柳眉を逆立てて肩をいからせて、カンカンになって歩み寄ってきた、それが……記者の方が名刺を差し出した途端、膨らんだ風船がしぼむみたいに怒りがみるみる消えていくんです。

「結局あの人が好きなのは実質じゃなくて『形』、外側からだけの皮の形なのよ。それがなんでもいいの、『名家』でも『医者』でも『大企業』でも、『世に名の知れた芸術家』でもね。あの人が思う『権威』に相当するものなら、それがなんだっていいのよ」

早紀はそう言って笑いました。

初めて見る、せいせいとした、ずっと背負っていた何かから解放された屈託の無い笑顔でした。

私は……どう言えばいいんでしょうねえ、もう、言葉になんてならないほど、本当に本当に嬉しかった。

もう自分達を引きはがそうとするものは何ひとつ無いのだと。

何の重しも無く、堂々と胸を張って、ふたりで羽ばたいていけるのだと。

目の前には、輝きしか見えませんでした。

あれほどの幸福は、後にも先にも自分の人生には無かったと思います。


もう誰にも隠しておく必要が無くなって、私達はすぐにでも新しい作品に全力で取り組みたかった。

いくら作品が賞を取ったからと言って、すぐにそれで食べていける程のものなどなくて、私も彼女も、それまでの仕事は変わらず続けていました。

そうは言っても、きっかけがきっかけだけあって、彼女の方はかなり自由が認められていて、平日の昼間でも取材や打ち合わせがあれば職場を抜け出すことが許されていました。

一方、私はそうはいかなくて……職場の人は皆、「現代芸術の活動をしている」なんて言ったところで怪訝《けげん》そうな目で見てくるばかりでしたし、上司も「趣味で仕事をおろそかにするなんてもっての他だ」という態度でしたから。

それでつい、そういうことを彼女ばかりに任せがちになっていました。

作品関係の仕事と、本来の今までの仕事と……時間はいくらあっても足りなくて、こうなる前に本当に希望していた、誰にも何にも邪魔されず、時間を忘れて、好きなものをただ思いっきりふたりでつくる、それがかなえられることはありませんでした。

それまでは例え自由度が低くても、休みの度に会ってふたりで好きなものをつくれた。なのにそれすら全くできなくなって……私の心の中には、少しずつ少しずつ、灰のように何にも溶けないものが降り積もっていくようでした。

鏡を見る度、目の奥が暗く濁っていくように感じたものです。


ふたりきりでゆっくり話す、そんなことさえままならない日々がしばらく続いた後、私は彼女から、久しぶりに電話を受けました。受賞の後は、あのご老人が側近の男性をマネージャーとして付けてくださっていて、たいていの連絡はその人から来ていたのです。

それはちょうど、賞を取った作品が全国あちこちの美術館やギャラリーを回って東京へ戻ってきて、ご老人が経営されている銀座のギャラリーでの個展が終わって記念パーティー、すなわち凱旋《がいせん》祝いの会が開かれる、だからそれにはぜひ出席してほしい、そういう依頼の電話でした。

なにしろ早紀との久しぶりの電話でした、だから私は、もっと個人的な話がしたくて……けれども彼女は、上の空でした。

それはとても、不思議な感覚でした。

私には今まで早紀の声が、そんな風に聞こえたことがなかった。

作品について話している時、それとは全然関係ない、仕事のことや映画や本の話、どこかで起きた事件や軽い世間話、そういう時でも……何かについて話している時、彼女の声は、いつでもきちんと『それについて話している声』をしていました。

でもその時は違ったのです。

パーティーのこと、日時や場所や、誰が来るのか、その後に来ているいくつかの取材依頼、そういうことを話しながら、彼女の声は本当は別のことを考えているように私の耳に響いてきました。

何があったのか、私は聞きかけて……ぐっと、言葉を飲んでしまいました。

恐かったのです。

足下の床が急に消えてしまったみたいで、恐かった。

それで、聞けませんでした。


パーティーはその一週間後の土曜でした。

その頃は今と違って週休二日なんて会社はほとんど無くって、土曜も午前中は仕事でしたから、私も半日働いて、その後に母が送ってくれた仕立てのよい深緑色のワンピースと真珠のネックレスをつけて、それでも久しぶりに早紀に会える喜びにわくわくしながら会場へと向かいました。

会場は銀座に古くからあるいくつものレストランが入った会館の宴会場でした。私が到着した時には、もうすでに多くの人が来ていました。

知っている顔も、知らない顔もありました。

その中に……あれが、いたのです。


……もう夜もだいぶ更けてまいりました。

次のお手紙までは、少し間が空いてしまうかもしれません。

ここまで続けておきながらこんなことを言うのは大変心苦しいのですが、この先の、話は……私にも、とてもお伝えするのが難しい話なのです。

なんとか過《あやま》たず、伝えたい。どう言えば間違わずに伝わるのか、あまり自信がありません。

どうか、貴女がこれを聞いてくださっていますように。

それでは、おやすみなさい。

◆

——言葉が切れて、ふっと目を上げると、うすぼんやりとそこに座っている高窓さんの姿が見え、そして消えた。

話が終わってしまって、けれどテープはまだ残っているのかそのまま回り続けていて、霧雨のような、さあさあとしたかすかな音が流れている。

わたしは手を伸ばして、かちりと『停止』ボタンを押した。

部屋の中が急にしいんとする。

もう一度目の前を見ると、やはりそこに高窓さんが座っているような、その膝の上にきちんと揃えられた細い指先さえ見えるような、そんな気がしてならなかった。


気持ちだけは急《せ》いたけれど、きっとああ言っているのだからこの先しばらくは続きの手紙は届くまい、そう思ってわたしはわざと、他のことに集中した。

その中のひとつに、先日会った相手ともう一度会う用事があった。

正直に言って気は進まない、けれど話はもうどんどん進んでしまっている。相手の押しに負けてしまって、自分の仕事の経営状態などもすっかり教えてしまっているのだ。

待ち合わせの喫茶店で、相手はこの間と同様にずらりと資料を目の前に並べてみせた。

「これと、それからこれが、今まで弊社でブランド化して売り出された個人作家の方達の業績です。見事なもんでしょう?」

正確な年齢は知らないけれど、おそらく三十代後半であろうその男性は、そう言いながら指先でとんとんと幾つものグラフをつつく。

「ここ数年の朝川さんの売上高平均はこれくらいですよね。固定費がこれくらい、でも変動費の幅がこれだけあると……その点、ウチがサイトの運営や仕入れを持つことで……」

ああ、いけない、と思っていながら、相手の言葉がこの前のように頭の中をただ上滑っていってしまう。

代わりに心の奥にずっと見えているのは、あの小さな家のしずかな佇まいだった。

「朝川さん」

不意に強い声で名を呼ばれて、はっと顔を上げる。

相手はあからさまに苛立《いらだ》った顔をして、こちらを見ていた。

「今回は、弊社としても、かなりのいい条件でお話しさせてもらっているつもりです。正直これ以上、何を望まれてそんなに結論を引き延ばしているのか、僕には判りませんね」

「……そういう、つもりじゃ」

わたしは口ごもりながら、ふっと手元に目を落とした。

でも、どうしても……気持ちが、収まりきらないところがある。

「あの、このシリーズは、どうしても……色選択を、減らさないといけませんか」

小声で言うと、相手の眉がぴくりとはねた。

「そのお話は、前回も前々回もしましたよね？　いや、そりゃあ将来的には、いいですよ、朝川さんが望まれるのでしたら。でもほら、数字、見せましたよね？　これは他の方の例ですけど」

机の上のひとつの資料を取り上げて、ぱらぱらめくってこちらに見せてくる相手の姿に、わたしは聞こえないようかすかなため息を口の中に漏らした。

「それさ、どうなの、きいが納得できないなら、やめた方がいいんじゃない？」

その日の晩に、呼び出したミナモと居酒屋のテーブルで向かい合いながら昼間のことを相談したわたしに、彼女ははっきり、そう言い切った。

「う……ん、まあ、そうなのかも……しれないけど」

ミナモとは対照的に歯切れ悪く言って、わたしはお通しの人参とピーマンのきんぴらをつつく。

「そりゃ、最終的に儲《もう》かるのかもしれないけどさあ……色数抑えろとか、形やサイズ減らせとか、そういう、大手の言い分？　でも、そういう会社ができないことを拾っていくのが、きいの提供する仕事の良さってもんじゃないの？」

ミナモの言うことはすべて正しくて、わたしは何も言えずに小さくうなずいた。

そうだ、それは全部、判っている……自分だって本当はそういうところを目指したい、けれど。

頼んだつまみもまだ出揃わないうちに、わたしはぐいっと一本目の日本酒のとっくりを空にした。

普段はもっとゆっくり飲むタイプなので、もうすっかり胃の腑《ふ》から体全体に熱が回っていて……その熱が頭の中にもこもってくるのを利用して、わたしは口を開いた。

「ほら、わたしって……ちゃんと働いたことがないじゃない？」

「へ？」

ビールジョッキ片手に、ミナモがきょとんと首を傾げる。

「ちゃんとした会社勤め、みたいなの。バイトでさえ、したことないもの。ずーっとお裁縫一本で、ここまで来ちゃって……サイトの構築とか年金とか確定申告とか、そういうの、お義兄さんのところでいろいろ面倒見てもらって。だからパソコンとかも、そういう特化した方面だけはなんとかなるけど、他は全然、使えなくて」

ちょうど運ばれてきた、熱々の唐揚げにたっぷりの葱《ねぎ》と甘酢がじゅわっとかかった皿からお肉を取りながら、わたしはミナモの目を見ずに話し続けた。

「いわゆるビジネスマナー、みたいなのも全然、判らないし……だから、万一のことがあっても、わたし全然、つぶしがきかないんだよ」

皿に取ったはいいけれど、まだ熱過ぎて口に運べない唐揚げを諦め、わたしは箸を置く。

「そういうの、ちょっと、正直、不安なのね。今はいいけど……この先何年、自分がこのまま、やっていけるのかって……自分ひとりだけでどうにかなるのかって、不安で」

呟くように話し続けていると、目の縁にうっすら涙がにじむのが判って、わたしは内心で慌てた。

今話しているこういうことは、それなりに長いこと自分の中で考え続けてきたつもりなのに、心の奥にここまでの大きな不安があったことを、今まで自分でも気づいていなかったなんて。

「……ん」

ミナモが小さく喉の奥でうなずいて、運ばれてきた二本目のとっくりからおちょこにお酒を注いでくれた。

「ごめん、会社勤めは会社勤めで、いろんなこと大変なの、判ってるんだ。でもやっぱり、屋台骨、それ自体が倒れることをあまり心配しなくていい、っていうのは、少し、羨ましいなって思うことがある」

「ん、まあ、そういうのはお互い様だよ、きっと」

強引にジョッキをわたしのおちょこに当てて、ミナモが明るく笑ってくれた。ああ、だからわたしは昔から本当に彼女が好きなんだ。

「そうか、そうねえ……うん、安定って、確かに大事だよ。やっぱさあ、バックがしっかりしてるかしてないかでは、病気の治りだって違うもん。いろんなこと心配ばっかりしてると、それだけで治りも遅くなるよね」

唐揚げをぱくり、と口に入れたと思うとぐいっとジョッキを飲み干して、「すみません、生追加！」と通りすがりの店員さんに明るく言い、ミナモはこちらに向き直る。

「……でもさ、わたし好きなんだよ、今のきいの仕事」

まっすぐ目を見て言われたその言葉に、心臓がずきりとした。

「何もかも全部わたしのわがままだけど、好きなんだ、きいの今やってる仕事も、それをやってるきいの姿も。見ていてすごく……正しいなあ、て思う」

続いた言葉が意外で、わたしは息を呑む。

——あれは私達にとって『正しいもの』をつくっている、という感覚でした。

昨日聞いたばかりの高窓さんの言葉が、耳の中に甦った。

「どう言ったら、いいのかなあ……きいにとって一番の、間違いのない、正しい場所を進んでるって言うかさ。そういうの、眩しくて、すごくいいなあって、そう思うんだ」

届いた二杯目のビールを脇に置いて、ミナモはこちらに身を乗り出す。

「だから、わがままなわたしとしては、このままずっと、きいにはその『正しさ』をつくっていってほしい。それが結局、きいにも一番、いいことのように思う。勝手な意見だけど」

わたしはひとつ、深い呼吸をして小さくうなずいた。

「ありがとう。考えてみる」

「ん。……まだ言いたいことある？　無い？　じゃこの話、もうおしまい」

ミナモはがらりと口調を変えてそう言うと、ジョッキを手に取った。

「あ、そういえばさあ、あれからまだ行ってる？　高窓さんのところ」

そして続けられた言葉に、わたしはどきりとして手に取りかけていたおちょこを戻す。

「あ、うん、時々ね」

声が上擦りかけるのを抑えて言うと、ミナモは全く気に留めずに「そうなんだ、ありがとう」とうなずいた。

「高窓さん、リハビリ順調みたいだよ。向こうの看護師さんから連絡もらった」

「へえ……よかった」

そういえば肝心のそこのところは全然知らなかったので、それを聞いて少しほっとする。

「いくら工事の間使えるといっても、あんまり長い間じゃ、きいにも悪いしね。よかったよ。……あ、ねえ、今度連れてってよ、高窓さんち」

「え？」

「あの辺の別荘って、一度見てみたかったんだー。都合合いそうなら、次の休みの時、一緒に行かせてもらっていい？」

ミナモのいきなりの提案に、わたしは口ごもった。

いや、いきなりではない、前にもミナモは高窓さんに「見てみたい」と言っていた。でもあの時と今とでは、事情が……いや、わたしの心の在りかたが……違う。

今のあの場所は、わたしにとって特別なものだ。

勿論あそこは、わたしには何の権利も無い、他人様《ひとさま》の家だ。けれどもいつの間にか、わたしは心の中で、あれが自分にも特別な場所、居場所のひとつのように感じていた。誰にも見せたくない、自分だけの場所。

それに、もしミナモを連れていった時に、彼女からの手紙が届いていたらと思うと、それも心配だった。

あの家はまだしも、あの手紙、あれは、わたしと彼女だけのものにしておきたい、そう強く思った。

「ごめん、今の仕事、ちょっと遅れてて……集中して仕上げたいから、また今度で」

遠慮気味にそう言うと、全く疑わずにミナモは大きくうなずく。

「そっか、じゃまたそのうちね。今の仕事って、あれでしょ、例のお姫様のドレス。ねえ、できあがったら、写真撮って見せてよ」

「あ、うん、勿論」

「約束。……よし、じゃ、飲もう」

軽くジョッキを掲げてみせるミナモに、わたしも小さく、おちょこを持ち上げた。


その二日後、最近調子の悪かった自宅のエアコンの修理に来てもらって、時間はすっかり午後をまわりながらも、どうしても郵便受けを確認したくてわたしは彼女の家に向かった。

そこには、四通目の手紙が届いていた。

四通目の手紙

◆

朝川さん、こんばんは。
こちらは今は夜で、部屋の電気はつけないで、こうして話しているところです。
テープでは多分聞こえないでしょうけれど、私の耳には、かすかに波の音が、していま
す。
けれどここは、とてもしずかです。
時間がかかってしまいましたが……あの日のことを、お話しします。

——あれは、パーティーの中にいました。
私の、知らない顔でした。
後で聞いたことですが、年は三十後半、私達より十ばかり年上で、今で言う『バツイチ』
の方でした。お子さんはいらっしゃらなかったそうですけど。
初めて見た時、あれは別の参加者と談笑しながら、カクテルグラスを手に立っていまし
た。男性にしては小柄な、けれどすらりとした体型をして、紺のジャケットに白いシャツ、

首元にわずかに赤みがかったオレンジのラインの入った緑のスカーフを巻いていて、髪は少し長めで、遠目に見ても、とてもお洒落な男性でした。

私はその時、会場内を歩きながらひたすら目で早紀のことを探していました。

だから、気づかなかったのです。

私の側からはさーっと目の前を流れていっただけのあれが、私に気づいて、歩み寄ってきていたことに。

「……早紀さんなら、まだですよ」

そう横から急に声をかけられて、私は驚いて立ち止まりました。

パーティーの趣旨が趣旨ですから、その場にいる人達は当然、私達のことを知っていました。ですから、声をかけられたことに驚いた訳ではなくって……いきなり口にした『早紀』という彼女の下の名、そして「彼女がまだ着いていない」ということを向こうが何故か知っていること、それに驚いたのです。

「途中までタクシーで向かっていたのが、あんまり渋滞で動かないので降りて地下鉄に乗り換えたそうです。でも、その連絡がオーナーのところに来たのがもう十五分程前ですから、もうそろそろ着かれるんじゃあないでしょうか」

そして私が何かを言う前にそうつらつらと事情を説明したのには驚きました。何故この見知らぬ男が、そんなことを知っているのか。

不審な思いが顔に出ていたのか、あれは不思議そうに首を傾げて、軽く微笑みかけてきたんです。

なんだか、奇妙な気がしました。

……後からいくら考えても……どうして私だけが最初から、あそこまでの違和感を感じてしまったのか、それが判らないのです。

それは『早紀』という呼称がどうこう、ということではありませんでした。

私には……あれのすべてが、奇妙に見えた。

まず、声が不思議でした。

どう言ったらいいのかしら……声というのは、勿論、口から出ますよね。

でも向かいあって話している時に、声だけ口元から飛び出してくるようには聞こえないでしょう。何というか、顔全体からの響きとして、聞こえてくるものです。

だけどあの声は、違ったんです。

本当に……声だけが、ぽっかりと顔の前に浮いているように聞こえました。

肉体から声だけが完全に乖離《かいり》していて、いきなり空中に現れては消える、そんな感じがしたのです。

奇妙ですよね。

そして、話しながら私に向けている、笑顔。

その微笑みも、私の目には、二重に見えるようでした。

ぶれた写真のように、実際の顔と今浮かべている表情とが、ほんの少しだけずれているように、私には見えたのです。

私は……とても、怖かった。

本能的に怖くて……その後もよく判らないことを、ずれた声と笑顔で話しかけられながら、無意識のうちにほんのわずか、後ずさっていました。

その瞬間、あれはふっと喋《しゃべ》りやみました。

同時に、ぶれていたその輪郭が、ほんの一瞬だけ、くっきりとひとつになりました。

そこに……虚無が、現れたのです。

あれが何だったのかは、今になっても、私にはよく判りません。

あれから長いこと生きてきました。

世の中にはいろんな人がいます。嫌な人も、悪い人も、たくさんいました。でも、あんなに奇妙で、あんなに空っぽな人間に、私は出逢ったことがありません。

あの瞬間のあれの顔は、本当に白紙でした。

何の表情も、何の光も、何の影も無い……安らぎも苦しみも哀しみも痛みも喜びも何も無い、あれなら人形の方がまだ魂のようなものを感じられる、それ程までに完全な『空』でした。

私は全身に、ぞわっと鳥肌が立つのを感じました。

体温がさあっと下がって、立ちくらみのような感覚がして……「すみません、少し気分が悪いので」とか適当なことを言って、私はもうそちらの方には一切目を向けずにその場を立ち去ったのです。


後ろから、あれの視線が追ってくるのを感じました。

私はそれを振り切るように、少しでもその場から離れようと歩き続けました。

するとそこに、オーナーが……あのご老人が、ひょいと姿を見せました。

私はもう、その場に座り込みたくなる程安堵して、目の端にほんのり涙さえにじんでいるのを感じながら、ぺこりと頭を下げて……そうしたら、言われたんです。

「フネトくんに聞いたかね。音羽さん、少し遅れるそうだよ」と。

私は軽く目眩《めまい》をおこしながら、「フネトさんとは誰か」と尋ねました。

するとご老人は、狐につままれたような顔をなさいました。

そうして「音羽さんから聞いていないの?」と続けられたので、今度は私の方が驚いたのです。

聞いていないって、何をだろう、私はひどく混乱しました。

同時に、頭の中にさあっと、先日、電話口で聞いた、自分の話していることにまるで上の空だった早紀の声が響きました。

そしてあの時に感じた、足下の床がさっと抜けたような恐怖も。

私がひとり、自分でもはっきり判るほど顔から血の気が引いているのを感じているのにご老人は全く気づかず、ぱっと明るい表情になって、私の後方に片手を上げました。

「ああ、音羽さん、来られたよ」

そう言って私の横を通り過ぎ――私は喉のすぐ下で心臓がどくんどくんと蠢《うごめ》いているような感覚を覚えながら、ゆっくりゆっくり、振り返りました。

早紀が立っていました。

ゆるく巻いた髪を垂らして、胸元が少し開いた、膝より少し長い白い薄物のドレスに、やはり白い、ヒールのほとんど無いエナメルのパンプスを履き、首筋に金のチェーンに大きなサファイアのネックレスをつけて、いつもより少し紅色の深い口紅を塗って。

私はその時、なんだか奇妙なずれを感じました。

何もかも全部、こんなのは違う。そう、胸の中で声がしました。

髪型もドレスもネックレスも靴も口紅も、私が今まで見てきた早紀の趣味とは些《いささ》か異なっているように思ったのです。

こんなのは全然彼女の好みじゃない、でも……それらは実によく彼女に似合っていて、彼女自身も、そのことを判っているように感じました。

中でも最も違和感を覚えたのは、靴でした。

小柄な早紀の身長は百五十を切る程で、彼女はそれをとても気にしていました。私が百七十センチ近くあり、当時の女性にしては本当にのっぽだったので、「晶子が羨ましい」と昔からよく言われたものです。

ですから彼女は、家を出るやいなや、すぐに高いヒールの靴を履きはじめ、ついには十センチ近いような物を軽やかに嬉しそうに履きこなすようになったのです。

なのにその日の靴には、ほとんど踵《かかと》がありませんでした。

ハイヒールの彼女にすっかり慣れっこになっていた私は、彼女が急に縮んでしまったように感じて、軽く目眩すらしたものです。

何もかもが小さく、彼女の輝きすべてが、こぢんまりとまとまってしまった、そんな気がして。

……それなのに何故だか、ほんのり上気した頬とうるんだ瞳で、とても幸福そうな顔をして。

そしてその横に、あれが……フネトが、おりました。

遅れたことの謝罪や挨拶を交わす早紀とご老人を見ながら、私は固まっていました。

ひと通りのやりとりが終わって早紀が私を見、はにかむような……今までに見たことの無い種類の微笑みを浮かべました。

「ごめん、遅れて……あのね晶子、こちらフネトさん、フネトトオルさん」

彼女がそう言うと、フネト氏は目をまん丸く見開いて彼女の方を見て、

「早紀さん、僕のこと話してくれてなかったの？」

と言いました。

その瞬間、あれっ、と思いました。

先刻感じた違和感が……声や顔立ちがずれていると思った、それが消えていたのです。

私は息を呑んで、早紀と話しているフネトの姿を見つめ直しました。

そう、確かに、直っている……声はきちんと口から出ているように聞こえるし、顔も他の人達と同じ、くっきり普通に目に映る。

でも、ずれは確かに消えていました、その代わり……そう、まるで舞台に立っているみたいな、口角をきゅっと上げて『笑顔』、目を丸くした『驚いた顔』、そんな風な……『型』と言うのか、どれもこれも、一種のパターンをなぞっているかのように、私には見えたんです。

「そうなんだ、てっきり、話してくれてるもんだと……すみません、高窓さん、先程は大変失礼してしまって」

フネトはそう、「丁寧ながらも親しみのこもった口調という『形式』」としてしか私には聞こえない声で言いながら、こちらに名刺を差し出しました。

そこには『フリーアートライター』という肩書きと共に、その名前、フネトトオル――船に戸板の戸、トオルは徹夜の徹の字でした――が、記されていました。

当時は今よりもずうっと、「横文字の職業」というのが珍しくて、こんな得体の知れない肩書きでさえも「なんだか格好よくて最先端のことをしている」と人から見られる時代でした。多分船戸も、それを判ってそうしていたのだと思います。

早紀とご老人の会話をぼんやり聞くに、船戸と早紀とは、どうやら私が仕事で行けなかった取材で知り合ったようでした。そして、そこでずいぶんと意気投合し、個人的に連絡先を交わしたのだと。


あの日、あそこにいた、たくさんの人々……私がほんのつかの間、それなりに親しく名を取り交わし、交流を深めた、多くの人々が、あれからの日々に起こった出来事のほとんどを、私に問題があったと思っていることでしょう。何もかも、皆、私の個人的な感情や、無理解や、頑迷さや、誤解が原因だと。もうとっくに忘れてしまっていることでしょうが、万一覚えていたなら、今も、そう思っているのだろうと思います。

そうではないと、私には言えません。

いえ、本当は、そうではないんです。

でもそれはどうやっても、誰にも、早紀にさえ、判ってもらうことはできませんでした。もがいてももがいても、ただ足に網が絡みついていくだけでした。

……知らぬ間にこんな時間になってしまいました。

部屋の窓からわずかに月の明かりがさしています。

私はこんな夜に、寝室の揺り椅子をバルコニーに出して、湖を眺めるのが好きでした。海では『月の道』と言いますね、あんな感じに、湖面にさーっと、光の帯がかかっていて、まるでムンクの絵のような、そんな景色を眺めながら、時々はそのまま眠ってしまうことさえありました。

そんな時は、もう……このまま、消えてしまってもいい、そう、感じておりました。誰にも顧みられぬまま、こうしてすうっと、夜と月光と水の中に消え去ってしまえたら、そうしたらどれ程いいか、そう。

けれど今私は、消えたくない、そう久しぶりに思っています。こうして語り終えるまでは、消えたくないと。

だから、朝川さん……ごめんなさいね、もうしばらくの間、どうか……この年寄りの繰り言を、聞き流していただけたら、幸いに思います。

◆

テープを聞き終えた時には、もう外には暗闇がさしかかっていた。

わたしは自分でも気づかぬうちに、両の手で両肘の上の辺りをぎゅっと抱えるように握っていて――わずかに鳥肌が立っているのに、自分で驚く。

テープから流れてくる声、そこに語られる『あれ』――フネトの声と表情と実体とが乖離した、中身の無い虚無、それがありありと目の前に見えるようで。

わたしはかちり、と空のまま回り続けるテープを止め、立ち上がって居間を出ると、玄関に置いた靴を持って寝室へと向かった。

バルコニーへ続く大窓を押し開けると、靴を履いて外へ出る。

さわりとした、六月の湿気を含んだ、けれど温度の低い夜風が頬にあたると、その風が木の枝を揺らして、かすかに葉ずれの音がした。

湖面は、なだらかだ。

月は高くのぼっていたけれど、薄い雲がまばらにかかっていて、彼女の手紙にあったようなはっきりとした『月の道』は見られず――けれどちらちら、と湖面の上に時折、金砂を撒いたように光が散った。

――しずかだ。

しずかで……さみしい。

わたしは知らぬ間に、両の手で肩を抱いてしゃがみ込んでいた。

目の端にじわりと熱く涙がにじむのを感じる。

こんな場所で、消えたい、などと。

こんな静けさの中で、何ひとつ残さず、自らの存在そのものを消し去りたい、などと。

『夜を測る鐘』の、青みの中に胸のときめきが輝いて弾けていた姿を、思い出す――あんなものをつくり出したひとが、そんな風に自分自身をかき消してしまいたい、だなんて。

……駄目です、高窓さん。

肩をきつく抱いて、わたしは胸の内で呟いた。

たった二度逢ったきりの相手の存在が、いつの間にか自分の中でこんなにも大きくふくれあがっている、そのことに自分で驚く。

――こうして語り終えるまでは、消えたくないと。

なら……語り終えたら、消えてもいいと？

いやだ。

そんなのは……絶対に、駄目だ。


家に帰り着くと、父から大きな封筒が届いていた。

開くと、あの雑誌、わたしが最初にふたりの作品を見たそれが出てきた。

添えられていた便箋を見ると、「この雑誌は残してあったからそちらへ送る、でもこの後の作品が載っていた雑誌は処分してしまったようだ」と記されていた。

わたしはひどく緊張しながら小口の褪《あ》せたページをめくる。

彼女達の記事は、雑誌の後ろの方、美術ニュースを扱うコーナーに載せられていた。

ページを開くと、どん、と大きな写真で『夜を測る鐘』が写っているのに息を呑む。

子供の頃に初めてこれを見た時の感動がさあっといっぺんに甦った。

そして、記事の終わりの方に、カラーの写真で、ふたりが写っていた。

ふたりの隣には、裃姿《かみしもすがた》の白髭の老人が一緒に写っていて……この人がおそらく、銀座の『ご老人』なのだろう。

そして、並んだふたり。

先刻のテープの話なら、本当は彼女達は二十センチ以上身長が違うはずなのだけれど、写真ではそこまでの差があるようには見えなかった。おそらくハイヒールのためだろう。

わたしは息をひそめて、そっと写真に手を触れる。

——若き日の高窓さんが、そこにいた。

おそらく今のわたしとほぼ同年代の彼女は、黒々とした髪をきゅっと後ろにひっつめて、白いシャツと紺色のズボンを身につけ、今と変わらぬ、すらりとした体つきとぴんと伸びた背筋で、白く秀でた額とすっきりとしたまなざしをこちらに向けている。

色の無い唇には取り立てて笑みはなく、けれどわずかに紅潮した頬がそのきつさを打ち消していて——心中の緊張と未来への展望とが内側から輝いている、そんな表情だった。

最初に見た時からずっと感じていた、あの音の無い雨のようなさみしさは微塵も無い。

そして、その隣の彼女——音羽早紀。

わずかにこちらに一歩歩み寄ってくるような体勢をして、オレンジがかった口紅をつけた口元にくっきりと笑みが浮いている。

肩より少し伸びた豊かな黒髪は太めのカチューシャでかっちりと止められて、少し褪せたような臙脂《えんじ》色の、体にぴったり合ったずいぶんと丈の短いワンピースを見事に着こなしていた。

くりっとした大きな瞳は、明るい輝きを放ってカメラに向けられている。物怖《お》じしない、潑剌《はつらつ》とした、写真の中でさえ飛び跳ねている、そんな姿だった。

わたしはなんとも言えない思いで、その写真を見つめる。

よくよく見ると、並んだふたりの指先が、体の影に隠れて、ごくわずかに触れ合っていた。

それを見た瞬間に、胸の奥がつうんとなる。

それぞれにカメラを見つめている、けれど確かに、このふたりは繋がっている。

そのゆるぎの無い絆が、形になって目に見える気がした。

ああ、どうしてなのだろう。

どうしてこんなにもしっかりと結ばれていた、こんなにも美しいものを手に手を取ってつくりあげた、そんなふたりが……分たれて、しまったのだろう。

わたしは物理的な痛みすら胸に感じて、雑誌を持ったままその場に座り込んだ。

その日から何日待っても、次の手紙は送られてこなかった。

きっとまた、胸の内をうまく出せずにいるのだろう、わたしはそう思って待ち続けた。

最初の、数日間は。

一週間が経って、さすがに気持ちが波立ってくる。

ちょうど郵便が来る頃に外に出て、配達屋さんを捕まえて聞いてみたりもしたが、やはり彼女からの便りは無いままだった。

十日が近くなり、もう耐えられなくなった。

ミナモにメールをすると、すぐに向こうから電話がかかってくる。

仕事が一段落ついたからお礼にお見舞いをしたいと思って、そう言うとミナモは疑いもせず高窓さんの今の住所を教えてくれた。

高窓さんが通っているのは、ここから電車で一時間弱の、海辺の病院だった。

通院で長期リハビリを受ける遠方の人のために、その病院の母体が経営する高齢者用のマンションの一部を安く貸し出していて、高窓さんはそこにいるらしい。

わたしはミナモが教えてくれた住所をメモすると、パソコンで地図を打ち出してそれを鞄に入れた。

そしてそういえば、と思い、『音の窓』でネット検索をしてみたけれど、そのワードでは無関係なものがあまりに大量にひっかかってしまい、完全一致検索にしてみても全く別の事物がヒットするだけだった。

『高窓晶子』や『音羽早紀』でも検索してみたが、やはり駄目だ。

——それから、あの名前。

わたしはこくり、と喉が動くのを感じながら、一文字一文字、『船戸徹』という名を検索窓に打ち込んだ。

大量に出てくる同姓同名と思しき人達の結果をひとつひとつつぶしていき――何ページと経過して、やはり駄目かと思いだした頃、小さな記事に行き当たった。

――それは、訃報だった。

海辺の街で

次の日、わたしは高窓さんのいる街への電車に乗っていた。

ミナモによると、通院でのリハビリなら午後の予定は夕方前には終わっていると思う、とのことなので、それくらいの時間に着くように昼過ぎの電車を選ぶ。

見舞いの品を膝の上に抱え直して、頭を傾けて車窓から走り去る外の風景を見るともなしに眺めていると、ぼんやりとした意識の中に、昨日見た記事の内容が甦った。

船戸徹は、五十七歳という若さで脳溢血《のういっけつ》で死亡していた。

彼女によれば、十歳程の年の差があったそうだから、当時ふたりは四十代ということになる。

葬儀は密葬としか記事にはなく、喪主が誰なのかは判らなかった。

短い記事に書かれた彼の経歴は、アートライターに始まり、「フネトトオル」名義で小説や映画の監督など、多岐にわたっていた。……作品名は、ひとつも書かれてはいなかったけれど。

そしてその中に、「『Fenêtre《フネートル》 du《デュ》 son《ソン》』名義でオブジェを作成」という一行があった。

何だろう、と翻訳サイトに行って、その単語を訳してみて、体が凍った。

——音の窓。

それは彼女達のユニット名の、フランス語訳だった。

「どうして……」

画面を見ながら、無意識のうちに呟いていた。

あれは、彼女達ふたりがつくり上げたはずのものだ。それを何故、この人が。

そしてどうして、そこには彼女達ふたり、どちらの名も無いのか。

改めて『Fenêtre du son』で検索をかけてみると、画像としては見当たらなかったけれど、古い美術雑誌の目次などに二、三回その名があった。

もしかして、これが昔父が見せてくれた『その後の活動』なのだろうか。

『フネトトオル』名で検索してみると、何冊かの小説のタイトルと、その中のものを当人が監督となって映画化した、という記事がヒットした。

本はすべて絶版となっていて、市内の図書館の蔵書にも古書サイトにも見当たらず、映画はビデオ化さえされていないようだ。

つまり、様々な芸術に手を出してはみたものの、どれも今ひとつぱっとせずに消えていった人、という感じがする。

その人物像は正直、一言で言ってしまえば『さえない人』に近く、彼女の手紙から受けた印象とはずいぶん違う気がした。――ただひとつ、『Fenêtre du son』名義でオブジェを作成、という一言を除いては。

その無機質な一行だけが、何故だか奇妙に、わたしの胸に不安をかきたてた。

電車から降り立つと、午後の町には確かに潮の香りがした。

それがひどく新鮮で、腕を伸ばして息を吸い込む。

考えてみたら、もうずっと長いこと、海になど来ていなかった。

六月ももう終わったというのにまだ梅雨は明けていなくて、けれどこの日は珍しく青空の方が雲よりも面積が広い。

いろいろなものを心に抱え込みながらやってきたのに、その空ひとつでひどく爽やかな心地になって、わたしは奇妙にうきうきしながら駅前の商店街を覗き見つつ歩いた。

ミナモへのお土産用に小ぶりの地酒の瓶を買って、商店街の中の喫茶店でひと息つく。

適当な時間を見計らって、病院へと移動した。

少し悩んだのだけれど、今日の訪問については結局彼女には連絡をしていない。

失礼なことは判っていたけれど、もし事前に連絡したら逢ってもらえないんじゃないかと、そんな気がしたのだ。

病院の受付で名乗って尋ねてみると、「ご本人に確認を取りますからロビーで待っていてください」と言われ、長椅子に腰掛ける。

白壁に大きな海の絵が掛かったロビーは天井が高く、全体的にとても明るい雰囲気で、なるほどここなら長期のリハビリでも気持ちよく過ごせそうだと思った。

しばらくして窓口から声がかかったので行ってみると、高窓さんから、「後三十分ほどでリハビリが終わるので、よければ病院の中のカフェテリアで待っていてほしい」と伝言があったことを伝えられる。

「ではお待ちしていますとお伝えください」と窓口の女性に頼んで、わたしはカフェテリアへと移動した。

そこは病院の最上階にあって、大きな窓から海が覗いて見える。

わたしは勿論、窓際の海がよく見える席に陣取った。

先刻コーヒーを飲んでしまっていたので、ジンジャーエールを注文する。

ほっそりしたシャンパングラスに入れられたそれがテーブルに置かれると、傾き始めた陽の光にわずかに青の濃くなった海をバックに、透明な薄黄色の中に立ち昇る泡が美しくて、わたしはしばし、口をつけずにその眺めを楽しんだ。

突然押しかけたりしていったい何を話したらいいのか、ゆうべ布団の中で、そして電車の中でもじくじくと考えていたことが、この明るい海辺の街に着いてどこかへ行ってしまったような気がする。

はじけるジンジャーエールの泡を、海を見ながら少しずつ口に運んでいると、背中から
「――朝川さん」

と、あの声がかかって、わたしは振り向いた。

三週間ぶりに会う彼女は、心なしか前に会った時より顔色がよく、口元に微笑みを浮か

べ、杖を持ってその場に立っていた。

その背筋はやはりしゃんと伸びていて、わたしはそこにあの、雑誌の中にいた凛とした姿を一瞬幻視する。

こつん、と杖を鳴らして、彼女が一歩、こちらに近づいた。

わたしははっとなって急いで立ち上がり、「大丈夫ですか」と彼女に手を差し伸べる。

「いいえ、いいんですよ」

今度ははっきりとした笑みを見せ、彼女は小さく手を振った。

「これもね、リハビリの一環ですから。それに私、楽しくって」

こつ、こつ、とゆっくり杖を動かして、彼女が歩み寄ってくる。

「今まで自分の体がどうやって動いているのかなんて、考えたこともなかったでしょう。こうやって一日一日少しずつ、まるっきり言うことを聞かなかったものが動かせるようになっていくのが、本当におもしろくって」

心底楽しそうな笑顔に、わたしは胸の奥にほっとした思いが満ちるのを感じた。あの、テーブの最後に残された、さみしい言葉が嘘のようで。

「わざわざこんなところまで来てくださり、本当にありがとうございます」

テーブルのすぐ脇に立って、そう言いながら軽く頭を下げる彼女に、わたしも慌てて頭を下げ返す。

「いいえ、こちらこそ突然で申し訳ありません」

横の椅子を引いて肩を貸して座るのを手伝うと、彼女は少しぎこちない動きで腰掛け、もう一度小さく頭を下げた。

「どうぞ、お座りになって」

手のひらで元の椅子を指し示され、わたしはうなずいて向かいに座る。

すぐにやってきたウエイトレスに、彼女は紅茶を頼んだ。

それで思い出して、見舞いの品をテーブルの端に置く。

「あの、これ、お口に合うといいんですが……ティーバッグとクッキーのセットです」

「まあ、嬉しい」

口元で両手を合わせて拝むようにして、彼女は微笑んだ。

「やっぱり、まだ、炊事とまではいかなくて。だからこういう便利なものはとても有り難いわ」

「いえ、そんな……」

「朝川さんは、どうですか、その後、お仕事の方は」

「はい、おかげさまで。もう工事もだいぶ落ち着いたので、今は家でも作業ができるようになりましたが、あの素敵で静かなおうちで作業できて、本当にはかどりました」

すっかり彼女のペースだ、そう思いながらスマートフォンを取り出し、依頼主に進行状況を伝えるために撮っていたドレスの写真を見せながら説明すると、相手は目を細めてそれに聞き入った。

「きれい、きっと喜ぶでしょうねえ。少しでもお役に立てたのなら、本当によかった」

「いえ、何もかも、高窓さんのおかげです。あのお宅を使わせていただいて、本当に助かりました」

「あそこは私も、気に入ってるんですよ」

高窓さんはふっと微笑んで、だんだんと赤みを増してきた外の景色に目をやった。

「前に、お話ししましたか、あれはもともと、伯母の別荘で……それを、譲ってもらったんです」

そう言って彼女は、あの家の来歴について説明してくれた。

彼女の母親の姉であるその伯母は、若くして親を亡くし、その跡を継いで貿易会社の社長をしている男性に嫁いでふたりで会社をもり立てていたのだが、その人もまだ四十代の若さで突然亡くなってしまったのだそうだ。そして寡婦の身で会社を切り盛りしていた中、最初の働き口を辞めた高窓さんを雇い入れてくれたのだという。

「経理なんかが、ひと通りできましたからね。自分で言うのも何ですけど、まあそこそこは役に立ったのではないかと思いますよ」

早くに亡くなってしまったその男性には妹がいて、彼女の息子、伯母にとっては血の繋がらない甥が、子供のいなかった伯母の跡継ぎに定められたそうで、大学を卒業した後入社してきた彼をふたりがかりで厳しく鍛えあげたのだ、そう言って高窓さんは笑った。

「素直で、とってもいい子でしたよ。気持ちのいい挨拶のできる子でねえ。私は本当に、あの子が好きでした」

懐かしそうに目を細めて語る彼女に、わたしはまた、ほっとする心地がした。『あの後』、彼女が創作から離れてしまった後にも、そういう、胸の温まるような出逢いがあったことに。

「伯母がもう渡してしまっていいだろう、と決めて、仕事を引退した後も、私はまだ会社に残っていました。もともとその会社には全く関わりがない身ですから、居残り続けるのもどうかと思ったんですけど、その子が引き止めてくれましてね」

けれども数年して伯母が亡くなった時に辞めてしまった、そう高窓さんは続けた。

「さすがにもう図々しいかと思いましたし……それに、伯母が会社の株を含めて、それなりの財産を遺してくれていたものですから。その頃には両親も亡くなっていて、そちらの遺産や自分の退職金もそこそこあって。ひとりで生きていく分には特段問題もなくって、伯母が遺してくれたあの家で、いわゆる『隠居』生活をしていこうと」

——ひとり。

あくまで明るいトーンで話す彼女の向かいで、喉がこくり、と動くのを感じた。

若い時のことは、判らない。けれど少なくとも隠居を始める頃には、彼女は独身で、子供もいなかった、そういうことなのだろう。

若き日の、知的な額をした彼女の姿が目の前に浮かんだ。それはいかにも華やかな音羽早紀とはまた違った美しさがあって——きっと言い寄ってくる男性だっていたことだろうし、かつては結婚していたとしてもおかしくないと思うのだけど。

「あの別荘、もともとは伯母夫婦が結婚した時に思い切って買ったそうなんですけど、でも結局、ほとんど使わなかったわ、って残念そうに話していました。でもどうしても、手放すことができなかった、って……だから今こうして、私だけでなく、貴女もあの家を気に入ってくださって、伯母もきっとあの世で喜んでいることでしょうよ」

彼女は微笑んで紅茶を口に含むと、両手を膝の上に揃えて海を見やった。

いつの間にか陽はずいぶんと傾いていて、その横顔がほんのりと赤く照らされている。

その頬を盗み見てから自分も窓の外に目をやると、太陽があかあかと溶けるように海に近づこうとしていた。

「きれい……」

ほとんど無意識に呟くと、彼女がふっとこちらを見る。

「ええ、本当に……私はずっと長いこと、あの家から眺める湖畔の四季の景色がこの世で一番美しい、これがあればもう他には何もいらない、そんな風に思っておりましたけれど……まだまだね、こんな年になっても知らないことがたくさんあるものです」

意外な程陽気な声で彼女は言うと、にこりと微笑んだ。

「もし、お時間大丈夫でしたら、朝川さん、お夕飯、ご一緒してくださらない？」

そしてそう続いた言葉に、意表を突かれる。

「え、でも」

「長いことお便りができなくてごめんなさいね」

どもっている間にそんな言葉を続けられて、わたしはさらに口ごもった。

「それで、いらしてくださったんでしょう？」

そんなわたしに、高窓さんは笑顔で続けた。なんだか自分が、ひどく下世話なことをしている気もしてきて、頬に勝手に血がのぼる。

「申し訳ないなとは、思っていたのですけれど……どうしても、少し話しては、これは違う、こうじゃない、全然違う、って。どうにも……ならなくて。だから来てくださったこと、嬉しく思います」

それなのにそんな言葉と共に向けられた笑みに胸が詰まるような思いがして、わたしはただ小さく頭を下げた。


海辺の海鮮を出すお店で、びっくりする程美味しいお寿司を食べて——高窓さんが当たり前のように二人分の代金を払おうとするのを、断固として固辞した——わたしは案内されるがまま、彼女が今暮らしているマンションへと足を運んだ。

ロビーはちょっとしたホテルのようで、コンシェルジュまでいて、度肝を抜かれる。

「いつもはね、お願いしておくとお食事も届けてくださるの。今はこんな風だから、本当に助かっていて」

それにしてもいくら病院と提携していて割り引かれているとはいえ、これは相当、値の張る滞在に違いない。長年あの家に引きこもって慎ましく暮らしてきたとはいえ、彼女の財産は相当のものなのだと思われた。

案内された部屋は、七階の海の見えるこぢんまりとした2DKだった。

「お持たせでなんですけれど、せっかくですし、これお出しさせてくださいね」

そう言って台所に立とうとする彼女を慌てて止めて、やかんやカップの場所を教えてもらいながらわたしは持参した紅茶を淹れた。

小皿にクッキーを少し並べて、お茶と一緒にリビングのテーブルに置く。

ソファは二人掛けだったけれど、並んで座るのも何となくはばかられて、悩んだ挙句ダイニングテーブルの椅子を運んでくることにした。

椅子を持ってくると、彼女は窓辺に立って窓をからりと開けていた。さらりとカーテンが揺れて、温度の下がった夜の風と一緒にかすかに波の音が聞こえる。

わたしはソファと低いテーブルをはさんで向かいになる位置に椅子を置いて、窓辺に歩み寄った。

窓の外はベランダになっていて、室内が明るいせいもあって外はただただ暗く――けれど、部屋と窓の位置関係を考えたら、外は道をはさんですぐ浜辺のはずだ。

「ねえ、いいところでしょう」

彼女はそう言ってわたしにちらりと微笑みかけると、ゆっくりと踵《きびす》を返してソファに腰を下ろした。

「ああ、いい香り」

そしてティーカップを手に取って、口元に近づけて目を細める。

わたしはその向かいに座って、手を伸ばしてカップを取った。

「ひとつ、お願いをしてもよろしいかしら」

と、カップを手にしたまま、目を伏せてこちらを見ずに彼女が口を開く。

「え、はい、勿論です」

「私ね、あのテープを吹き込んでいる時、部屋の明かりは消して、手元の明かりだけにしていたの。ですから、もしよろしかったら電気を消しても構いませんかしら？」

「あ、はい、判りました」

わたしはうなずいてカップを置くとぎこちなく立ち上がり、部屋をくるりと見回して明かりのスイッチを見つけ、そこに歩み寄った。

かちり、とスイッチを押すと、部屋がさっと色を落としたように暗くなる。

急に、波の音が大きくなったような気がした。

「……ありがとう」

闇の中で、彼女のやわらかな声がする。

そして、しゅっ、と音がしてライターの火がついたと思うと、テーブルの端に置かれた瓶に入ったアロマキャンドルに炎が灯った。

彼女の上半身、その白い頬が、ラベンダーと百合《ゆり》を合わせたような心地のよい香りの中にぼんやりと浮かび上がる。

「リハビリ仲間の方にいただいたの。いい香りでしょう、落ち着くんです」

「ええ、とても」

目が少し慣れて、床やテーブルの形を捉えられてきて、わたしは元の椅子に戻って腰を下ろした。

高窓さんはカップのお茶を口に含んで、かちゃりとそれを置くと、しばしこちらに横顔を見せて窓の方を見つめる。

「貴女を見ていると、私の一番輝かしかった時のことを思い出します」

そしてぽつりと、そう呟いた。

わたしは息を止め、彼女の横顔を見る。

「どうしてでしょうね……あんなにも間違いが無く、あんなにも道が拓けていて、もうこの世に何ひとつ、怖いものなんてなかった、ただもう私達ふたり、ただまっすぐに前に進んでいくだけだったのに……どうしてあんな」

ひゅっ、と喉が鳴って、一度言葉が途切れる。

「どうしてあんな……通りものに」

そしてかすれた、声が続いた。

「あの、夜……あれと初めて出逢った、あの時から、何もかもが……変わって、しまいました」

そう言って彼女が話しはじめた瞬間から、わたしは奇妙な心持ちに陥った。

ゆらりと揺れる炎の明かりにぼんやりと照らされた横顔をこちらに向けたまま、まるで細い糸のように、途切れず、太さも変わらず、一定の速度と音を保って唇から紡ぎ出される言葉達——それが網のようにふわりと広がって、わたしを頭から包み込む。

目の前の薄暗がり、その中にあるテーブルやキャンドルやお茶のカップ、そんなものがすうっと消えていって、代わりにその網がきらきらと輝きだして、彼女の唇から語られる物語が映画のようにくっきりと映し出される。

そこに、若き日の高窓さんと音羽早紀、そして——船戸徹の姿を、わたしははっきりと目の当たりにした。

夜の物語・1

「……それにしても早紀さん、どうして話してくれてなかったの」

船戸がからかうように早紀にかけた言葉に、高窓晶子は我に返った。

見ると、早紀は少し困ったように肩をすくめ、曖昧な笑みを浮かべてこちらを見ている。

その姿が、出逢った最初の頃、彼女がまだ自分の母親に対して畏《おそ》れを抱いていた、その対処にどうしていいのか戸惑っていた、そんな時に自分に向けていた笑みに似ている気がして、晶子はとっさに口を開いた。

「賞を取った後、私も早紀も、ずいぶん忙しくなってしまって……あまりふたりきりで話す機会が、無かったものですから」

そこで晶子が口をはさんでくるとは思いもしなかったのか、船戸は少し驚いたようにわずかに目を開いて彼女を見た。

「なるほど、これほどの賞をこの若さで取られたんですからね。それはさぞ、お忙しいことでしょう」

だがすぐにそう言って、にっこりと微笑んでみせる。

その微笑みが本当にはっきりと『微笑み』の形だったのに、晶子はわずかにたじろいだ。

「じゃあ、僕が早紀さんに取材をしていた時には、高窓さんは別の取材でも受けていらしたんですか？」

その『微笑んだ』唇から続いた問いに、晶子はえ、と声を上げる。

「……いえ、私は。あの、仕事があって」

「ああ」

口元に刻まれた笑みが、いっそう深くなる。

「お仕事」

一言、ぽん、と放り投げるように言うと、相手はうなずいた。

「確か、タナベ食品にお勤めとか」

「あ……はい」

「そうですか。タナベ食品のお仕事で、賞の取材に来られなかったのですね」

何故か念を押すように言われて、晶子は「はい」とうなずく以外に無い。

「それであの日の取材は、早紀さんだけだったんですね」

言いながら船戸が早紀に目を投げると、彼女は小さく首を縦に振った。

「高窓さんは、お仕事でお忙しかったんですか」

それからまた、繰り返された言葉に晶子は奇妙な心持ちがした。

まるでサイズの合わない靴を履いているかのような、奇妙な居心地の悪さ。

違う、いや、違わないけれど、ずれている。

賞を取って忙しくなったのは本当だ。でもそれは今まで創作にあてていた時間が賞関係の仕事に取られてしまったのであって、食品会社の仕事そのものが忙しかった訳ではないのだ。

無論、取材に行けなかったのは仕事のためなのだけれど……その言い方はずれている。

どう言えばいいのか、口を開きかけて混乱してしまった。

それからふっと、肌に感じる温度がどこか変わった、そんな気がして、晶子はまわりをさっと見渡す。

ほぼ真向かいに早紀と船戸、そしてその横に銀座の老人——それを取り巻くように、今夜の主役ふたりの会話に興味津々の様子の人々の群れ。

そのまなざしの色が、ほんのわずかに変わっているように見えるのは気のせいなのか、晶子は軽い目眩を感じた。

「まあ、今はまだ、こちら一本に絞るのは難しいだろうけど、高窓さんも音羽さんを見習っ
て、早くこっちを『仕事』と呼べるようにせんとねえ」

そして老人がそう言ったのに、晶子の背中はぴん、と硬くなる。

「あの……はい、それは、勿論」

しどろもどろに返しながら、胸の中に小さな嵐が渦巻いた。

『仕事』、そう、今の自分にとっては、『生業』という意味では間違いなく食品会社の経
理事務がそれなのだ。今の自分にはそれを手放すことはできない。

けれども……ここにいる人達はほとんど皆が、『芸術そのもの』か『芸術に関わる業界』

が『仕事』なのだ。

そしてその目の前で、賞を取った自分が芸術以外のことを『仕事』だと言い、それが忙しいから賞の取材に行かなかった、そういうことに決まってしまった。

それが周知の事実になってしまった。

いや、『事実』なのだ、それは、確かに……でもやっぱり自分の中では、それは違う。

なのに、言葉にして説明ができない。

晶子は今度こそ強い目眩を感じて、ぎゅっと目を閉じた。


宴もたけなわという時に、老人が壇上でふたりを紹介した。

挨拶を、とうながされて、ふたりは順に、会場の人々に対して言葉を述べる。

正直に言って、この手のことはもう何度も経験したことだった。だからお互い、すっかり言葉はありきたりのものとなっていた。

このような大きな賞をいただいて嬉しいながらも恐縮している、これからも創作に邁進《まいしん》して参りますので何とぞ温かいご指導とご鞭撻《べんたつ》の程を……そんな風に言った自分に続いて、多少の語句を変えながら似たような言葉を繰り出す早紀の姿を、晶子は横目でちらりと見やる。

……ああ、やっぱり、ひどく縮んでしまったみたいに思える。

いつもと同じように目線をやって、相手の頭の位置がそれよりずっと低いところにあるのに、晶子は小さくため息を漏らす。

ありきたりの文句を、それでも熱意を持って語る早紀の横顔を見直して、晶子はふと、奇妙な心持ちがした。

何度も繰り返してきた似たような儀式、けれども今日の彼女はずいぶん緊張しているようで……声や手がかすかに震えていて、頬もわずかに紅潮している。

そしてそのまなざしは、ぶれることなく一点に向けられていた。

——船戸徹。

晶子は息を呑んで、そこへ目線を投げた。

ワイングラスを片手に、船戸は微笑んでこちらを——いや、早紀を、見ている。

その瞳の中にある光に、ふと胸騒ぎがした。

「これからはより一層、創作に励んで参りたいと思っております。そのために、わたしは……決意を、しました」

それと同時に隣から今までのこの手の『儀式』の中では聞いたことのない言葉が聞こえてきて、晶子はぎょっとして船戸から早紀に目を戻す。

早紀は先刻と同じように、ひたとしたまなざしを船戸に注いだまま——晶子の方には全く目を向けないまま、紅の濃い、艶めいた唇を開いた。

「わたしは、今の華道のお仕事を辞めて……芸術一本で、生きようと思っています」

——一拍置いて、会場からおお、と声が上がった。

「早紀……？」

くっきりとした彼女の口調と比べて、晶子の唇からはかすれ声しか出てこない。

……高窓さんも音羽さんを見習って。

先程の老人の言葉が耳に甦った。

あれは……早紀が華道の仕事よりもこちらの活動を大事にしている、という意味ではなく、単なる『事実』であったのか。しかもそれは、自分には知らされず、ご老人と……。

晶子はさっと、会場に視線を向けた。

万雷の拍手の中で、船戸徹が、たらふく餌を平らげたペルシャ猫のような満足気な笑みを満面に浮かべて、早紀を見つめている。

——きっと船戸は、知っていた。

いや、きっと、船戸自身が、早紀にこの、決意をさせた。

会場内に満ちる祝福の空気の中、自分ひとりの頬だけがさあっと青ざめていくのを感じながら男を見ていると、それに気づいたのか、ふっと船戸がこちらに目を向ける。

——ふうっと三日月のように、目が細まって、口角がぎゅっと吊りあがる。

その瞬間、一番最初に船戸の姿の中に顕われた、『虚無』を再び、晶子はそこに見出した。

その後の宴の時間は、人生で最も長いように晶子には思われた。

挨拶の後、演台を降りたふたりにはわっと人が群がった。主に、早紀目当てに。

それは当然そうなるだろう、晶子はそう思ってそっとその場から離れた。もし、「音羽さんの決意について、どう思われますか」などと聞かれても、どうにも答えようがない。まして、もしも「高窓さんも、やはり芸術一本で身を立てられるおつもりですか」などと、尋ねられた日には。

晶子は人を避けるようにして、会場の隅の壁の前に陣取った。途中でテーブルから取ったワイングラスに唇をつけるふりをして、顔を隠すように伏せる。

「赤ワイン、お好きなんですか」

と、突然、驚く程近くで声を掛けられて、全身がぞわりと総毛立つような感覚に襲われた。

身を引きながらはっと顔をあげて見ると、すぐ隣に船戸が立っている。

その口元は、よく判らない、笑みとは取りがたい、それでも端が双方ともわずかに上がっていて――多分これは「笑って」いるつもりなのだ、そうちらりと考えて晶子はまたぞわっとした感覚を覚えた。

「お好きなんですか、赤ワイン」

同じことを繰り返されて、晶子はその時初めて、自分が手にしているグラスに入っているのが赤ワインだということに気がつく。

「あっ……ええ、はい」

どもりながら適当にうなずくと、また船戸は『笑って』、近くのテーブルに置かれていたワインボトルを手に取ると、会場に置かれているワインや花について何やら蘊蓄《うんちく》を語りだした。話しながら、手の中のボトルからどんどん新しいワインを晶子に注いでくる。

どうやら今日のこの会場について、料理やワイン、しつらえのあれこれに、船戸がかなり口を挟んでいることが少しずつ判ってきた。それはつまり、船戸がいつの間にか老人ともそれなりの関係となっている、ということだ。

そう考えながらも、晶子は船戸のよどみない言葉の流れを右から左に聞き流していた。それは確かに、嘘やハッタリではなく、まさに真の蘊蓄と呼ぶべき代物で……つまりはそれほど身を入れて聞く必要も無く、ただたまに相づちを打ちながら流しておけばいいものだったからだ。

早紀は……そして、老人も、いったいいつの間に、船戸とこんなにも親しくなっていたのか。そもそも何のために、船戸は二人に近づいたのか。

そして何故、船戸は今日まで、自分にだけはその姿を現さなかったのか。

そこに船戸のどんな意図があるのか、そう考えていると、突然、ひとつの言葉が晶子の耳を打った。

「……だから早紀さんは、お仕事を辞められると」

「え？」

唇からはほとんど息のような声しか漏れなかったが、晶子は弾かれたように隣の船戸を見た。

らを見ている。

船戸はまた先刻の、笑っているのかどうなのかよく判らない、不可解な口元をしてこち

「え、あの、すみません、今、なんと」

聞き返しながら、晶子は今の言葉が出る前に船戸が何を話していたのか思い出そうとするが、どうしても、何も思い出せない。

「……聞いておられなかったんですか」

奇妙な程にしずかなトーンで言いながら、船戸が今度こそ完全な『微笑み』を浮かべた。

「あの……はい、ちょっと、ぼうっとしてしまって、すみません」

さすがの晶子も、これには何も言えずに心からそう謝って頭を下げる。

「いいえ、高窓さんが聞かれるほどの話でも、なかったんでしょう」

けれどそう続けられたのに、さすがに自分でもわずかに、顔色が変わるのが判った。だが向こうの口調が、やはりしずかで、全くこちらを謗《そし》っているようではないのに、どう言い返したらいいのか言葉に詰まる。

「そもそも早紀さんのことは、高窓さんの方がずうっとご存じのことでしょうから。いまさら僕から話を聞きたいようなことではなかったですよね、すみません」

さらにそう続けられて、晶子は完全に反論の言葉を失った。

息が勝手に浅くなる。

船戸は、いったいどこまで自分達のことを知っているのか。

もしかして本当に、船戸は早紀の今度の『決意』について、自分と彼女がすでに話し合い済みだと、そう思っているのだろうか。

「顔色がお悪いようですが……この位置は、空調の当たりが強過ぎるかもしれませんね」

天井を振り仰ぐようにちらりと目をあげて、船戸は少し首を傾げてみせる。

「こう風が当たっていては、ぼうっとされるのも当然です。気がききませんで、申し訳ない」

そう軽く頭を下げて、「こちらに」と手を中央の方に向けて歩き出す船戸の姿を、晶子は不可解な気持ちで見送った。

よく、判らない……けれどもしかして、今日感じたあれやこれやのことは皆、自分の勝手な思い過ごしで、船戸には本当に、取り立てて他意などは無いのだろうか。

操り人形のようにふらふらと船戸の背中を追いながら、晶子は左手の甲を額に当てる。

確かに、うっすらと熱があるみたいだ。それが空調の風のせいなのか、話の間に所在なく何度も口に運んでしまった飲み慣れないお酒のせいなのか、それとも……今夜の早紀の、諸々《もろもろ》の様子のせいなのか、それは自分では、判らなかった。

「晶子」

いつの間にやら空になっていたグラスを、通りすがりのテーブルにことんと置いてひと息つくと、脇からそう声がかかった。

見ると、早紀が心配そうな顔でこちらに歩み寄ってくる。

「どうしたの？　具合、悪そう」

そう言いながら、早紀は手を伸ばしてきて、晶子の両の手を取ってぎゅっと握った。

――軽く、手が痺《しび》れた。

彼女は昔から、そう、一番最初に「指切り」と手を差し出した時からずっと、何かにつけ、すぐにこちらの体に触れてくる。

子供の頃からそれほど友達が多くなく、また、昔気質《かたぎ》の両親も、それほどべたべたしてくる質ではなかったので、晶子は最初、それにひどく戸惑った。けれど、時が経つうち、そんな違和感もたじろぎもすっかり消えてしまって、触れてくる彼女の肌から伝わるぬくもりは、嬉しく温かく、そして当たり前のものとなっていた。

今日ほどそれを、涙が出そうなほど懐かしいものだと思ったことは無かった。

「うん、少し、酔ったかな」

そう言いながら、晶子は唇に自然な微笑みが浮かぶのを感じた。彼女と自分は、大丈夫だ。自分達にはこれまでの長い歴史がある。だからこの先もきっと、大丈夫。

けれどそう微笑んでいる晶子の前で、早紀はわずかに眉を曇らせる。

「お酒……わたしの、せいかな」

「え？」

「あの、ごめん、本当は最初に、晶子に話しておかなきゃって、あの」

「――早紀さん」

気づくと、早紀の両肩に、後ろから誰かの手が置かれていた。

はっと見直すと、つい先刻まで晶子の前の方を歩いていたはずの船戸が、何故か早紀の真後ろに立っていた。

船戸の指にわずかに力が入るのが見え、同時に早紀の手からはすうっと空気が抜けるように力が消えて、すとんと両脇に下ろされる。

両手一杯に感じていたぬくもりが急に失われて、晶子は無意識のうちにひとつ身震いした。

船戸は「大丈夫」と一言言うと、肩の手でぽんぽん、と軽く押すように早紀の肩口を叩いて、その隣へと体を移す。そうやって隣に並んだところを改めて見ると、船戸は小柄とはいえ早紀よりもずっと背が高く、晶子は自分との比較から、おそらく百六十センチ程度だろう、と見当をつけた。

「先刻、僕からもひと通りお話ししておいたから」

そして、早紀の顔をすぐ近くから覗き込むようにして船戸が続けた言葉に、晶子は体温が下がるような、それでいて頭だけはかあっと熱い、そんな奇妙な感覚を覚えた。

先刻……ああ、そうだ、船戸はいったい、あの台詞の前に何て言ってた!?

何ひとつ思い出せない、そう焦る晶子の前で、早紀の顔がはっきりと明るくなる。

「ああ、そう……よかった」

さっくりとした口調でそう言われ、どう弁明したらいいのか判らない。

「うん、だから、大丈夫。高窓さんは君の一番の理解者だって、そう言っていたのは君だよね？」

ぐいっ、とその言葉に背中を押さえつけられた気がした。

目の前の早紀の瞳がさらに輝きを増して、口元がはっきりとほころびる。

ああ、駄目だ……どっちの方向にも、行けない、八方塞がりだ。

晶子は先刻感じた額の熱がすうっと下がっていくのをまざまざと体の内側で感じる。

もう今ではすっかり、早紀は『晶子は自分の今回の決意の経緯について承知して、かつ理解してくれた』と思ってしまっている。

今さら「ごめん、実はなんにも知らないの」とはとうてい言えない。

そして、どうやら船戸の方は『説明はしたけれど、晶子はすでにそのことを知っていた』と思っているようだった。その上、『晶子が早紀の選択を無条件に応援するのは当然だ』と頭から思っているみたいで、それにはなかなか反論しづらい。

幅の広い布地が肩や腕や足にみっちりと巻きついているような、そんな錯覚がして、晶子は喉の奥が詰まるような感覚を覚えた。

けれど晶子のそんな様子には気づかず、早紀は笑顔で隣に来て、恋人同士がするように軽くその腕を絡めてもたれるように頭を傾けこちらを見上げる。

「ええ、そう。晶子はいつでも、わたしの一番の味方なの」

とそう明るく言われた瞬間、晶子の目の前で船戸の顔が奇妙な動きをした。

それは、どう呼べばいいのか、いぶかしげな風にも、つまらなそうにも見える、少し気分を害したようでも、それでいてどこかひどく満足そうでもある……それらがすべて入り交じった、捉えがたい一瞬の筋肉の歪みだった。

だが晶子を見上げていた早紀はそれを見ておらず、「ね？」と笑いかけ、頭を戻した。

その時にはもう、船戸の顔からは先刻の表情は消えていた。

「そう」

そして何事も無かったように船戸はうなずき、すっと歩み寄って早紀のもう片一方の腕を取ると、「それでは」と軽く晶子に頭を下げる。

そのひどく唐突な態度に晶子は不意を突かれてとっさに動けなかった。

腕を取られた早紀の体からはスイッチが切れたようにすうっと力が抜けて、つい今しがたまでしっかりと晶子に絡まっていたその左手がするりとほどけて離れていく。

船戸に引いていかれながら、早紀が頭だけを無理にこちらに振り返らせた。

「後でね」

「早紀……」

「また後でね、晶子」

後を追おう、一拍置いて晶子はそう思ったが、その瞬間に近くにいた知人に声をかけられ、歩みが止まる。

話しかけられる言葉を聞き流しながら、晶子はちらりと目を走らせる。

けれど早紀と船戸の背中は、宴を楽しむ人の姿に紛れてもうどこに行ったのか判らなかった。

その後は結局ほとんど早紀とは会話ができないまま、宴は終わりを迎えた。

これから朝まで続くだろう二次会に人々が繰り出そうとする中、晶子は次々とかかる誘いの言葉を振り切りながらその姿を探す。

やがて人の波が切れ、老人に挨拶している早紀の背中が目に入った。

ほっとしてその肩に声をかけようとすると、脇から遮るように、きらびやかな和服の女性がさっと早紀のすぐ隣に立った。

……この人は。

晶子はちらりと見えた相手の横顔に、一瞬息を呑む。

一番最初に銀座の老人を紹介してもらって以来、何回か顔を合わせて挨拶をした、早紀と彼女の母の、華道の先生だ。

横顔のまなざしのきつさに、晶子は思わず一歩後ろに下がってしまう。

先生は早紀の肩に手を置き、自分の方に振り向かせた。

「早紀さん、この後よろしいわね？」

その瞬間、早紀の黒目が、きゅっと縮まるのを晶子は見た。

質問の形を取ってはいたけれど、それは疑いようもなく命令で、早紀は射抜かれた兎《うさぎ》のように小さくうなずく。

いったい彼女のこの剣幕は、と晶子が思った瞬間、早紀の腕を取った彼女はさっと晶子の方を振り向いた。

「高窓さんは、ご存じでいらしたの？」

「……え？」

自分にまで向けられたその厳しい様子に一拍遅れて、ああ、と気がつく。早紀はあの決意のことを、彼女にも話していなかったのか。

けれどそれは、自分に話していないことよりむしろ大きな問題な気がする、晶子がそう思うと同時に「あのっ」と早紀が彼女の腕を引き、声を上げた。

「あの、晶子は関係ありません、わたしが決めたことで」

「早紀さん」

「でも晶子は、わたしの決断を応援してくれてます」

たしなめるように名を呼んだ先生の声を遮って早紀が早口に言った言葉に、晶子は身がすくむような思いをした。

先生は細く描かれた眉をきりりと逆立てて晶子の方を見る。

「早紀さんが今ここで仕事を辞めることが本当に彼女にとって最適な道だと、貴女もそう思っていらっしゃるの？」

ざくっ、と小刀で胸を刺されたように、その問いは晶子の心の先刻からずっと揺れ続けている中心を貫いた。

そのために、はっと吸った息がそのまま肺に留まり、言葉が出損なう。

その、わずか半呼吸の遅れに、目の前でさあっと、早紀の頬と瞳から色が抜けた。

不可《いけ》ない、晶子の頭の中に、その言葉だけがいっぱいに広がった。

いけない、これは駄目だ、これは失敗だ、これは——。

「どうかされましたか？」

真後ろから不意に声がして、晶子の心臓は再びざくりと突き刺されたように震えた。

「船戸さん……」

早紀の瞳が晶子からすうっと動いて、その姿を捉え……名を口走った唇が震えて、きらり、とわずかに黒目が潤み、まるで四面楚歌の中にたったひとりだけ味方を見つけたかのようにきゅうっと嬉しげに細まった。

——これはもう、取り返しがつかない。

晶子は指の先まですうっと体が冷えていくのを感じながら、断崖の上から命綱も無しに底を覗き込んだような感覚を覚えた。


「……とにかく」

現れた船戸をちらりと一瞥《いちべつ》すると、先生はふうっ、とひとつ大きく息をついて、うなじの髪を整えるように手を当てると改めて早紀の腕を取った。

「とにかく早紀さん、少しこの後、お話ししましょう」

「……はい」

船戸の方にちらちらと視線を残しながら、早紀が彼女に連れていかれそうになるのに、晶子は慌てて深く息を吸った。

「——なら僕も、ご一緒させてください」

それなら自分も、と言いかけたその瞬間、船戸がにこやかにそう言って歩み出る。

「え？」

明らかに不審げな目を向ける先生と、ぱあっと顔を輝かせた早紀の姿に、晶子はさらに慌てて急いでその間に割り込む。

「いえ、あの……私が、ご一緒します」

どもるように言った晶子と、あくまで紳士的な様子で立っている船戸とをあからさまに迷惑げに先生は睨《にら》んで、ふい、と顎を動かした。

「あいすみませんけど、お教室の運営にも関わることですから、まずは早紀さんとふたりでお話ししたいの。ご遠慮くださいますわね」

またも、言葉だけは依頼の形を取りながら、内実は明らかに命令である言葉に晶子は少したじろぐ。と、早紀がぐっと体を突っ張るようにして彼女の動きに逆らった。

「先生、あの、わたし、船戸さんにご同席いただきたいんです」

——晶子の全身が、棒のようにぐっと固く強ばった。

隣の船戸の体から、ゆら、と何かが煙のように立ちのぼる気配を毛穴で感じ取る。

「早紀さん」

声のトーンを一段上げて睨みをきかせる彼女に、早紀は一歩も引かずに食い下がった。

「今度のことでは、船戸さんがいろいろアドバイスをくださいました。だから、先生にもぜひその話を聞いていただきたいんです」

その言葉に先生は片眉を上げ、意外そうな目で船戸の方を見る。

すっ、と半歩だけ前に出た船戸の横顔を、晶子は目だけを動かして盗み見た。

先刻ゆらり、と立ちのぼった気配――それは、テレビで時々見る将棋の試合で、流れを完全に読み切った棋士から漂うものと似ていた――はもうすでに無く、けれど瞳の奥にかちりとした硬い光がある。

「僕からもぜひ、ご同席をお願いいたします」

その場の雰囲気に全く影響されていない、落ち着いた声音でそう言って船戸は頭を下げると、言葉を続けた。

「今回のことで一番彼女を理解しているのは、多分僕だと思いますから」

晶子の頬から、すっと血が引いた。

何を言っているのか、さっと眉が逆立つのを自分でも感じながら、きっと船戸を睨む。

だが晶子よりほんの少し前方にいる船戸はそれに気づく風でもなく、先生もまた、顔をうつむけるようにそらして大きく息をついた。

「……そう、じゃ、お立ち会いいただこうかしら」

「先生！」

すっかり悲愴な表情になっていた早紀の頬にぱあっと赤みが差して、唇がほころぶ。

はっきりとした安堵の姿に、晶子のいきり立った心が一瞬で冷えた。

胸の間がぼこんとへこんで、うろのように黒々と落ち込むのを感じる。

その感情をむきだしにしたまま早紀にまなざしを投げると、相手がはっとしたようにこちらを見た。

その瞳がぱっといっぱいに開かれ、体が一歩こちらに動こうとした瞬間、船戸がくるりと身を翻してその間を遮るように立つと、晶子に頭を下げる。

「今夜は本当に、いい時間を過ごせました。……高窓さんとはまた今度改めて、ゆっくりとお話ししたいと思っております」

晶子は浅く呼吸をしながら、ぐっと顎を引いて船戸を見下ろした。

船戸の顔に、最初に見たあの一面の『空っぽさ』が一瞬だけよぎる。

急に涙が出そうになるほどの心細さを感じて、晶子は思わず深く体を折って頭を下げた。

「高窓さん」

「——お願いします」

頭を下げたまま、晶子は自分でも声がかすれているのを自覚しながら、必死に言葉を繋いだ。

「どうか、早紀のこと、よろしくお願いいたします」

「晶子……」

早紀の声がかすかに震えるのを感じた瞬間、船戸がぱん、と何かを破るみたいに大きな音を立てて手を叩く。

晶子は驚いて、ぱっと顔を上げた。

「大丈夫、任せてください」

すると目の前で、船戸はひどく明るく陽気に『笑って』そう言い、

「大丈夫、きっと何もかも、うまくいきますよ」

と続けて、再び軽く頭を下げてみせた。

「では、参りましょうか」

そしてまだ何か言いたげにしている早紀の腕を取って、会場の扉を抜けていく。

「……じゃ、おやすみなさいませ」

まだどこか完全には納得していない風を漂わせながら、先生もこちらに頭を下げてみせ、きびきびとした動きで身を翻して船戸と早紀を追っていった。

そして道端のタクシーに乗り込むと、そのまま走り去っていき——夜の闇の中へあっという間に離れていくテールランプを、晶子は絶望的な気持ちで見送った。

◆

「……若かった、ですねえ」

全身をくるむように圧倒的に広がったかつての風景、その中に小さくなっていくオレンジ色の車の明かりをぼんやりと見つめていると、不意にそんな声が聞こえて、わたしは自分の意識が急に浮かび上がってくるのを感じた。

まるでこの暗がりの中、今はもうすべて過ぎ去ってしまったもの達の音と色彩があふれ返っていたようだ。

もうずっと止めていたようにさえ思える呼吸を一度して、見ると、揺れるろうそくの明かりに白い頬を浮かべて高窓さんが言葉を続ける。

「若かったのです、私も、早紀も」

そんなわたしに気づいているのかいないのか、高窓さんは呟くように言った。

今まで目の前にはっきりと再現されていた、その中で聞いたそれと比べて、その声がすっかり年老いているのに気づいて、わたしはひどく動揺する。

「若過ぎて、あの頃は判りませんでした」

とうに冷めているはずのお茶をひと口含んで、音をほとんど立てずにカップを置く。

「ああいう風に人を脇へ避《よ》けていこうとする人がいるだなんて、考えたこともありませんでしたから。単純な、女学生同士の嫉妬の意地悪なんかとは全然違う……自分にああいうやり方を仕掛けてくる人がいるだなんて、自分が誰かにとってそういう対象になるだなんて、それまで私は、夢にも思ったことが無かったのですよ」

高窓さんは言葉を切って、一度深いため息をついた。

「今ならね、きっと、相手の意図するところが何なのか、どういう企みを持っているのか、それにちゃんと気がつけて、立ち向かうなり、うまくかわしていくなり、きっとできただろうと、そう思うのですけど……あの頃の私は、自分の哀しみや痛みや、早紀のことを案ずる気持ちでただただ手一杯でした」

わずかな範囲しか照らし出さないろうそくの火の中で、高窓さんの眉根にかすかに苦々しさがよぎるのが判る。

「本当は何がほしくてあんなことをしていたのか……そんなこと考えつきもしませんでしたから。私はただもう、とにかく早紀のことを守ってほしくて、本当は自分がそうしたかったのに、それを心から願っていたのに、でも強引に踏み込むことができなくて……それで、頼み込むしか、無かったんです」

伏せられた瞳のまつげの先が、きら、と光った。

「自分にそれができないのなら……任せるしかない、そう、すがるような思いでした」

そう言って顔を上げると、時折涼やかな風の吹き込む、波の音のする窓の方を見やる。

「本当に……愚かで、莫迦《ばか》で、幼い娘達でした」

彼女は小さいがきっぱりとした声でそう言い切って、再度わたしに向き直り、改めて口を開いた。

夜の物語・2

記念パーティーから帰宅した晶子は、着替えもせずに机の引き出しを開けた。

中の大判の封筒を取り出し、それから本棚の一角を占めている何冊もの雑誌を引っ張り出す。

今まで取材を受けてきた雑誌や新聞は、だいたいがその後に見本誌を送ってくれた。もしそうでなければ、老人の側近の青年が作品に関する記事が載ったものはすべて、届けてくれていたのだ。

その中からふたりで取材を受けたものを全部取り避けて、残ったものをひとつひとつチェックしていく。

何枚かめくったところで、手が止まった。

——あった。

それは作品が展示されていたギャラリーの、地方都市のフリーペーパーだった。

切り取られた小さな小さな記事には、青年の手で丁寧に、取材日と掲載日のメモと、取材者の名刺がクリップで留められている。

それは今夜、船戸から渡された名刺と全く同じものだった。

晶子は不思議な気分になってその記事の紙からクリップを外し、ためつすがめつ見る。

何故なら、それはほとんど内容の無い、というより、『○日から○○で○○の展示が開催されます』というような、告知に少し色をつけた程度の代物でしかなかったからだ。

勿論、ふたりのユニット名と、作品が賞を取ったことなどは記載されていた。けれどそれ以外には、早紀の名で「ぜひ見に来てください」というたった一言があるだけだった。

たったこれだけのことに、『フリーアートライターの取材』が必要なのだろうか？

晶子は訳が判らなくなって、記事を持った手をぱたんと膝の上に落とした。こんなコメントだけでいいなら、電話でだって取材できる。わざわざ会う必要など皆無だ。

しかも、名刺に書かれた船戸の住所は都内だった。たかがこんな内容の記事に、何故電車で何時間もかかるような地方都市の、それもフリーペーパーのために取材などするようなことになったのだろうか？

そして——何故、たったこの一言だけの取材で、早紀はあんなにも、船戸に心を許してしまうことになったのだろう？

晶子は眉根に皺が寄るのを感じながら、船戸の名刺と青年のメモとを眺めた。

そういえば……この取材日は、確か、自分が青年に駄目だと伝えた日ではないか？

ちょうどこの日付の二週間程前に、青年から「取材を希望している相手がいるが、都合のいい日と悪い日を知りたい」と言うので教えてほしい」と電話で聞かれていくつか伝えた、そういう記憶がおぼろげにある。

その時に都合が悪いと伝えた日付の中のひとつがこの記事の取材日だった。

まさか船戸は最初から早紀だけの日を狙って……？

考えれば考える程嫌な気分がして、胸のうちに何ともいえない澱《よど》みがたまるのを感じつつ、晶子は重い腰を上げてその場を片付ける。

入浴と着替えを済ませ、布団に入ったけれど、目を閉じると闇の中に離れていく早紀の背中が浮かんで、晶子はまんじりともせずに夜明けを迎えた。


パーティーは土曜の晩だったので、幸いなことに次の日は休日だった。おかげで晶子は、日中、時折うつらうつらと居眠りしながらも、一日部屋にいることができたのだ。

部屋で待っていたのは、勿論早紀からの連絡だった。

晶子の暮らす会社の寮では、晶子自身を始めとして、大半が電話を持っていない。だから休日には寮の電話が使われていることが多くて、晶子は内心、歯ぎしりしたい思いでただひたすら、耳をすませていた。

けれどやっと電話が空いても、自分からかける気にはどうしてもなれなかった。

あの、華道の先生に問い詰められた時の自分の一瞬の逡巡に蒼白《そうはく》になった早紀の顔つきと、彼女を救った船戸へ向けられたあふれんばかりの輝きとを思うと、ずしりと全身が重くなったようで、どうにも体が動かない。

何をするでもなくじっと部屋の中にこもっていると、ついに窓からの陽も斜めに傾き出して、晶子はじりじりと灼かれるような焦燥を覚えた。

自分の寮にも早紀のそれにも、基本的に門限がある。昨日の晩のような機会には事前に書類を出せば許可してもらえるけれど、ああいうオフィシャルな事情でない限り無理だ。

これから出かけて、どこかで会って、話をして、そう考えたらもう時間の猶予は無い。

湧きあがる焦りに立ち上がったのと同時に、階下からジリジリジリ、と甲高い音がして、次いで寮母さんが「高窓さあん、お電話」と呼ぶ声がした。

はっ、と反射的に深く息を吸い込んで、晶子は部屋から駆け出した。

転がるように階段を下りると、電話の置かれた玄関脇で受話器を受け取る。

耳に当て、「もしもし」と急いで言い、その名を呼ぼうともう一度息を吸うと、

「こんにちは」

と、思いもよらない声が耳元で響いて、全身が凍りついた。

「船戸です、昨晩はどうも。……あの、高窓さん？」

とっさのことに晶子が声を出せずにいると、受話器の向こうで船戸が「もしもし？」と再度呼びかけてくる。

「もしもし、あれ？　通じてますか？　高窓さん？」

「……はい」

なんとか息を整えて、晶子は短く応答する。

「ああ、よかった」

こちらの動揺とは裏腹に、船戸は明るく声を上げた。

「回線が切れたかと。高窓さん、今夜少しだけ、お時間ありますか」

「え……いえ、あの」

その申し出にどう答えるべきなのか、晶子はひどく混乱する。

「早紀さんがお話ししたい、と言われてるんですが」

迷いの中に叩き込まれた言葉に、晶子はさらに動揺した。

「……早紀、が？」

「はい」

「あの、でも、どうして」

どうして船戸さんが、と続けかけて、晶子の声は止まった。理由は自分自身にも皆目見当がつかなかったけれど、その名を口にするのが嫌だったのだ。

けれどその言葉だけで、船戸は晶子の言いたいことを察したらしかった。

「早紀さん、どうしても自分から貴女に連絡する勇気が無い、って」

そうして軽い、からかうような笑い声交じりに返された言葉に、晶子はズキリと痛みを覚える。

きっと今、船戸の隣には、早紀がいる。

「だけどどうしても貴女に会って話したい、って。矛盾してるでしょう」

からから、とト書きに書かれたような声で笑う相手に、晶子はぎゅっと、受話器を握りしめた。

「ですから、僭越ながら僕がおふたりの橋渡しをさせてもらおうと思いまして。……それで高窓さん、どうでしょう、出てこられそうでしょうか?」

ごくり、と一度息を呑み込み、晶子は口を開く。

「……早紀とふたりで、話をさせてもらえるんでしょうか」

自分でも震えているのがはっきり判るほどの声で問うと、船戸が一瞬、口をつぐむ気配がした。

「……おふたりで話されなくてどうするんです」

そして一拍間を置き、やはり陽気な声でそう言った。

けれどその陽気さは、先刻のそれよりもさらに少しだけ技巧的な気が晶子にはした。

「もう、先刻からずっと、貴女と話したい、でもどうしようって、早紀さんそればっかりですよ。どうぞ、存分に、おふたりで話されてください」

これが多分、他の人からの言葉なら、心底安心してそれに身をゆだねられるのに、晶子はそう思い、けれど何故自分はこんなにも船戸の言葉にひとつひとつ身構えてしまうのか、それが我ながらひどく奇妙に感じた。

そのまま一定の明るいトーンで近くの喫茶店の名前を挙げた船戸に、晶子はうなずいて電話を切ると、身支度のために階段を駆け上がった。

喫茶店の扉を押し開くと、奥の席で早紀と向かい合わせに座った船戸が片手を上げた。

いるのか、それはまあそうだろう……でも。

内心で落胆しながら、晶子はそちらへと歩み寄る。

近寄っていくと、船戸がテーブルから立ち上がり、自分が今まで座っていた椅子を晶子に手で勧めてきた。

「え、でも……」

「おふたりで話されたいのでしょう、邪魔者は退散しますよ」

いたずらっぽく言われた言葉に、晶子はぱっと顔が明るくなるのを自分でも隠し切れなかった。けれどそう言った船戸が、自分の席のコーヒーカップを手に取って二つ離れただけの席に移ったのに、またがっくりと気持ちが落ちる。

そういうことじゃない、ふたりで話したいというのはそうじゃない、それじゃあなんにも、意味が無いのに。

——お帰りください、そう言ってしまおうか、晶子がそう決意しかけた瞬間、

「……晶子」

と、小さな声がした。

はっとして見ると、ちょこんと席に座ったまま、早紀がこちらを見上げている。

彼女は豊かな髪をゆるいハーフアップにまとめて胸に垂らして、衿《えり》のきっちりとした、灰色味を帯びた薄いピンクの裾の長いワンピースを身にまとっていた。腰の辺りに、シックな茶色の、細いベルトが締められている。

昨日のパーティーといい、こんな服は着たことなかったのに、そうため息混じりに思った直後、いや、違う、と胸のどこかで小さな違和感が泡立った。

この髪や服の感じ、見たことがある。そう……彼女が母親と、一緒にいる時だ。

こぢんまりとまとまった、どこから見ても品が良くきっちりとして、それでいて彼女の可愛らしさが最大限に発揮されるようなその身なり。

それが高校時代から時折見かけた、彼女が自分の実家にいた時や、外で母親と一緒にいた時の姿に驚くほど似ていて、晶子は寒気を感じた。

座ったままだから判らないけれど、きっと今日も、ヒールの無い靴だ。

確認する前からそれを直感しながら、晶子は自分を見つめる早紀の瞳から目をそらさずに、その向かいの席に腰を下ろした。

早紀の口元が、ほっとしたようにゆるむ。

やってきたウエイターにコーヒーを頼むと、晶子はふうっと息を吐いた。

改めて向かいの相手を見直すと、その顔中が安堵の気配に満ちていて、晶子ははっとする。

それは今ここに晶子がやってきたから、それだけのことではないように思えて、いったいゆうべ、あれから何があったのか、晶子は二つ隣の席の船戸に目を投げてしまいそうになる自分を懸命にこらえた。

落ち着こう、そう思いながら運ばれてきたコーヒーに砂糖とミルクを垂らして、かちかち、とスプーンでかき混ぜる。

それを一口飲むのを待っていたかのように、早紀が身を乗り出して口を開いた。

「わたしね、辞めるのやめたのよ」

そして唐突に話しだされた言葉に、晶子はむせそうになる。

「……え、えっ？」

咳き込むように問い返すと、早紀は相好を崩して笑った。

「驚いた？　そりゃそうよね、昨日の今日だもの」

晶子は言葉を失って、ゆうべの姿とは打って変わって、明るい笑い声を立てる向かいの相手を見つめる。

「あんな大見得切って、みっともないけど……でもあれから先生と船戸さんともよくお話しして、今はまだ、自分には無理だな、って」

軽く肩をすくめるようにして早紀はそう言い切ると、息をついて椅子の背にもたれた。

「確かにね、考えてみたら、そもそもわたし、本部の寮に住んでる訳だし……辞めたらいったい、どこに住むのよ、ねえ？　そんなことすっかり、頭っから飛んでて」

――それを、そういう堅実な思考を早紀から飛ばしてしまったのは、そもそも船戸ではなかったのか、晶子は混乱して今度こそはっきり顔を動かして船戸の方を見てしまった。

ふたりの会話が聞こえているのかいないのか、船戸はすました横顔を見せてカップに口をつけている。

「だけどね、それでもやっぱり、創作がわたしには一番だから……お給料は減ってもいいから、できる仕事は全部するけど、それでも可能な限り制作に時間を割きたいんだ、って、そういうわたしの気持ちもみんな、あのひとが本当にちゃあんと、先生に伝わるように話してくれて」

……あのひと。

早紀の珊瑚《さんご》色の唇からこぼれたそのやわらかい響きと、それと同時に一瞬間だけさっと船戸に投げられた瞳に走った光に、晶子は心臓がきゅっと締まるのを感じた。

それと同時に、ある意味ひどく、感嘆する。あの鋼《はがね》のような女性を、いったいどのような言葉と態度で、変貌させたのだろうか。

ゆうべのあれこれの出来事の中で船戸が自分に見せたその不可思議な言葉の使いこなしぶりを思い出して、体が勝手に小さく震える。

「ごめんね」

すると目の前の早紀の声のトーンがすとんと落ちて、晶子ははっと顔を上げた。見ると、早紀は両の手をきちんと膝の上に揃えて、わずかに眉を寄せてひたとこちらを見つめている。

「わたし……いろいろ、晶子に頼り過ぎてたような気がする。図々しかったよね」

「……え？」

突然のその言葉に、自分でもおかしなくらいにすっとんきょうな声が出た。いったい、何の話だろう？

「船戸さんにも怒られちゃった。そりゃずっと一緒にやってきたけど、でも当たり前だけど、晶子とわたしとは違う人間で、それぞれの人生があるんだから、自分の未来のことは、それぞれ自分で決めないとね」

「ちょっ、ちょっと待って早紀、それ何の話」

続けられた言葉もやはり訳が判らず、晶子はもつれる舌で声を上げる。

「怒った訳じゃないよ」

と、離れた席から船戸がいきなり口をはさんできた。

――ふたりで話せって言って、結局聞いてるんじゃない、瞬間、晶子は自分でも信じられないほど怒りでカッと頭が熱くなるのを感じる。

「ただ、高窓さんにだって高窓さんの人生があるんだから、君のことばっかりにかまけているのもおかしいだろう、って話。昨日君の仕事の話をしたけど、高窓さんはそれほど関心が無かったみたいだし、君の認識が少し違うんじゃないかな、って言っただけさ」

沸騰した頭が、氷を浴びせかけられたように冷えた。

違う、そう言おうとして唇を勢いよく開いたが、息の音しか出てこない。

船戸が席を立ち上がり、すぐ隣のテーブルに移ってきた。

どこか申し訳なさそうに、こちらに頭を下げてみせる。

「すみません、こんなこと……でも、ゆうべ、僕がした早紀さんの話、聞いておられなかったでしょう」

——違う、のに……違わ、ない。

そう、聞いていなかった、でも違うんだ、ちょっと酔って、ぼうっとしていただけなんだ、そう言おうとして、そうまさに『真実』であることを言おうとして、にもかかわらずその言葉が莫迦莫迦しいほどただの『言い訳』にしか聞こえないことを晶子は内心で痛感した。

早紀は先刻と同じ姿勢のまま、まっすぐこちらを見ている。

「高窓さん、そうでしょう?」

船戸がもう一度、はっきりとした発音で問うた。

動きたくない。

なんにも言いたくないいし、何の動作もしたくない。

背骨の中に、石の柱が通っているようだ。

四角く固まった視界の中で、早紀が唇を巻き込むようにきゅっと口元を引き締めた。

その瞳が、答えをうながしている。

頬から完全に血の気が引いているのを自覚しながら、晶子はわずか、ごくほんのわずか、一ミリもない程に小さく、顎を引いた。

——すう、と小さく音を立てて、早紀が息を吸い込む。

「でもね、それをどうこう思うのはおかしいよ、早紀さん」

何か言わなくては、そう思っているのに船戸が割り込むように身を乗り出してきて、晶子の言葉は封じられてしまう。

「ね？　ゆうべも言ったでしょう。高窓さんは悪くない」

まるで子供に言い聞かすような口調で言うと、早紀が小さく、こくりとうなずいた。

それに「うん」とうなずき返して、船戸はひどく満足そうに口角をつり上げる。

「それじゃ、ほら、仲直りして。ね」

軽く早紀の肩を押してうながすと、先刻までかちりと固まっていたその体から糸が切れたみたいにがくっと力が抜けて、きっちり揃えられていた手がすうっと突き出された。

「本当にごめんね、晶子」

晶子は改めて途方に暮れて、向かいの相手を見る。

謝られるようなことなんか何も無い。そもそも仲たがいなんかしていないのに。

「わたし、もっとちゃんと、しっかりするから。……だから、これからもずっと、一緒にやろうね」

晶子の瞳が、わずかに見開かれた。

そんな、ことは……これからもずっと一緒だ、そんなことは、言われるまでもなかった。言う必要もなかった。あんまりにも当たり前で、わざわざ言葉に直して考えたことすらなかったほどだった。

それなのにそうやってきっちり言葉にされた瞬間、『そうしなければならなかった』、その事実が急に、『そうでない可能性』が確実に存在することをまざまざと意識にのぼらせた。

「……晶子？」

片手を空に差し出したままの早紀の瞳が、すうっと曇る。

「あ……ごめん」

晶子は慌てて、その手を握り返した。

長く慣れ親しんできた、やわらかで華奢《きゃしゃ》な手の感触。

それに突然、泣きたくなる程胸の奥がきゅうっと苦しくなる。

「ようし、仲直りだ」

その切なさを、不自然なほどに明るい声が打ち破った。

船戸は自分のテーブルと椅子をふたりのそれに寄せ、早紀の隣に腰を下ろすと、コーヒーカップを押しやって下から早紀と晶子の顔を順番に覗き込む。

「僕はね、ふたりのつくる作品がとっても好きなんですよ。だからふたりには仲良くしていてほしい。そしてこれからも、たくさんいいものをつくってほしいんだ」

その言葉はひどく空々しく晶子の耳には聞こえて、けれどその向かいで、早紀はごく真面目な顔で、こくりとうなずいた。

「それで僕から、提案があるんですけど」

そして切り出された言葉に、早紀は晶子から手を離して、船戸の方に体を向ける。

「今日、早紀さんに呼ばれる前に、銀座の大老にお会いしてきましてね。ふたりにどこか、アトリエを提供してくれるようなところはないか、って」

「……え？」

ふたりの声が、同時に上がった。

そして同時に、互いの目を見合わせる。

アトリエ？

船戸が大きくうなずいてみせる。

「古くて小さい、正直言ってボロな建物だけどね。でも昔から、美大に通う学生達が入れ替わり立ち替わり使っていたようなとこだから、いまさら多少汚したところで、うるさくは言われない。部屋賃だって、微々たるものですよ」

早紀は大きな瞳をさらにいっぱいに見開いて、まじまじと船戸を見た。

その黒目がきらきら、と光を帯びる。

晶子は完全に混乱して、そんな早紀と、彼女を見つめる船戸とを見比べた。

この行動は……いったい、何なのか。

最初からの違和感や自分の中に生じる奇妙な反発感、けれど昨日もちらっと思ったように、そんなことを感じる自分の方が、おかしいのだろうか。

船戸は間違いなく自分達の、早紀の味方で、頼ってしまっていい、そう考えてもいいのだろうか。

「……ありがとう」

晶子が困惑する横で、早紀がぽつりとそう言った。

はっとして見ると、その白く張りのある頬の上を、朝露のように美しく、涙が粒となってつたっていく。

不意にぐいっと、胸を打たれる。

もう、こうなっては船戸を信じるしかない。船戸に、早紀の心の一部を、任せるしかない。……何故なら早紀が、もうそうなってしまっているからだ。

晶子は小さく、唇を嚙む。

内心で覚悟を決めて船戸を見て、ちくん、と奇妙さが針のように心臓を刺した。

船戸は上半身を完全に早紀の方に向けて体をひねって座っていて、少し首を落とすようにして泣いている早紀の顔を下から上目遣いにじいっと見つめている。

その、まなざし。

まばたきすらせず、見開かれた瞳——そこにはおよそ温かみというものが無く、かと言って別段、冷たさや蔑みや嫌悪や、そういうマイナス的感情の光がある訳でもなくて……魚や両生類の大きな眼球に似ている、瞬間そんなことを思って、ぶるっと勝手に体が震える。

ふい、とその目を動かして、船戸が晶子を見た。

すうっと瞳を細めて、船戸が笑顔めいた表情をこしらえる。

本当にこれでいいのか、自分は間違ってはいないのか、不意に晶子は、激しい混迷に襲われた。

アトリエは都心部から離れた、郊外の小さな建物の一室だった。

元は地元の名士が寄り合いなどに利用するために建てた物だそうだが、合併で隣町に市が公民館を建てたために利用されなくなり、長いこと放ってあったらしい。名士が亡くなった後、ただ空けておくのももったいないし、壊すにも金がかかるし、と遺族の人が使わなくなった建物を近所の美大生に貸すようになったのだという。

家賃は船戸の言う通り格安で、ふたりで折半すれば余裕で支払えた。

晶子は次の休みの日曜、初めてそのアトリエに足を向けた。

都心から遠いその場所は、仕事帰りに通うにはいささか距離があった。それまで寮から徒歩で通勤していて電車のラッシュというものを経験したことが無かった晶子は、慣れた人々から押しのけられて、平日には電車に乗り込むことを諦めたのだ。

あれから一週間、晶子はほとんど、早紀と会話できていなかった。

寮の電話はそれ程長く占領することができず、仕事帰りに寄ろうとしても「アトリエのお掃除をしたいから」と早紀から断られ、顔を合わせることすらできなかったのだ。

――本当に、これでよかったのだろうか。

船戸から送られてきた地図を眺めながら、晶子は電車の扉に寄りかかる。

あれから晶子は、例の記事が掲載されていたフリーペーパーに一度電話をかけていた。

担当者はその記事は持ち込みだったと教えてくれた。つまりは編集部の依頼で自分達を取材した訳ではないのだ。

最初から、自分達を書こうとしていた。

……いや、早紀だけを、だ。

知らず、ぶるりと震える肩を晶子は片手で押さえた。

車窓の景色にだんだんと緑や古い街並みが増えてきて、電車がホームに滑り込む。

改札を出てこぢんまりとした、けれど活気のあるいかにも下町らしい商店街を歩いていると、なんだか田舎を思い出して胸がきゅうっと締まった。

もうずいぶん長いこと、帰っていない。

子供の頃からいつも、「晶子が本当にやりたい、正しいと思うことなら、思うようにするといいのよ」と母は口癖のように言い、父もそれにうなずいていた。

二人の顔を思い出すと急に心細いような思いになって、晶子は肩を震わせる。

商店街を抜けると古い街並みの間にちらほらと畑が目立ちだす。

少し歩くと、ブロック塀の向こうに大きな木が生えていて、その奥に古ぼけた薄茶色の壁の、小さな二階建ての建物がぽつりと建っていた。

晶子は門に書かれた昔のままの施設名を確認して、中へと足を踏み入れる。

ガタピシ音を立てる観音開きのガラス戸を開いて、小さなタイルが一面に張られたロビーに入り、辺りを見回す。

部屋は二階の一番奥だったので、正面の階段を上がる。

晶子は廊下を歩き、教えられた部屋の扉の前に立って、一度深呼吸した。

ノックしようと右手を構えて、少しためらう。

――と、急に内側から、バタッと扉が開かれた。

「晶子！」

中から早紀が飛び出してきて、腕にぱっとしがみつかれる。

「え、早紀……」

驚いた晶子を、早紀は部屋の中にぐいぐいと引っ張り込んだ。

「見て、素敵だから！」

足をつんのめらせながら入ったそれは、八畳程度の飾り気の無い部屋だった。

真正面にカーテンも何も掛かっていない大きな窓があって、そこからさあっと、明るい陽が差している。

部屋の真ん中には大きな長方形のテーブルがあって、その上に早紀の部屋で使っていた制作の道具やつくりかけのオブジェがきっちり整理されて置かれていた。

向かって左手の壁はよく事務室などにある灰色の金属の書棚が置かれていて、そこには美術雑誌や画集が並んでいる。

そして、向かって右、壁にぴったり沿って布を敷き詰めた細長い折り畳みの長机があり、その上にふたりの作品が『夜を測る鐘』を中心に並べられていた。

それは高校の頃、狭い部屋で作業をしていた時に夢に見ていた空間、そのものだった。

晶子は自分の呼吸の音を耳の裏側で聞きながら、ゆっくりとその部屋を見回す。

早紀がよりいっそう、きつく腕を絡めて下から晶子の顔を覗き込んだ。

「……ね、どう？」

囁くように尋ねる早紀を、晶子は息の音を立てながら見下ろす。

「いいよね？」

どこか有無を言わさぬ勢いで続ける早紀に、晶子は一も二もなくこくりとうなずいた。

「うん、そうよね！」

途端に早紀の顔に爆発的に笑顔が広がり、腕を放すと目の前でくるりと回ってみせる。

「本当に夢みたい！　わたしずうっと、ここに住めると思う！」

早紀は踊るように部屋の中を歩きながら、光が弾けるような笑い声を立てた。

晶子は自分の頰が紅潮しているのを感じながら、さらに中へと足を踏み入れ、肩の鞄を部屋の中心のテーブルに下ろし、ふっと、瞳を巡らす。

――そしてその瞬間、頰の熱がすうっと冷めていくような思いに襲われた。

テーブルには、パイプ椅子が置かれている。

長辺の片側に一脚、そしてその向かいに二脚……全部で、三脚。

「……早紀」

この一脚は――誰のための、もの？

すでにはっきりと自分の中で答えが判っている問いを口にしかけた瞬間、扉にノックの音がした。

「あ、はあい！」

晶子の呼ぶ声が全く聞こえていなかった様子で、早紀が扉へと駆け寄る。

……ああ。

背中の向こうで扉の音、そして、

「こんにちは。……お祝いがてら、差し入れを持ってきましたよ」

と声がして、晶子は振り向きもせず、日差しの中で、深く絶望した。


それからひと月半ほどが経った、もう数日経つとカレンダーも後残り一枚になる、そんな頃のことだった。

最初に予想していた通り、晶子が仕事の後にアトリエに通うことはほとんどできなかった。門限に間に合わせようと思ったら、アトリエそのものにいられる時間は四、五十分程度で、もしたった三十分でも残業になってしまったらそれすら叶わなかったのだ。

早紀の方はどうやら寮の側とうまく話をつけたらしく、アトリエができてすぐに、門限を解除してもらった、と弾むような声で連絡してきた。

当然、平日の仕事の後に早紀の寮に電話をしても、一度も彼女に繋がることはなかった。

晶子がアトリエに行けるのは、土曜の午後と日曜が主だった。

そしてその時間には必ず、船戸が早紀とともにいた。

電車に揺られながら、晶子は初めてアトリエを訪ねた日、そこに船戸が現れた後の出来事を思い返す。

「僕はね、この先、ふたりの作品集を出したいんですすよ」

あの日現れた船戸は、「差し入れです」と持ってきたお菓子や総菜をテーブルに並べて紙コップに入れたワインでつまみながら、そう言った。

「ここで作品の写真を撮ったり密着取材をして、ふたりがどんな風に作品をつくるのか、詳しくルポルタージュにしたいと思ってる。……実のところ、こうしてアトリエを探し出したのも、それが狙いなんだなあ」

「そんな裏があったんだ、船戸さん」

晶子の隣で、早紀が笑う。

「そう。僕はこう見えて、野心家なんだよ。新進気鋭の君達を応援しながら、それに乗っかって僕の処女作も出させてもらおう、って寸法」

いたずらっぽい早紀の表情に乗っかるように、船戸が眉を上げてみせる。

晶子は笑い合う船戸と早紀とを見比べながら、紙コップに唇を当てた。

いや、でも……もし本当に、それが目的で自分達を狙ってあんな『取材』を持ちかけて、そうしてここまでこぎつけたのなら、それはもう意外どころではなく完璧な野心家だ。

だけど、もしそうなのなら……それなら、確かにその戦略には少し引くけれども、まあ、アリではないかという気がするのだ。自らの名で著作をものするために、ちょっと人の目を引いている若い新人女性芸術家をネタにする。

それくらいの手練や手管は、腕一本で世に出ていこうとする人間にあっていいものだと、まだ世間知らずな自分でさえそう思えた。

晶子はやけに渋みを感じるワインを少しも飲み込めないまま、コップを置く。

もし、そうなのなら……本当に船戸の狙いがそんなことなのだったら、何故自分は、それが判った今もなお、こんなに不安なのだろう？

……いや、だって、もしそれが真の狙いであるなら『自分がいない日』をわざわざ取材日に指定する必要が無い。

ならいったい、船戸が本当にほしいものは、なんなのか。

ああ、本当に判らない。何も判らなくて、ただただだもう、不安だ。

「そうそう、高窓さん、これ、ここの鍵」

喉の奥に何かが詰まったような気分でいると、そんな晶子の目の前に、船戸がリングに繋がれた二本のキーを差し出す。

「こっちが表玄関の鍵で、こっちがこの部屋の。帰る時にもしまだ建物の中に他の人がいれば、表の鍵は開けたままでいい、って」

「あ……はい」

急に事務的なことを言われて、晶子は夢から覚めたような思いでその鍵を受け取った。

「それ、二本ともスペアだから、それからスペアは作れませんから。基本作らないでほしいけど、もしどうしても必要になったら、僕のがマスターだから、僕に言って」

「……え」

寮の鍵のホルダーにキーを移そうとしていた晶子は、船戸の言葉に驚いて目を上げる。

「マスターキー、そちらが？」

それはおかしいんじゃないだろうか。だっていくら探したのが向こうだとはいえ、お金を払って借りているのは自分達なのに、そう瞬間的に思ったのが顔に出たのか、船戸は片眉を上げて肩をすくめて。

「実を言うと、ここの一番の出資者は銀座の大老、二番手が僕でしてね」

「え？」

晶子と早紀の声が、きれいに重なった。

ふたりは顔を見合わせ、同時に船戸を見る。

「保証人とかね、いろいろ、そういうのも。事前にある程度お金を入れて、月の家賃は抑えてもらった。投資だと思ってじっくり密着させてもらいますから、気にしないで」

「そんなことまで、していただけません」

隣で早紀が何か言おうとする前に、晶子は急いで口を開いた。

「それはもう、私達が担うべきものです。金額を言ってくだされば、時間はかかってもふたりでお返しします」

「じゃあ、出世払いで」

心底真剣に言っているのに、船戸はそう軽くいなした。

「僕の本が出ても、ギャラは無し。そういうことで手打ちしましょうよ。勿論、大ベストセラーにでもなったら、話は別ですけど」

「でも」

「どうか、高窓さん」

なおも食い下がろうとする晶子に、船戸は一瞬、表情を消して両の手の平を向ける。

「僕の大きな一歩となる未来の処女作をお蔵入りにする気ですか？　……それとも、密着取材されると、何かご都合の悪いことでも？」

晶子は言葉に詰まって、浮きかけていた腰を落とした。

「いいじゃない、晶子」

その肩に早紀が手をのせる。

「晶子は真面目だから、船戸さんに負担かけたくない、って思うの判るけど、ここは甘えちゃおうよ。うんといいものつくって、うんといい本にしてもらって返せばいいじゃない」

「早紀さんの言うとおり」

一瞬何の表情も無くなっていた顔に、また満面の『微笑み』を浮かべて船戸がうなずく。

「いわば僕等三人、運命共同体です。……ね」

――まるで、首に太く重たい鎖をかけられて水底へ引きずり込まれていくようだ。

胸の奥底にもはや物理的な痛みが走るのを感じながら、晶子はもう自分が前にも後ろにも行けないことをはっきりと自覚した。

——母さん、私、本当にこれで……正しい？

あれからひと月半が過ぎ、何度か通った、その電車の窓から外を眺める度、胸に自問する。

本当に、本が出るだけなら。そんなの全然構わない。ギャラなんて一銭だって必要ない。ただ、それだけなら。

晶子はすっかり体が覚えてしまった道順をぼんやりと歩いて、建物に入った。

扉の向こうにかすかな早紀の笑い声がして、晶子は足を止めた。

正直、船戸がいる横で集中して作品に取り組むことは晶子には無理で、ここでは簡単なアイデアをただいじっているくらいのことしかできなかった。それでも来てしまうのは、早紀と船戸、ふたりの関係が気になるからだ。

早紀の方はきっと、相手に憧れている。それはもうはっきりと見てとれる。ただ、船戸の側がどう思っているのか。

船戸のような男にとうてい『恋愛』なんてものができるとは思えず、それでももしふたりが交際しているなら、それは船戸の方に何か企みがあるとしか晶子には考えられなかった。

けれど早紀の口から答えを聞くのが怖くて、実際のところどうなのかは聞けてはいない。

晶子はすうっと一度深呼吸して、二つノックをすると、返事を待たずに扉を開けた。

テーブルの前に立っていた船戸と早紀が、同時にこちらを見る。

その前に置かれたものを見て、晶子は奇妙な気持ちがした。

「こんにちは。……それ、どうかしました？」

後ろ手に扉を閉めながら、晶子はテーブルの上を指さす。

そこにはいつもは部屋の端の長机に飾られている、あの三つの作品があった。

「あ……うん」

早紀がどことなくぎこちない動きでぴょん、と一歩こちらに近づき、うなずく。

「あのね、これ少し、借りたいの」

「え？」

いぶかしげに晶子が首を傾げると、船戸が椅子の上に置いていた自分の鞄を取り、中から一枚のチラシを差し出してきた。

「華と光のクリスマス……？」

麗々しいフォントで記されたタイトルを声に出して読みながら、内容を確認する。

それは三週間程先、ちょうどクリスマス直前の日付の、早紀の勤め先の華道の流派のイベントだった。

創作大生け花と共に、ふたりの作品を展示する、というのがイベントの主旨らしい。

大輪のダリアの花をぼかした上に金銀の粉を散らした写真の端に、小さく例の華道の先生を始め、何人かの華道家の女性の写真が楕円の枠の中に納まっている。

そしてその横に、写真は無かったが文字だけで『オブジェ・音の窓』とあり、カッコ書きで小さく、受賞歴が添えられていた。

「あのパーティーの晩お話しした時にね、こちらからもいろいろ力添えする代わり、そっちからも協力してね、ってことで、先生と話がついてて。だから」

ああ、なるほど。

合点がいって、晶子はうなずいた。そういう風に丸め込んだのか。船戸らしい、と思うと共に、少しだけ微笑ましくもなった。あの先生も、なかなかちゃっかりしている。

「うん、いいと思うよ」

「よかった……」

そんな程度のことであのゴタゴタが収まって、早紀が仕事を辞めずに済んだのならば、それで全然構わないと思えた。勿論、これから先も、新作をつくるごとにこういうことに駆り出されるのかもしれないが、その程度のことならどうということもない。

そう思いながら晶子はもう一度チラシを見、その一番下に小さく『協力・船戸徹』と記されているのに気づいてちくりと不快さが胸を刺すのを覚える。

「でも、こういうことに使うなら、今度から事前に話は通しといてほしいな」

目の前でみるみる安堵の表情を浮かべる早紀に、どうしても自分がその小さな不快さを感じたことを伝えずにはいられなくて、晶子は少し突き放した口調でそう言った。

「……あ」

ゆるんだ表情がまた一瞬でぱっと困惑の色に変わって、早紀は戸惑ったようにちらっと船戸に目を走らせる。

「あの、えっとね」

「すみません、僕なんですよ」

早紀がもごもごと口の中で言いかけるのを制して、船戸が前に出た。

「え？」

「このこと、早紀さんにも内緒にしてて。僕と先生達とで勝手に決めて、場所も押さえてチラシもつくって、実はたった今、彼女にも話をつけてたところなんです」

晶子は目を見開いて、正面の船戸を見た。

ゆっくりと事態が理解されると、急激に苛立ちが湧いてくる。

「そんな……勝手なこと、困ります」

「でもね、この辺りでひとつ、何かしておかないと」

抗議の口調になった晶子をまるで意に介さない様子で、船戸は穏やかに両手を上げた。

「受賞からも少し日が経って、最近は取材も減ったでしょう。新作には時間がかかるし、こうやって時々は露出していかないと、世間は忘れるのも早いから」

その言葉に、晶子は声を失う。

「だいたい最初の受賞だって、普段こういう芸術的なことに慣れ親しんでない人はそもそも知りもしないし、ギャラリーなんかに出向かない人には見てももらえない。けれどこういうイベントなら、そうでない人の目にも止まる機会が増えるでしょう」

……正論だ。

完膚無きまでの正論に、晶子は唇を噛んだ。

確かにそうだ、自分達のペースでは新作ができるのはまだ当分先の話で——けれどその間にだって、なんらかの活動は当然あるべきだ。

「ふたりにはできるだけ、雑務めいたことで手をわずらわせたくないから。そういうことは、僕に任せて。……前も言ったでしょう、僕達は運命共同体です」

晶子はその言葉にどうしてもうなずきたくなくて、でも何か言うなり話すなりしないとこの場が終わらないことも判っていて、深く息を吸い長く吐き出した。

隣でひどく心配げな目で、早紀が自分を見ている。

それを頬に感じながら、晶子は船戸を見下ろすように見た。

「活動をしていく必要があるのは、理解してます……でもどうか、次からは、決める前に必ず、私にも話を通してください」

どうにも隠し切れない腹立ちが語尾を震わせるのを感じながらそれだけ言うと、船戸がくるっと、目を見開いた。その表情が今の状況とそぐわない気がして、晶子は急に怒りが冷えて、不可解な心持ちが湧き出してくるのを感じる。

「――判りました」

そのどことなく奇妙な表情のまま、船戸が一本調子に答えて、うなずく。

「次から作品を出す前には、必ず高窓さんに、ですね」

何か自分の言い分に不満があるのかと、また怒りが復活しそうになりながら、晶子は不審な目で船戸を見つめた。

「話を決める時にはまず事前に、必ず高窓さんに、と」

すると、もう一度そう念を押されて、先刻感じた不可解さがまた舞い戻ってきた。

それは少し、違う気がする……その言い方では、自分がすべての権限を持っていて早紀は何ひとつ権利を持っていない、そんな風に聞こえる。

自分が自分達ふたりの作品について、ふたりの関係性について、そういう風に考えている、そうまわりには聞こえてしまう。

「――いえ」

急に激しい焦りを感じて、晶子は口を開いた。

隣で早紀は、こちらを見ずに少しうつむいている。

「私に、ではなくて、私達ふたり共に、です」

急き込むようにそう言ったけれど、改めてそう言葉にしてみるとそれは取ってつけたように白々しい響きがして、晶子は目の前が暗くなる思いがした。

「……おふたり共に。ええ」

こちらは明らかに白々しい様子で、船戸がうなずいてみせてくる。

「判りました。今後は、おふたり共に、ですね」

「……そうです」

自分のその答えがひどく空疎に宙に浮かぶのを感じながら、晶子は肺の中一杯に苦々しさが広がるのを感じていた。


棚の中にしまわれていた梱包材を使って作品をすっかりくるんでしまうと、しばらくして軽トラに乗った作業員達がアトリエに現れて、それを運び出していった。

船戸が言うには、実際に作品を置いてみて、どんな風に花を配置していくか先生達で話し合って決めていきたい、とのことだった。

まあ確かにそろそろ本腰を入れて新しい作品をつくらなければならなかったし、それにはいくら空間があってもいいし、壊さないよう気を遣って作業せずに済んでかえってよかったかも、そんな風に晶子が考えていると、早紀が遠慮がちに声を上げた。

「あの、今回ね、せっかくだからわたしも、お花、出そうと思うのよ」

「え、そうなの？」

意外な言葉に、晶子は目を丸くする。

「うん、正直ね、ここんとこあんまり、そっちの仕事、してなかったから……そろそろちゃんとしたものをつくっておかないと、まわりの目もきつくって」

「ああ……うん、そうなんだ」

会社の仕事に皺寄せがいってしまって周囲に冷たい目で見られる、というのは形は違えど晶子自身も経験していたことだから、その早紀の言葉には大いに同情させられた。

「オブジェに何かないかどうかも見張っていたいし……だからね、申し訳ないけど、しばらくここ、来られないと思うの」

「あ……あ、うん、仕方ないね、判った」

――そうか、では新作の本格的な制作開始は……当分、無理か。

晶子は少し残念に思いながらも、早紀の立場を慮《おもんぱか》ってうなずいた。確かに、お花の試作中にオブジェに何かあっても困るし、早紀がずっとついていてくれるというのはこちらとしてもありがたい話ではある。

その間に自分は、新作のざっくりしたテーマや部分部分の試作をすればいいか、晶子は内心でそう決め、早紀に大きくうなずいてみせた。


イベントまでの三週間ほどの間、早紀からはほとんど、連絡が無かった。

季節はちょうど年末を控えていて、経理の仕事はとにかく忙しく、それに紛れてそのことを晶子はそれ程気にはしていなかった。

あんまり忙しくて、イベントの前日になってもうあれからそんなに日が経ったのか、と驚いてしまったほどだ。

新作については、軽いラフスケッチ程度しか進んでいなくて――自分達の作品をアピールするために頑張っているであろう早紀には申し訳ない気もしたけれど、今の時期はどうにも仕方がない。年末と年度末を乗り切ってしまえばもう少しなんとかできるだろう。イベントは土日の二日間で、流派の本部のある会館の一番大きな展示室で開かれることになっていた。

土曜の仕事を昼過ぎになんとか押し込むように終わらせて、晶子は帰宅して服を着替えると、昼食をとる間も無く急いで会場へと向かう。

会場に入ると例の先生を始め、先日のパーティーで顔を見覚えた人が何人も、大きな花の間を歩いているのが見えた。

早紀はどこにいるのか、くるっと見わたしてみたけれどすぐには見つけられない。

誰かに聞いてみるか、と歩きだした時、近くから声をかけられた。

見ると、銀座の老人が、彼の側近の、以前まではよく晶子と早紀のマネージャーのように面倒を見てくれた青年と共に立っていた。

「あ……どうも、ご無沙汰しております」

晶子はどことなく恐縮しながらふたりに向かって頭を下げる。思えば船戸が自分達の間に入り浸るようになってから、今まで彼がやってくれたようなことはほとんど船戸がやるようになっていて、相手とはめっきり、疎遠になっていた。

「いえ、こちらこそ、このところご挨拶もできませんで大変申し訳ありません」

「いや、どうもね、すっかり船戸くんが、貴女方に入れ込んでおられるようだから」

ふたりのやけに早口の言い訳めいた言葉に、どこか焦っているような、当惑しているような奇妙な響きを感じて、晶子は首を傾げる。

「どうかされましたか？」

尋ねると、「いや……」と言葉を濁すようにして、老人はちらりと会場の奥手に目を走らせた。晶子はその動きに、自分も首を伸ばすようにしてそちらを見やったが、あちこちに置かれたテーブルの上の大きな花に視界は遮られていて、相手が何を気にしているのかはよく判らなかった。

「どうかなさいました？」

「いや……あれは、ちょっとわたしとしてはね、どうなのかなと思うところもあるんだけれど」

「え？」

「まあでも、その場その場において、ふさわしい形というものもあるのかもしれないね。そういうアプローチというのも、それはそれでおもしろい取り組みではあるかと思うよ」

「……何の、話、ですか」

突然に不吉な思いが胸の奥に湧き起こってくるのを感じながら途切れ途切れに問うと、奥の方で派手な音楽が聞こえて、わあっと歓声が起きた。

晶子ははっと、そちらに顔を向ける。

「すみません、また後で」

失礼を承知で短く言うと、晶子は後ろも見ずに大股で会場の奥へと歩き出した。人が集まりだしているのをかき分けるようにして前に進むと、そこにひときわ大きな生け花が三鉢、丸テーブルに飾られているのが目に入る。花の前に小さなテーブルがあり、その上にそれぞれ、オブジェが置かれていた。

「…………」

晶子の全身が動きを止めた。

眼球が石になったみたいに固まって動かない。

あれは……何だ？

石像と化した体の中で、声が渦巻いた。

あの、ガチャガチャした、ただギラギラしているだけの、小うるさい音を奏でる固まりは……あれは、いったい何なのだ？

テーブルの上に置かれた三つのオブジェは、どれもそれぞれに、大きく手が加えられていた。

色合いは派手に、光はどぎつく、曲はどうやらテーブルクロスの下にデッキでも隠しているのか、その辺りから晶子のつくったメロディにやたらに楽器を加えて派手派手しくアレンジされた音楽が、オブジェの動きとは全く無関係にエンドレスで流されている。

晶子の視界から、急速に色と音とが遠ざかった。

耳の裏で、血管を血の流れる音がごうごうと聞こえる。

頭の一番上の辺りから血液がすうっと下がっていくのがはっきりと自分で判った。

あ、これは貧血だ、倒れるかも、とどこか心の遠くの方で思いながら、くらっと上体が傾いたその瞬間に、動いた視界の端の端——そこに、早紀と船戸が、並んで立っているのがやけに鮮やかに、そこだけくっきり色づいて見えた。


次にまともに意識が戻ってきた時には、晶子はすでに、ふたりの前に立っていた。

バシンとテーブルについた手の平が、じんじんと熱い。

目の前で、早紀が血の気の無い頬をして、それでもどこか、呆気にとられた顔で自分を見ていた。

ガチャガチャとまだうるさく音楽は鳴っているのに、辺りは奇妙にしいんとしている。

それはたった今、自分がここに歩み寄ってテーブルを強く叩いたからだ、晶子はそう理解して、急速に様々なことが自分の心の中心にきゅうっと吸い込まれていくような感覚を覚えた。

「晶子……」

「片づけて」

「え？」

「止めて。今すぐ。全部、片づけて。——こんなのは私の作品じゃない！」

船戸が「高窓さん」と言いながらふたりの間に割って入ろうとしたのを肌で感じて、晶子は大きく、それを払いのけるように手を振って叫んだ。

会場の隅の方まで、しぃんと人々が静まり返る。

「あのね、高窓さん」

「貴方のせいで！」

この状況でいまだに奇妙なほど落ち着き払っている船戸の姿に、晶子はさらに逆上した。

「貴方さえ割り込んでこなければ、こんなことにならなかったのに！」

「晶子……」

早紀のかける声は、晶子の耳には全く入ってこず——その燃える目はただ一心に、船戸の上に注がれていた。

「返して！」

「晶子」

「私の作品を、私の早紀を、返して！　元に、戻してよ！」

「晶子！」

早紀にぎゅうっと腕にしがみつかれて、晶子の勢いは急速に削がれる。

見ると、晶子の二の腕に顔を押しつけるようにして、早紀の頬をぽろぽろと涙がつたっていた。

「……早紀」

「ごめん」

その唇から、押しつぶしたような声が漏れる。

「ごめん……わたし……本当に、ごめんなさい」

晶子は荒い息を吐いて、それを見下ろして。

「――ふたり共、こちらへ」

突然横から、押し殺した厳しい声がして、晶子がはっと見やると、早紀の華道の先生が蒼白な顔をしてこちらを睨んでいた。

「早くおいでなさい」

きつく囁くと、さっと着物の裾を翻して奥へと歩き去っていく。

早紀と晶子は互いに目を見合わせ、どちらからともなく群衆に小さく頭を下げると、小走りにその後に続いた。

「――皆さん、お騒がせして申し訳ありません……ちょっと誤解があったみたいで、さあ、どうかもう一度おくつろぎください」

その背後で船戸の声がしたと思うと、靴音が近づいてきて、早紀の隣にぴたりと寄り添うように並んだ。

それと同時に、腕にしがみついていた早紀の指から、すうっと力が抜けていく。

その瞬間、晶子はこの世のすべてを、諦めた。

「……部屋には私達ふたりと船戸、それからご老人が同席してくださいました」

まだ耳の奥で彼女の叫びの残響が聞こえているようで、わたしは一瞬、その言葉が聞き取れずに身を乗り出した。

「ご老人は……さすがに多少は、私の立場に同情してくださっていたところもあったかと思います」

◆

そんなわたしの動きには気づかず、低いトーンの声のままで彼女は続ける。

「けれど、早紀の先生のお怒りは凄《すさ》まじくて——まあそれは、イベントをめちゃくちゃにされたんですから、致し方ありませんわね」

彼女は膝の上に両の手を揃えて、ふっと顔を上げて目線を窓の向こうに投げた。

「何を、どう言っても……嘘など言ってない、全部本当のことなのに、それなのに、言えば言うほど、みんなただの『言い訳』になってしまって、そこに私の『本当』などは何ひとつ無いみたいに聞こえて」

急に言葉を切って、両の手の上に目を落とす。

「そこに、奇妙にもってまわったあれの言葉がかぶさると、何故だかそっちの方が全部、もっともらしく、真実らしく、皆に受け取られて……いえ、あれの言葉は嘘ではないんです、確かに嘘ではない、でも」

その口元が、一瞬きゅっと締められた。

「……本当でも、ないんです」

そうして大きく、深くため息をつくと、高窓さんは倒れるようにソファに深く背を沈み込ませて目を閉じた。

「……今夜はもう、これが限界」

しばらくそうしていたと思うと、高窓さんは目を閉じたまま、そう一言言ってふふっと笑みを漏らした。

「こんなに長いこと、話していたの、久しぶり……ずいぶん、喉を使ったわ」

そう言って体を起こすと、すっかり冷えてしまったお茶を口に含む。

「ああ……おいしい」

「すみません、ご無理させてしまって」

ずいぶん黙りこくっていたせいか、わたしの方は喉が奇妙に強ばってしまって声が出しにくい。

「いいの、好きで勝手に話してるんだから」

軽く笑っていなす姿に、若き日の高窓さんの片鱗《へんりん》がちらりと覗き見えて、わたしは胸の奥に鋭い痛みを覚えた。

「いけない、ずいぶんお引き止めしてしまったわねえ。ねえ、もしよかったら、お泊まりになっていって」

「え、そんな」

突然の申し出に、さすがにそれは、と思いながら時計を見て驚く。終電の時間などチェックはしていなかったけど、確かに今から駅へ向かっても帰れないような気がする。

「ここね、お高いだけあって、ゲストルームがあるのよ。空いていれば使えますから。確認してみますから、少し待っていて」

そう言って高窓さんはゆっくりと立ち上がって、杖をつきながらおそらく寝室であろう奥の部屋へと消えた。

わたしはその間に食器をまとめて、台所で洗い物を済ませてしまう。

久しぶりに立って動くと、驚くほど体のあちこちに、風邪の時のような鈍い痛みに似た疲れがたまっていることが判った。

「……あら、ごめんなさい、お客様にさせてしまって。お部屋、取れましたよ」

戻ってきた彼女はそう言って小さく頭を下げてくる。

「あ、いいえ……こちらこそすみません、何から何まで、お世話になってしまって」

「いいえ」

口元に上品な笑みを含んで、彼女は首を振った。

「一階のコンシェルジュの方にお伝えしておきましたから、そちらでお話、聞いてくださいな」

「はい、ありがとうございます」

深々と頭を下げると、彼女はまた微笑んだ。

「どういたしまして。……おやすみなさい、また明日」

優しくかけられた言葉に、何故だか涙が出そうになった。

「おやすみなさい」

小さく返して、わたしは彼女の部屋を出る。

廊下を一歩進んで、振り返って扉を見て。

――おやすみなさい、また明日。

胸の内で、わたしもそう、小さく呟く。

けれどその翌日、目覚めてみると、彼女は消えていた。

五通目の手紙

ゆうべは奇妙なほどに重たく疲れ切っていて、ゲストルームのお風呂に入る気力もなくベッドに倒れ込んでしまったわたしは、朝一番に軽くシャワーを浴びた。

さっぱりすると急に気力が戻ってきて、マンションを出てすぐのところにあった自販機でコーヒーでも買ってこようか、と扉に近づき、その床下に白い封筒が差し込まれているのに気がつく。

封のされていないそれは、コンシェルジュからの連絡だった。

『高窓様よりご伝言がございますので、お目覚めになられましたら一階ロビーのコンシェルジュまでお声がけください』

なんだろう、わたしはいぶかしく思いながらも外出する準備をして部屋を出る。

「高窓様より、本日は失礼ながらご一緒できない、とお伝えするよう申しつかっております」

「え?」

コンシェルジュの女性に言われたのは、思いもよらない一言で、わたしは驚いて彼女を真正面から見てしまった。

「事情ができて、朝早く発ちます、とのことです。また改めて、お手紙差し上げますので、とのご伝言でした」

わたしはきちんと切り揃えられて薄いピンクのマニキュアの塗られた彼女のきれいな指に目を落として、小さく息を吐いた。

そうか……ゆうべの、魔法のかかったようなあの部屋、あそこには今はもう、誰も、いないのか。

まるで自分がその時その場所にいて、高窓さんの中に入り込んですべてを追体験したかのような不思議な一夜がありありと思い出されて、わたしは目眩を感じて目を閉じた。

「お客様？」

向かいからコンシェルジュが、心配げな声をかけてくる。

「どこか、お加減でも？」

「……いえ、すみません、大丈夫です」

わたしは目を開いて、彼女に薄く微笑んでみせた。

「では……高窓さんが戻られましたら、朝川が次のお手紙、心からお待ちしております、とお伝えくださいますか」

「承知いたしました」

こちらを安心させるような笑みを浮かべて彼女はうなずくと、手元の便箋を一枚取って、さらさらとメモを取り始める。

「では、よろしくお願いします」

わたしはひとつ頭を下げると、身を翻して明るい陽の降り注ぐ海の見える道へと歩いていった。

次の手紙――今回もテープだった――は、それから十日程して届けられた。

わたしは彼女の家の寝室の大きな揺り椅子に腰掛け、居間から運んだデッキにそれをセットすると、一度深呼吸をして目を閉じ、再生ボタンをかちりと押した。

◆

朝川さん、先日はお見舞い本当にありがとうございます。

こんな年で長くひとり暮らしをしていて、急にお客様が来てくださるというのはあんなにも楽しいものかと、つくづく幸せな思いでした。

それなのにあんな失礼なことをしてしまって、本当に申し訳ありません。

どう言ったらいいのか、あの晩のことは、私にはとても奇妙な体験だったのです。

それこそ若い頃には何度も、思い返しては考えました。でも今はもう、そんなこともほとんど無くなっていて、ああして手紙を書いたり今のようにテープを吹き込んだりしていても、それはみんな、もう一定の風化を済ませていて、生々しさは無いものでした。

なのに、あの晩は……あの夜、ああして、貴女に語っていた間、まるで私は、今まさに自分があの場所にいたみたいに……自分の内側に、あのすべての時がそのまま吹き出してきたかのように、感じていたのです。

その感覚は本当に強烈で、私はしばらく、それから抜け出すことができませんでした。

あの次の朝、時間が大きく巻き戻った私は、そのままの私では、とうてい、貴女に会うことができなくて……あんな風に、お別れすることになってしまいました。本当にごめんなさいね。

あの後のことを、簡単にお話しします。

私は、もう……ただただひたすら、先生に頭を下げました。

とにかく私がイベントをめちゃくちゃにしたことには、間違いが無いのです。

いったいどうしてあんなことをしてくれたんだ、説明をしてくれ、そう言われて、私は私なりに自分の中での経緯をお話ししたのですけど、それは言えば言うほど、ただの言い訳になってしまって、その間に私の中にあった様々な哀しみや痛みや煮え立つような思いは、みな跡形もなく抜け落ちてしまうようでした。

ひと通り話し終えた後、私だけ部屋を出されて、中には先生とご老人、早紀と……船戸が、残されました。

しばらく待たされた後、私は呼ばれて部屋に戻りました。

先生はとりあえず今回のことは不問に処すと……けれどこうなった以上は、今後は少しふたりでの活動のことについて考えてもらいたい、そう言われました。

それから次の作品は年度内に、できれば一点ではなく複数仕上げてほしい、そしてその最初の発表場所は、今回のようにこちらでお花のイベントの一環として行ってほしい、そう要求なさいました。

私に、断る余地などありませんでした。


それからのアトリエでの日々は、ある意味で普段やっている経理の仕事に似ていました。いくつもの所定の数字があって、それが次から次へと目の前に積まれていって、それぞれに決まった処理を施して右から左へ渡していく、みたいな。

デビューする前にちょっと話していたアイデアや他愛ないスケッチ、モチーフ程度の半端なメロディ、とにかくあるものを総動員して、なんにも煮詰められないまま、正直あまりいいとは思えないものも無理に詰め込んで。何より時間がかかるのは稼働の仕掛け部分なので、そこは極力、簡単なものにして。

それを船戸の見ている隣でやるのも、私には苦痛でした。

それでも……それでも、少しでも、ほんのわずかでもいいから、近づけたかった。私が本当に見たいと思うもの、つくりたいと思うもの、『正しさ』に少しでも近いものを、と。

けれどもそれは、ほとんど叶えられることはありませんでした。

この色がいいと思う、こんな形がいいと思う、私のそういう提案を、船戸はことごとくはねのけました。そして、すでにつくってしまったものについても、次にアトリエに行ってみるとつくり替えられている、そういうことが何度も起きました。

「考えてみたんだけど、こっちの方がいいと思うの」と早紀はその度に言い……けれど、それが本当のところでは誰の考えなのかは、私には見え過ぎるほど見えていました。

もう駄目だ、と何度も何度も思った。

昔は本当に楽しみだった週末が来るのが、心底憂鬱となりました。

かつての私達は、本や、時計、鋏……普段そこら中にあるものからどう新しい世界を切り拓けるか、その物体自体が持っている本当の力や隠された意味をどうしたら具現できるのか、それを自分達ができるぎりぎりまで追求したい、そう考えていました。目の前にある物質そのものではなくその精神をこしらえている、そんな風に感じていたのです。

けれども今、そこにあるのはどれもまさに、ただの『物質』でした。

歯車はただの歯車、ネジはただのネジで、それ以上の意味も輝きもなく、私にはそれらは皆、薄っぺらく安っぽいお飾りのようにしか見えなかったのです。

それでも私は、ぎりぎりのところで自分を保ち続けていて……そんな中、三月も初めの頃、突然、早紀の母親が交通事故にあったのです。

仕事は年度末で、忙しさのピークでした。

連日の残業続きの日々の真っただ中、遅くに寮に帰ってみると、早紀からの伝言があって……母親が事故にあった、今すぐ実家に帰る、すぐに来てほしい、と。

　遅い時間ではありましたが思い切って早紀の実家に電話をしてみると、彼女は今までに見たことがない程、激しく取り乱していました。

　高校の頃から、早紀は自分の母親を嫌っていて、畏れていて、でも愚かだと軽蔑もしていて……デビューした時にはもうあんな人は自分の人生には関係ない、そう明るくせいせいとしていた、それが、心底動揺していました。

　母さんが死んでしまう、どうしよう、晶子、助けて、と。

　あんな早紀の声を、私は初めて聞きました。

　お願いだからすぐに来てほしい、そう言われて……でも、無理でした。ただでさえ人手が足りない今の状況で、『友達の母親が危篤だから』で会社を休める訳がありません。

　それは確か火曜か水曜日のことで、私は懇願する早紀に「週末には必ず行く」と何度も繰り返して、電話を切りました。

　それでもやはり、私は心配で……次の日、仕事が終わった後に電話をかけてみると、早紀の声はひどく変わっていました。

　落ち着いた、というか……おとなしくて、覇気、というのもこの状況で変ですけれど、昨日のような必死さがどこかへ抜け落ちてしまったような声でした。

　その声で、早紀は言いました。

「今朝一番に、船戸さんが来てくれた」と。

——もう取り返しがつかない、そう、私はまた強く思いました。

こうやって私はまた、彼女の心を自分から遥か遠くに手放してしまった。

前の日、早紀は私にだけでなく、船戸にも連絡を入れたのだそうです。そして船戸は、夜行に乗って駆けつけてきてくれた、と。

かなう訳が無い、そう、思うと同時に……もう、いいかと思いました。

あのパーティーの夜に思ったように、船戸が本当に早紀のことを大事に思ってくれているのなら、それに間違いが無いのなら……それならもういい、と。

自分とは徹底的に合わない相手だけれども、早紀がそれで幸せで、向こうも早紀を大事にしてくれるなら、それでいいじゃないか、と。自分にはできなかったけれど、この先、早紀をきちんと守ってくれるのなら。それならもう、全部託してもいいじゃないか。

そんな風に心を決めて、土曜の夜に、私は彼女の実家に着き、その日の昼過ぎに母親が亡くなったこと、そして……自分達が前から交際していたこと、四十九日が過ぎたら船戸と結婚することにしたことを、早紀から告げられたのです。

地元の葬祭会館で、お通夜は日曜日に、お葬式は月曜日に行われました。

私はお通夜に少しだけ顔を出して、夜行で戻りました。

多分、昔の自分なら、会社に土下座をするのも厭《いと》わず頭を下げて、お葬式まで出たのだろうと思います。

けれどもう私には、そこまでの感情が無かった。

そこまで相手につぎ込める心が、もう私には残っていなかったのです。

だって、船戸がいる。船戸がそばにいてくれるなら、私なんて要らないじゃないの、と。

思えば進学も就職も、それ自体を望んだのではなく、ただ早紀と一緒にいるためでした。

だからその情熱が切れてしまった今、すべてがどうでもよくなってしまったのです。

早紀の実家を出ると、私はしばらくぶりに実家に帰りました。

きっとずいぶん、やつれていたであろう私を、両親は何も言わずに迎えてくれました。

温かい食事と、温かい寝床と。

久しぶりになんにも考えずにぐっすり眠って、次の日、お通夜に向かう前に、私は両親に言いました。

この年度末で、今の仕事を辞めようと思う、と。それから……『音の窓』の活動からも、離れようと思う、そう。

東京を離れて実家に戻りたい、そう頼んだ私に、ふたりは何にも、反論しませんでした。

「あんたがそれでいいと思うなら」そう母が言って、父はただ黙ってうなずいたのを覚えています。

でも、その時、母は言いませんでした……「それが正しいと思うなら」とは。

私はお通夜に顔を出した後、船戸を外へ呼び出して、同じ決意を、告げました。

それからそれには、ただひとつ、条件があると。

あの『夜を測る鐘』……あれだけは、元の姿に戻して、自分の手元に残してほしい。あれさえ残してくれれば、もう自分は姿を消す、そして何にも関わらないから、と。

船戸は一瞬、ぴくりと体全体を震わせました。

それから一言、「どうしても？」と問いました。

その声は、最初に聞いた、あのずれた響きをしていました。

思わず見ると、その顔にはやはりあの時と同じ、虚無があったのです。

今私は、それなりに重大なことを告げたはずなのに……そこにあるのは、ただの空っぽの器に過ぎませんでした。

背中いっぱいに、鳥肌が立ちました。

私は……『正しい』どころではない、ひどく間違ったことをしてしまったのかもしれない、おぞましさに似た強烈な悔恨が、胸に満ちあふれました。

けれどもう、遅過ぎた。

私にはもう、引き返す余力が残っていませんでした。

船戸の言葉に返事はせずに、「どうか早紀のこと、よろしくお願いします」とだけ言って頭を下げて、私はその場を立ち去り、逃げるように夜行に飛び乗ったのです。

窓の外を流れ去る景色を眺めながら、私は捨てていくんだ、そう思っていました。

私は全部を……こうやって捨てて、走り去っていくんだ、と。

早紀からの電話は今後一切、取り次がないでほしい、電話があったことも伝える必要は無い、私は寮母さんにそうお願いしました。

だからあれから、早紀から寮に連絡があったのかどうか、私は知りません。

私は年度末で辞めたい、という希望を会社に伝えたのですが、せめて引き継ぎはしていってほしい、と言われて、四月中は会社に籍を置くことにしました。

そんな中、早紀からの結婚通知が、実家から転送されて届いたのです。

それは一律に印刷されたもので、挨拶文と共に喪中だから式などはしないことと、新居となる横浜の住所とが記されていて、手書きの添え文などは一切ありませんでした。

そして両親から、その通知と共に大きな箱も届いている、そう言われました。

それは勿論、あの『夜を測る鐘』でした。

私は心から安堵しました。

あれだけは……どうしても、手元に残したかったのです。

あれは私と早紀との、輝かしい最初の礎《いしずえ》でした。

あれさえ残れば、もう他に何も要らない、そう思いました。

もう他には何も望まない。

誰かの心なぞ、もう望みませんでした。

私はその葉書を引き出しに入れ、そのまま忘れてしまいました。

だから……そこから一週間ほどして、寮の引き上げのために荷物をまとめていたところに、突然、ご老人のところの青年から連絡が入ったことに、本当に驚いたのです。

青年から、ご老人が貴女が退職して田舎に帰ることを聞いた、と……もしよければ送別会を開きたい、それからこれは早紀達には内緒だけれど同じ席で早紀と船戸の結婚祝いをしたいと思っている、いろいろ思うところもあるかもしれないがぜひ来てほしいとおっしゃっている、そう言われました。

私は正直、悩みました。

何と言っても、ご老人には恩こそあれ、恨みは何ひとつないのです。

電話口でつい黙り込んでしまった私に、彼はひどく控えめな声で「自分は断ってもいいんじゃないかと思う」と言いました。

それでかえって、気持ちが決まりました。ひとりでも自分のそういう懊悩《おうのう》を判ってくれる人がいるのなら、それでいいと思えたのです。

伺います、私はそう言って、電話を切りました。


その日の晩、私は迎えの車に乗って、赤坂の料亭に向かいました。

まるで映画で見るような立派な門構えのお店で、かなり緊張したことを覚えています。

玄関のところに、青年が迎えに来ていました。

私はずいぶんと申し訳ない気持ちになって頭を下げたのですが、彼は全くそんなことを気にするそぶりもなく、ただ一言「ずっとお世話ができればよかったのですが、自分の力が足りなくて本当に申し訳ありません」とこちらに頭を下げ返してくれたのです。

そうやって挨拶を交わしていると、彼がふっと扉の方を向きました。

つられて振り返ると――そこに、早紀と船戸が、立っていたのです。


早紀はまっすぐ、自分を見ていました。

今にも倒れるんじゃないか、そう危惧してしまったほどに、青白い頬をして。

髪は最後に見た時よりも伸びていて、大きくゆるやかに巻かれて肩に落ちていました。

片手に白くやわらかそうな毛皮のコートを抱えて、服は上品な明るい薄緑色のワンピース、鎖骨のわずかに覗いた胸元を小粒で長めの真珠のネックレスが飾っていて、靴はやはり踵のほとんど無いクリーム色のエナメル。

そのいかにも『若奥様』な装いは、やはり私に、彼女が昔、母親と一緒にいた時のそれを思い出させました。

私はつかの間、息を止めて早紀と見つめ合い――ふっと、気づきました。

早紀の横に、船戸が立っている。

片手にウールのコートを持って、ブラウンのツイードのジャケットに臙脂のハイネックのセーター、濃茶のコーデュロイのズボンを身につけ、茶色の革靴はピカピカに磨かれていて……最初に出逢った時から同じ、完全なフォーマルではない、かと言ってカジュアル過ぎる訳でもない、とても洒落た着こなしをしていました。

けれども船戸の様子は奇妙でした。

この状況なら、まず私を見るだろうと思いました。それは別に自意識過剰とかではなく、普通そうなるだろうと。

でも船戸の目は、完全に私を素通りしていました。

かと言って青年や仲居さんを見ている訳でもなく……正直言って船戸の目がいったいどこに焦点を合わせているのか、私にはよく判らなかった。

その奇妙な一瞬の空白が過ぎた後、この異様な雰囲気をどうにかしようとしたのか、仲居さんが愛想笑いを浮かべながら早紀と船戸に挨拶をして、頭を下げながら私の今脱いだばかりの靴を手に取り、脇へ寄せました。

船戸の目が、その動きを追って動いた。

船戸の表情が、それに伴って粘土をこねたみたいにぐいぐいと動きました。

私は……とても、驚いたのです。

船戸の表情は、最初から私には『表情』として見えたことが無かった。ぶれているかのように、仮面のように、そして不可解な歪みと何も無い空漠《くうばく》、私は船戸の顔の上に、そういうものしか見たことがありませんでした。

けれどもその時の船戸の顔には、『何か』があった。

怒りなのか、悲嘆なのか、嫌悪なのか、羞恥なのか、焦燥なのか、苦悩なのか、何に一番近いのかはよく判らない、けれどあきらかにネガティブな方向性の表情でした。

私には船戸がそんな表情を浮かべている理由が、全く判らなかった。

その奇妙な表情のまま、船戸は早紀の方に口だけを寄せ——本当に、顔や体は全く動かず、口だけがぐい、と彼女の方に寄りました——何かを鋭く、囁きました。

全く聞き取れませんでしたが、それに早紀がどことなく怯《おび》えた様子で「お店の名前なんか聞いてない」と答えたので、どうやら船戸が気にしているのは、私を含めた同席者のことではなく、この店そのものであるように思われました。

でもどうしてそんなことがそんなに気になるのか、全然判らず、全員が完全に固まってしまっている中、青年がぎこちなく動き出して、ふたりを中へと招き入れました。

そこで私の注意は、また、早紀の方に逸れました。

早紀は脱いだ靴を丁寧に揃えて私の前に立ち、体を腰から折って深々と頭を下げました。

その他人行儀な、それでも早紀の中に自分に対して深い謝意の感情があることが見てとれる姿に、私は複雑な気分になりながら「ご結婚おめでとうございます」と我ながら慇懃《いんぎん》無礼に聞こえる挨拶をして自分も頭を下げました。

早紀は何か言葉を返そうとしたように見えたのですが、その瞬間に船戸が横からぐい、と彼女の腕を引き、ずんずんと奥へと歩き出してしまいました。

私と青年とは、呆気にとられ——一拍遅れて、仲居さんが小走りにふたりの前に出て、道案内を始めました。

私達は何がなんだか判らない、という気持ちで顔を見合わせながら、その後をついていって――その時、あれ、と変な感じがしました。

何か、違和感があったんです。

この奇妙な感覚は何だろう、考えながら、前をどんどん進んでいく船戸を見て、はたと、気がつきました。

前にも何度かお話ししたように、早紀は当時の女性としてもかなり小柄で、百五十センチもありませんでした。

そして船戸も、当時の男性の中でも小柄な方で――それでも早紀よりは背があって、自分の感覚としては、百六十センチくらいかな、と思っていたんです。

　けれど、今前を歩く船戸は、早紀とほとんど背丈が変わらなかった。

　そうは言っても、おそらく二、三センチ、ほんのわずかですけども、船戸の方が早紀よりは高かったように思います。それでもその身長は、男性としては相当に小さく――そして、今まで自分が思っていたよりもずっと、低く感じられました。

私は歩きながら、ちらりと玄関を振り返りました。

おそらく船戸は、踵の高い、けれど一見してはそれと判らないような靴を履いていたのだ、そう思いました。

よく考えてみたら、私は靴を脱がなければならないような場所で船戸と会ったことがなかった。

だからそれまで、船戸の本当の身長に気がつかなかったのです。

そんな異様な雰囲気から始まった会合でしたが、それ自体はとてもなごやかに、つつましやかに進行しました。

私と船戸と早紀とが同席していることに驚いている人達もたくさんいましたが、ご老人の仕切る場で直接何かを聞いてくるようなはしたない真似をする人もおらず、粛々と宴は進みました。

先刻の奇妙な様子はどこへやら、船戸はずいぶんと『明るい』表情を浮かべて、あちらこちらの席を立て膝で回ってお酌をし、祝福の言葉を受けていました。

けれどご老人が締めの挨拶をするやいなや、船戸は二次会に誘う人の言葉を一切無視して、早紀を引っ立てるようにして会場を立ち去りました。

私は今夜の船戸の奇妙な様子が気になり、早紀と話がしたくて急いで後を追いましたが、玄関に着いた時にはもうとうにその姿は消えていました。

仕事の引き継ぎは本当に退社のぎりぎりまでかかりました。

それと同時に、荷物をまとめて、夏服のようないらないものからどんどん実家に送り返して――少しずつ物が減っていく部屋を見ていると、自分の感情もどんどんすり減って薄くなっていく、そんな気がしたものです。

荷物の中には、たくさんのスケッチブック、試作品や、ふたりが載った多くの雑誌などもありました。

けれど私はそれ等を皆、躊躇なく捨ててしまいました。

あの夢のような世界から、私は私自身を追放したのです。

そんな中、寮を出る直前に、私は駅で偶然、例のイベントのチラシを見かけました。

手に取ってみると、それはゴールデンウィークに合わせた、花とオブジェのイベントとなっていました。

前回のようにお花の先生の名前が並んだ後に、『オブジェ・音の窓（船戸徹・音羽早紀）』という文字が書かれていて、私はすっかりなだらかになったと思っていた自分の心が、また少し波立つのを感じました。

船戸の名がそこにあることは勿論ですが、そもそも順番が違うだろう、と……私が抜けた今、このユニットの中心にいるのは早紀なのに、と。

同時に、少し可笑しくも思いました——見ての通り私達のユニット名は、ふたりの名字から取ったものです。でも『船戸徹と音羽早紀』では、同じ説明はできません。

もしどこかから取材が来て、ユニット名の由来について尋ねられたら船戸はいったい、どういう顔と態度をして、何と答えるのだろう、そう思うと私の意地悪心がくすぐられて、様《ざま》を見ろ、少しは痛い目にあうといいんだ、そんなことまで考えました。

そのイベントはかなり盛況だったらしく、いくつかのギャラリーを回って、雑誌やテレビにも取り上げられて——私は一度だけ、それを見たことがあります。

どれもこれも、ひどいものでした。

ぱっと見は、悪くないんです。形としてはきれいにまとまっている。

けれど、中身が無い。

どう言うのか、子供用のオモチャや洋服には、時々ひどく、ちゃちなものがあるでしょう。一見はキラキラしたり派手で目を引くようにつくってあるけれど、実際の素材は安物だったり、手抜きで壊れやすいつくりだったり。

世によく言う、『子供はこの程度で騙せる』と思っている人達がつくるような代物です。

仕掛けはちゃちで粗雑なもので、曲は私のつくったいくつかのモチーフを無理矢理繋げてやたら過剰に楽器を増やしてアレンジを加えたもので、その過剰さは本当に『子供騙し』と呼ぶにふさわしい気がしました。

それがやたらきらきらした生け花と一緒に並んでいる様子は、本当に、安いショーウィンドウを見るようで……私はもう、最初に感じた可笑しみも何もすっかり消えてしまって、ただただ侘《わび》しい、寒々しい心持ちになって、それからは船戸と早紀のオブジェを追うことはしませんでした。

私は少し実家で静養した後、前にもお話しした、伯母の会社に招かれてそこで働くことにしました。

伯母の会社は千葉にあり、私はその近くでひとり暮らしを始めました。

未亡人である伯母は、一緒に暮らそう、そう言ってくれたのですが……私にはもう、どう言ったらいいのか、余分が……リソースのようなものが、残されていませんでした。

他人に割けるだけの何かが、自分の中には、ひとかけらも残っていなかったのです。

だから私は、伯母の申し出を断り、ひとりでアパートで暮らすことにしました。


以前にも少しお話しした通り、その暮らしはとても淡々とした、しずかなものでした。

私はもう誰にも必要以上に精神を揺さぶられることがなくなって、本当に穏やかに、そして色のない、安らかで平坦な日々を送りました。

伯母は立場が立場だけあって、彼女の元には、ずいぶん、私に対して見合いの申し入れがあったみたいで……伯母は私にその気が無いことは判っていて、大半を断ってくれていましたが、中にはどうしても断りきれないものもあって……いくつか相手にお会いしたこともありましたが、どれも皆、お断りさせてもらいました。

私にはもう誰かに心を注ぐことができなかったのです。

伯母のことは好きでしたし、会社の跡継ぎとなる彼女の甥のことも可愛かった。職場で仲良くさせてもらった同僚も何人もいました。

けれどそれらは、私の本質的な部分に食い込むようなものではありませんでした。

田舎の両親は勿論大事でしたけど、自分の何かを捨てて相手に注ぎ込めるか、と言われるとそれはやはり違うように思えました。

けれども私はそれでよかった。

そういう私で、十分でした。

もう二度と人に心を揺さぶられることはないんだ、そう思うと胸に心底、安らぎが満ちました。

けれどそういう暮らしの中で、私にわずかながらも動揺を与えたのは、やはり船戸の存在でした。

最初に気づいたのは、千葉に移ってから半年程が経った頃、多分雑誌か何かだったと思うのですが、『音の窓』へのインタビューが載っていたのです。

そこにいたのは、船戸だけでした。

それについてインタビュアーが質問をしていて、船戸は「妻は懐妊したので、今後の活動はしばらく自分だけで行うことになる」と答えていました。

早紀が船戸の子を宿した。

そのことに私は衝撃を受けて……けれど、よく考えてみたら、当たり前のことではあるのです。普通に男女が結婚して、普通に子供ができた。おかしなことは何もありません。

むしろめでたいことだ、私はそう自分に言い聞かせました。子供ができたということは、夫婦として船戸と早紀がうまくいっている証《あか》しです。何ひとつ悪いことなどない。

それなのに私の中には、わだかまりのようなものが残りました。

それはおそらく、自分と早紀、ふたりでつくりあげたものである『音の窓』から、ふたり共が排除されてしまった、そのせいでした。

けれどその時には、実際おめでたい話であることと、育児が一段落したらきっとまた彼女も活動に戻れる、そう思って、それを自分の中に収められました。

けれどそれから一、二年程後だったか、私は職場の同僚とお昼を食べに行った食堂で、あの声を耳にすることとなりました。

それは有名な芸人がゲストを呼んでトークする、というラジオの人気番組で、そのお店ではお昼時は必ず、それが流されていました。

そもそもあまりテレビやラジオに興味が無かった私は、いつも車や風の音と同じようにそれを聞き流していて——そこに、あの声が突然、耳の中に差し込まれたのです。

私は思わず、持っていた箸を取り落としました。

同僚が何か言いましたが、今度はそちらの声の方が、ただの雑踏の響きのように右から左へ流れていきました。

芸人は船戸の名前と共に、活動しているアーティスト名を紹介しました。

その名は私の耳には、『フネートル・デュ・ソン』と聞こえました。

そして船戸は、こう語りました。

それはフランス語で、『音の窓』という意味なのだと。

自分の名、『トオル』の『トオ』をひっくり返して『オト』、そしてフランス語で『窓』

は『フネートル』と発音する、それは自分の名字の『船戸』に通じる。自分は若い頃フランスで暮らしていたことがあって、友人達に『お前の名前は窓だ』とからかわれていた、その思い出から付けた、名なのだと。

私は久しぶりに、本当に、何年かぶりに、血が逆流するような感覚を味わいました。

顔の内側に空気が吹き込まれたように、ぱん、と頭が熱く膨らみました。

とうていそれ以上聞いていられなくなって、私は店を飛び出しました。

後ろから同僚が呼んでいるような気もしましたが、そんなことはどうでもよかった。

私はそのまま、会社を早退して、ひとりでただあてもなく街をさまよい歩きました。

消えてしまった。

みんな、消えてしまいました。

私と早紀が、つくりあげた、あの輝かしいもの達すべてが、消え去ってしまいました。

それはこの世からほぼ完全に、消し去られてしまったのです。

多分インターネットなどが発達している今の世の中なら、そうはならなかったのだろうと思います。

こんなごたごたが起きていたら、それらは今なら、普段芸術などに興味を持たない人達にも一瞬に広まってしまって、人の口にのぼることを消すことはできないでしょう。

けれどあの時代は、そうではありませんでした。

そもそも芸術に興味の無い人は、誰が何の賞を取ったとか、そんなことさえ知りませんし、そういうことが載っている雑誌や新聞記事にも目を通しはしません。だから実のところ、世間の大半の人は、私達のことなど、最初から知らなかったのです。

そんな中で、私達のちょっとしたいざこざなどは当然一般の人の目に触れることなどなく、また、それを近くで見聞きしていた人達も、取り立てて外に言いふらしなどはしませんでした。

誰にも知られぬうちに、私と早紀の存在は世間から消えていったのです。

そしてあの時代は、今よりずっとずっと、女性であるということがそれだけで社会では弱い、と言うか、はっきり言えば無能だとされていました。

例え同じことを主張しても、発言者が女性である、それだけで軽んじられるようなことが当たり前の時代でした。どれ程仕事ができても、出世街道では軽々と自分より能力の低い男性に先を越される、そういうことがどこにでも普通にありました。

今であれば、船戸の言葉も、あれ程多くの人を説得はできなかったと思うのです。みんなもっと、私や早紀の話に耳を傾けてくれただろうと。

そして私達自身、女性の方からも、『年長の男性がこう言っているのだから』と自分達の主張にどこか引け目を感じてしまったりなどはしないだろうと。

何もかも時代のせいにしてしまうつもりは勿論ありませんけど、それでももう少しあの頃の社会が違っていれば、違う結果があったのかもしれません。

伯母のところで働き出して十年程した頃に、実家を通して、訃報が届きました。

それはあの、銀座のご老人のものでした。

もう年齢が年齢でしたから、お亡くなりになった、そのことには驚きはしませんでしたが、その報せが例の青年からで、よければ告別式に出席してほしい、というものだったことに、私は戸惑いを覚えました。

そこに行けば、間違いなく早紀と船戸がいる。

私はしばらく悩みましたが、やはり告別式に出席しない、というのは人としてどうかと思われて、とても久しぶりに、東京に向かうことにしました。

そうは言ってもあまり気が進むものではなかったので、私の到着は式の直前でした。

けれどあの青年――思えばもうお互い、青年なんて年ではありませんでしたが――は玄関で待っていてくれて、早紀と船戸は子供と一緒にもう到着している、ということを教えてくれました。

会場に入ってみると、もう席のほとんどが埋まっていて、私は一番後ろの方に座りながら、目を動かして早紀を探しました。

関係者席の前の方に、見覚えのある小柄な背中があって……その隣に確かに、上が小学校高学年くらい、下は低学年程に見える姉弟がふたり、並んで座っていたのです。

お焼香の時、船戸と子供とが一緒に前に出て、戻ってくる時、その顔が見えました。

船戸は髪に少し白いものが増えていて、そしてとても、悲しそうな顔をしていました。

それはひどく自然な表情で、それが私には、逆に信じがたいように思えてならなかった。

席に戻ろうとしていた船戸の目が、ふと私を捉えました。

その瞬間、悲しみの膜がぱっと消え、あの『虚無』が現れました。

はっとして見直すと、もう船戸は悲しげな顔つきに戻っていて……それから小さく、私に会釈してきました。

その動きにまわりに座っていた人達が、私の方を見ました。

何人か、見覚えのある顔もありました。けれどもそのほとんどが、私のことは覚えていないようでした。ごくわずかに、少しばつの悪そうな顔をした人もいましたけれど。

船戸の動きに、早紀も席を立ちながら、こちらを振り向き、目が合いました。

その目が、今も忘れられません。

ぱっと、明かりがついたような……席を立つ、その動きは奇妙に疲れているようで肩もすっかり落ちていた、でもそれは、告別式という場を考えればそれ程異様なものでもなくて……けれど、目が合った瞬間、早紀の顔にはぱっと明るく紅が差しました。

そしてすうっと、猫背気味だった背筋が伸びた。

私の方に目を向けたまま、早紀は他の参列者の間を抜けていき……お焼香をして、こちらに戻ってくる間もずっと、ひたぶるな目で私を見ていました。

そのすがるようなまなざしに、私は正直、混乱したのです。

好いた相手と結婚して子供もできて、それは当然、幸福と呼んでしかるべきものだと思っていました。確かに、創作からは離れてしまったのだろうけど、それもある意味、彼女自身の人生の選択であるはずです。

そう思いながら、それでもその目は、私の心を捉えて離しませんでした。

告別式が終わって、会場を出てすぐに、後ろで大きな金切り声がしました。

驚いて振り返ると、それは早紀の子供達でした。

会場の出口辺りに、早紀と船戸が子供と一緒にいて……子供は大声でわめき散らしていました。どうやら、ここで静かにしていられたご褒美に何か買ってほしい、何か食べたい、そういうような要求でした。

どちらももう小学生くらいに見え、分別がつかない年でもなかろうに、正直、年齢の割にはその態度もわめいている内容も、ひどく幼稚に思えました。

早紀がしきりにたしなめていましたが、子供の声はエスカレートするばかりで、皆が迷惑そうな顔を向ける中、船戸がその子達の方に体をかがめて、何かを言いました。

すると、ぴたっとふたりはわめくのをやめて、嬉しそうに、両側からそれぞれが船戸と手を繋ぎました。

早紀は肩を落としてその様子を眺め、ふと首を巡らして私に気づきました。

また、ぱっとその目が明るくなったと思うと、早紀が私に駆け寄ってきたのです。

私は狼狽しました。

何を言ったらいいのかよく判らなかったのです。

「久しぶり」と、嬉しそうに早紀が言うのに、私はこくりと、ただうなずきました。そして前置きも無しに「お子さん？」とだけ問うと、早紀は船戸達に目をやり、小さく首を縦に振って、上が小五で下が小二だと教えてくれました。

それはおめでとう、知らなくてお祝いもできなくてごめんなさい、そう言うと早紀はかぶりを振って、また船戸と子供達の方にちらりと目を向けました。

そうして小さく、

「あの子達、わたしより船戸の方がずうっと好きなの」と言いました。

「ほしいもの何でも、あの人与えちゃうから。だからあの子達わたしのことなんか要らないのよ」と。

何言ってるの、と私は自分でも、どこかぎこちない声で言いました。

何故なら少し離れたところで手を繫いで船戸と立つふたりの子供が、なんだかひどく奇妙な、白々しいような目で、私達を見ていたからです。

上の子は目元がとても船戸に似ていて、でも黒々とした豊かな髪は早紀譲りでした。下の子はどちらかと言うと早紀に似ていて、けれどその表情の薄い目の動きが、ひどく船戸のそれを連想させました。

私は内心の鳥肌が立つような思いを押し隠して、「子供はなんだかんだ言って、お母さんが一番好きでしょう」というようなことを口にしました。

それに早紀は、ふっと鼻先で笑って——そんな笑い方をするのを初めて見ました——「なんだかね、時々ね、あの子達産んだの、わたしじゃなくてあの人なんじゃないかって気がするんだ」と言いました。

何莫迦なこと言って、と言い返したのかどうだったか、早紀の瞳が目の前でふうっと昏《くら》く翳《かげ》ってピントがぼけたような遠いまなざしとなり、唇が薄く開きました。

そしてそこから、地面を棒でかすったような、声が漏れました。

「あの人、わたしになあんにも、残してくれないの」と。

「あの人わたしのもの、みいんな持ってっちゃうのよ」と。


背筋が総毛立ちました。

あの時、あの、船戸に「仕事をやめてここを離れる」と告げた時の、おぞましさに似た恐怖が、全身を襲いました。

戦慄するような思いで立ち尽くしていると、はっとしたように早紀がこちらを見ました。外れていた目のピントがぴたりと合って、狼狽したように小さく首を二、三度振り、「やあだ、ごめん、今の何でもないのよ、今の……」

と奇妙にテンションの高い声で言いかけた、その言葉が途中でしぼむように消えました。

彼女はまだ何か言いたげにわずかに唇を開いたまま、ためらいがちに目を泳がせました。

私は自分でも気づかぬうちに、早紀に触れるように、手を差し出していた。

それをしばらく眺めて、早紀の方からも、そうっと、ゆっくり、おずおずと手が伸ばされました。

何の前置きも無くいきなり自分に飛びついてくる、あのかつての姿が思い出されて、その違いに鈍い刃先で切られたような痛みが胸に走りました。

その指がかすかに震えているのに、ふと気がついた、その瞬間に――「高窓さん」と、早紀の背後から、声がしました。

早紀の手が、ぱたりと落ちた。

そして隣に、船戸が立ちました。

――ああ、また間に合わなかった。

私は苦々しさで胸が一杯になりました。

船戸は型どおりの挨拶をさらりとした後、子供達に「早紀の古い友人」だと私のことを紹介しました。

ぶすっとした顔でいい加減に頭を下げる子供達に私も儀礼的に挨拶をして……早紀が子供に何かを言いかけた時、ふたりがどちらからともなく「約束したでしょ、早く行こうよ」とまた声を大きくして言いながらぐいぐいと船戸の腕を引きました。

船戸は笑いながら「判った判った」と答えて、早紀をうながしました。

早紀は一瞬私を見て、歩き出している船戸と子供を見て、また私に目を戻して、何か言いたげに唇を開いて――けれど言葉は発されないまま、彼女は振り返って自分を呼ぶ船戸の声に答えて、こちらに小さく頭を下げると、小走りに家族の元へと去っていきました。

私は呼び止めることができずに、その背中を見送っていました。

それが私が最後に見た、早紀の姿です。


ひたすらに無力な気持ちで会場を出かかった私に、青年が丁寧に挨拶をしてくれました。

それからお互いに少し近況を話す中、彼がまだ独身であることを知りました。

彼は別れ際に「自分も老人も、貴女と音羽さんがふたりでつくられた作品が、一番好きでした」と、言ってくれました。

ああ、このひとだったらよかったのに。

私はつくづく、そう思いました。

早紀の相手が、このひとだったらよかった。

そうしたら私はどれ程、嬉しかったか……きっと心底祝福できた、そしてその後もずっと、私と早紀と、共に創作を続けていられただろうに。

私は一瞬、ありもしなかった過去を夢想して、胸がいっぱいになりました。

今となっては誰もそんなことを言ってはくれないけれど、貴方のその言葉を忘れない、私は彼にそう言って東京を後にしました。


あれから船戸は、前にも言ったとおり本を書いたり、自主映画をつくったりしていたようで……でも、正直に言って、どれもこれも、ぱっとしないものでした。

いえ、とは言っても、どれも着想はいいんです。なのに、それらは話が少し進むと皆、尻つぼみになったりすっかり破綻して終わっていました。

そこにあるのはただ目立つアイデアだけで、すべてを貫く芯のようなものは何も無かったのです。

私は最初の頃こそつい気になって、船戸のつくり出すものを追いかけたりもしていましたが……すぐに、飽きてしまいました。

それくらい、人を惹《ひ》きつけ続ける魅力がその作品には無かった、そういうことです。

すっかり興味を失ってしまった私は、それから本当に船戸のことも早紀のことにも全く関わりの無いまま時を過ごして——あの、最後に顔を見た日から十年程が経った頃、船戸の訃報を新聞で目にしたのです。

朝の、ひとりの食卓で、私はすべての動きを止め、それを見つめていました。


——船戸が死んだ。

私はしばらくの間、その事実をどう自分の中で消化したらいいのか、全く判りませんでした。

葬儀は密葬だと、記事にはありました。

勿論行く気にはなれませんでしたが。

船戸の死因は脳溢血で、何と言うか、普通の……大きな事故とか何かの事件に関わって、とか、そういう不審な点など一切感じられない、ただの病死でした。

呆気ないものだ、そう思いました。

あれほど……あの頃、あれほどに自分を苦しめたあの異様な存在が、こんなにあっさり、世界から消えてしまうとは。

長い時間の中で、私の精神はさらに摩滅しておりました。

もういい、と。

確かに船戸はこの世にはもういない、でもだからと言ってそれが何だと？

私はもう、とうにすべてを手放した身なのです。

もう、もがこうという気力など、ひとかけらも自分の中にはありませんでした。

私はそれからさらに長い時間をかけて、本格的に、あのかつての時間を自分の中から漂白していきました。

やがて両親が亡くなり、伯母も亡くなって、私はひとりになりました。

でも、それで十分でした。

日々の暮らしに間に合うだけのお金はある、家もある、もしも将来、体の自由が利かなくなっても施設に入るくらいの余裕はある。

何も思い煩うことなく、美しい湖畔の家に暮らして、ただひとり朽ちていけばいい。

そう、思っていました。

そういう私の前に、朝川さん、貴女が現れたのです。

私の中に、あの時のすべてが、まざまざと甦りました。

すっかり枯れたはずの指の先にまで、血が巡って熱が通りました。

そして……私は自分が、どれほどに大きなものを失ってしまったのか、それを改めて、つくづくと思い知ったのです。

それはまさにその只中《ただなか》にいた、あの時よりも遥かに大きな、苦しみでした。


朝川さん。

お見舞いに来てくださった日の夜、貴女は私に、あのきれいなドレスを見せてくださいましたね。

あの時貴女、言われていた。「この先、どういう風に自分の仕事を進めていくべきなのか、少し悩んでいる」と。

貴女は私の作品を見て、自分も何かをつくる人になりたい、そう思ったとおっしゃってくださいましたね。

あれは本当に嬉しい言葉でした。

かつての私達は、ものをつくりながら、それらの裏側にあるものを見ていたように思います。

私と早紀は、何か、自分達にとってとても『正しいもの』をつくろうとしていた。

ただそこにあるだけでは誰からも顧みられないような、そんな取るに足らないもの達の裏にある本当の姿、それが真に輝くような形で具現できたらいい、そうすることでやはり世界の中でちっぽけな存在でしかない自分達の本当の姿、この世での在り方も同様に輝き肯定される、そんな風に感じていました。

自分達の魂が最も正しく発露される場所、そういうものをつくりたかったのだと、今になって思います。

朝川さん。

どうか貴女も、自分にとって『正しい』と思うものを、つくり続けてください。

そしてどうか、その道を見失ったり、手放したりすることのありませんよう。

あの時から私は本当に凪《な》いだ湖面のように暮らしていた、そんな中で貴女の存在は深く私の心を揺さぶり、甦らせてくれました。

短い間ですけれど、私の人生が貴女と共にあったこと、本当に嬉しく思います。

二通のメール

すべてを聞き終えた後も、しばらくはわたしは椅子から体を動かすことができなかった。

わずかに息苦しさを感じて、いつの間にか呼吸まで止めかかっていたことに気がついて、我ながら驚いて身を起こす。

深く息をつきながら首を振って肩を揺すると、手を伸ばしてテープを取り出した。

ケースに入れたテープを封筒に戻す時にふと違和感があって見てみると、中に一枚、便箋が入れられている。

開いてみると、高窓さんの字で『追伸』と添えられた短い文章があった。

そこには、退院が来月頭に決まったので、もし仕事に必要だということが無ければもう来てもらわなくても大丈夫なこと、退院して落ち着いたらお礼がしたいのでわたしの連絡先を教えてほしいこと、が記されていた。

わたしは胸に一抹の寂しさがよぎるのを感じながら、自分の住所と電話番号をメモに書き、『もし家事や買い物など、手伝いが必要なことがあればすぐにご連絡ください』と添えてダイニングのテーブルの上に置いた。

家を出ようとして、そういえば合鍵を持ったままでいいのか、と一瞬悩んで……でも、開けたままで帰る訳にもいかない。

また連絡してくれると言っている訳だし、その時に返せばいいだろう。

わたしは合鍵をポケットに戻して、しばらくの間、そのほんのわずかな期間を過ごした、けれど自分の中でとても大きな位置を占めるようになった美しい家を、胸のうちに取り込むようにじっと眺めた。


それから六日間、わたしは自宅で考え続けた。

そうして寝る前は、毎晩パソコンに向かった。

一行しか書けなかったり、今まで書いてきたものを全部消したり、そんなことを繰り返しながら、結局用件だけの短いメールを送信する。

それに反応してきた相手に、わたしはこの間と同じ喫茶店で会う約束をした。

約束より十分前に着いて待っていると、五分程遅れて相手はやってきた。

「朝川さん、やっと覚悟を決めてくれましたか」

アイスコーヒーを頼むと、相手は嬉しそうに軽くネクタイを緩める。

「そのお話なんですけど」

わたしは膝の上で、両の手をぎゅっと握った。

震えるな。震えるな、季衣子。

「──お断り、させていただきたいんです」

おしぼりで額をぬぐいかけていた相手は、そのままの姿勢で完全に動きを止めてわたしを見た。

その唇が、ぽかんと開いている。

「……え、」

それから急に、止まっていたぜんまい仕掛けのおもちゃが何かのはずみでガタン、と動くみたいに体勢を崩して、

「朝川さん、え、あの、それはどういう？」

とうわずった声で尋ねてくる。

「大変申し訳なく、思っています。でもすみません、今回のお話は全部、なかったことにさせてください」

ひと息で言い切って、わたしは深く頭を下げた。

「え、何言って？　……だってもう、ここまで進んだ話ですよ⁉」

「すみません」

頭を下げたままそれだけを口にすると、テーブルの向こうで相手の気配が変わるのが判った。

「すみませんって、あのね、そういうことじゃないの判ってます？　子供の約束とは訳が違うんですよ？」

何を言われてもわたしは頭を下げたままでいて……その脇を、女性の店員さんが遠慮がちにテーブルの端にことんとアイスコーヒーを置いていくのが判る。

相手はそれに乱暴な手つきでシロップとミルクを放り込み、ストローを取り出してがちゃがちゃとかき混ぜ、ずずっと音を立てて吸い込んだ。

「……ああ、判りました」

ふてくされたような声で言って、ごとりとグラスを置く。

「金銭的な面で気に入らないとか？　あるいは、この前おっしゃっていた条件面とか？あのね、そういうことなら、まだこっちも多少は話し合う余地がありますから」

「違うんです」

わたしは強く頭を振って顔を上げた。

目の前で相手が呆気にとられた顔をしている。

「駆け引きをしようと思っている訳じゃないんです。今回のお話は、全面的にお断りします」

「は……」

ぱちぱち、と音が聞こえそうなまばたきをしたと思うと、相手の頬がぐい、と赤らんで盛り上がった。

いきなり手が動いて、テーブルをばん、と叩く。

「——冗談じゃないよ！」

店内にいた何組かの客も、店員達も、一斉にこちらを見るのを肌で感じたが、相手は歯牙にもかけず乱暴な大声で続けた。

「アナタね、そんなお嬢さん根性で、自分に何ができると思ってるの？　理想がどうとか偉そうなこと言って、あのね、今世の中では個人作家がもてはやされてるけど、その中で本当にちゃんと儲かってるのなんてひと握りなんだよ？　素人が五年や十年も、人気を保ち続けて一定の収入持つ、なんて夢物語なんだからね？」

――ぐっと喉の奥が詰まって、握った手が震えた。

ああ、駄目だ、震えちゃ駄目だ、くじけては……駄目だ。

わたしは頭の中で、高窓さんのこの前の手紙の最後の言葉を、懸命に繰り返した。

わたしは見失わない。絶対に。自分にとって『正しい』ものをつくりたい。

「――お断りします」

唇を開くと涙が一緒にこぼれ出そうになって、わたしは必死に、それをこらえた。泣いてしまえば、きっとこの相手は、これだから女は、と鼻でバカにするだろう。

「あのねえ」

相手の声がさらに苛立ちを増し、指先が強くとんとん、とテーブルを叩く。

「そんなことそっちは簡単に言うけどねえ、今までこっちが、アナタとのこの話にどれだけ時間や労力を割いてきたと思ってるの？　わたしだけじゃないよ、木島《きじま》も里見《さとみ》も、そういうのね、タダじゃないんだよ、タダじゃ。会社から給料もらってやってんだから、それをそっちの気まぐれでやっぱりやめます、て、それじゃこっちはどうなる訳？」

「必要なら、御社のお名前で、正式な損害分の請求書を、出してください。時間がかかっても、必ずお支払いしますから」

「ああもう……」

露骨に音を立てて、ちっ、と舌打ちをして、相手は髪の毛をぐしゃぐしゃとかき回した。

「何それ、じゃもう、テコでも動かないってこと?」

「はい」

「ああ……」

大きくため息をつくと、相手はグラスから乱暴にストローを抜いて、直接ごくごく、と口をつけて飲み干した。

「……ああ、ご結婚でもなさるんですか? まあそういうことなら、主婦の片手間程度の稼ぎでも問題ないし、逆にあんまり忙しくなっちゃ困りますもんね」

と、思いもよらないことを言われて、「ええっ?」と自分でも驚く程に甲高いすっとんきょうな声が出た。え、一体それ、何の話なの?

「だってそうでしょ、そういうことでもなきゃ普通断らないでしょ、こういう話?」

「いえ……別に全然、そういうことでは」

「じゃ、なんで……え、まさか本当に、理想がどうとか、そういうことを本気で言ってる訳?」

わたしはせっかく一度落ち着いた心の中がまた波立ってくるのを感じながら、真顔でひとつうなずいた。

相手はまた舌打ちをして腕を組むと、横を向いて大きく足を組む。

「甘いなあ……ねえアナタ、ほんっとにそれで、自分がこの先、ずうっとやっていけると、本っ気で思ってる訳？」

わたしは深く深呼吸して、ぐっと腹の底に力を溜めた。

「――判りません」

低く言うと、相手が片眉を上げてこちらを横目に見る。

先刻から店中の注目を集めていることは判っていたけれど、わたしはぐっと足の底を床に押しつけ深く深く息を吸って、震えないようまっすぐに張った声を出した。

「先のことは、判らないです。でも、わたしは自分が今明らかに『これは間違ってる』と感じることを、したくないだけです」

「は……」

相手はひとを小バカにしたように軽く鼻を鳴らして、それからはたとこちらをまともに見直した。

「そういやアナタって、外で働いたことがなかったんでしたね」

突然言われたそんな言葉に、背筋が硬くきしむ。

「それじゃあ社会常識が判らなくても当たり前か。いや本当、ここ何か月も、時間の無駄だったわ。本っ当に迷惑だから、次からは大人の世界にちょっかい出すのはやめて、自分だけで好きなようにやってね、お嬢さん」

思わずきっと睨むと、相手は体を大きく揺らすようにして立ち上がりながら、眉を大きく上げて軽く手を振って。

「ああコワいコワい。本当、勘弁してくださいよ。……あ、ここ、払っといてください。それくらいはね。本当は今までの打ち合わせの時の支払いなんかも、全部請求したいところですけど、まあこっちはオトナですから。……それじゃ」

そう言って靴音高く店を出ていく相手を、わたしはその姿が消えるまできつく睨みつけていた。見えなくなってようやく、ふうっと大きく息をつく。

「……何あれ、感じ悪」

不意に声がして驚いて見ると、先刻の店員さんがすぐ横にいて、同じように相手が出ていった扉の方を睨みつけていた。

ついまじまじと見上げると、ふっとこっちを見下ろして慌てたように笑う。

「すみません、声、ムダに大きいんですもの、あの男……嫌な感じですよねえ、本当」

言いながら彼女はさっと、テーブルの上から相手が飲んでいたグラスとテーブルの隅に放られたストローやシロップの容器、ぐちゃぐちゃにされたおしぼりなんかを全部トレーに取って、跡をきれいに拭きあげた。

「ごめんなさい、今の人、ちょっとウチの兄貴に似てて。ああいう、女を小バカにしたようなことばっかり言ってるんですよ。いい年して彼女もいたことない癖にね」

三十代半ばに見えるその落ち着いた物腰から飛び出す辛辣な口調に、わたしは軽く、吹いてしまって――それを見て安心したような顔で彼女も微笑む。

「この男の注文分、わたしが払います。お客さんお支払いしなくていいですよ」

「えっ……」

思ってもみない言葉に驚いてまた見上げると、彼女は空いている片手を腰に当てて。

「あんなヤツ、お客じゃありません。だからちゃんとしたお客さんからお金もらう必要もありません。ですからどうぞ、ご自分の分だけ、お支払いになってください」

「いえ、でも、そういう訳には」

「いいんです。こう見えて、雇われですけど店長ですから」

まっ白い歯を覗かせ、彼女はきれいな顔で笑った。

「お客さんからあの男の分をもらうのって、なんだかそれって、間違ってる。そうわたし思ったんです。間違ってることとしたくない、そうでしょう？」

わたしは言葉に詰まってしまった。

喉の奥から、先刻は我慢できた熱さがぐうっと上がってきて、目の端からわき出すのを感じる。

「……あ、ごめんなさい」

今度は彼女の方が慌ててしまったようで、隣の空いているテーブルにトレーを置いて、膝に手を当て腰を折ってわたしを覗き込む。

「ごめんなさい、余計なこと言って」

「……いいえ」

わたしはかろうじてそれだけ言って、目の前の彼女の右手を取って、ぎゅっと握った。

本当は、わたしはこんな風に他人に簡単に触れることは苦手だった。

それができたのは、きっと高窓さんの手紙の中の、音羽さんの姿を見たからだ。

気持ちをまっすぐに体に伝えることは、時にとても大事だと、そう感じられたから。

「——ありがとう」

手を握ったままそう言うと、ちょっとびっくりしていた彼女の顔がふうっとやわらいで、空いていた左手でぽんぽん、と優しくわたしの両手を叩いてくれた。


わたしはまだ心の一部が奇妙に高揚したような、ぼうっとした気持ちで家に帰った。

そしてふと思い出して、いろんな書類をまとめて入れてある引き出しを探ってみる。

——あった。

その中から二枚の名刺を見つけて、テーブルの上に並べる。

木島智志《さとし》と、里見真理香《まりか》。

そうだ……先刻名前を聞くまですっかり頭から消えていたけれど、もともと今回の話をわたしのところに持ってきたのは、このふたりだったのだ。

木島さんは三十歳手前くらいの男性で、里見さんはまだ入社二年目の二十二歳だった。

にもかかわらず、なんともう、彼女はその年でシングルマザーだそうで、「ちょっと順番間違えちゃいました」と舌を出して笑ってみせた。

そしてどちらかと言うと引っ込み思案で、自分の現状を変えたくない、と思う臆病なわたしがそれに乗ろうと思ったのも……その話を持ってきたのが、このふたりだったからだ。

木島さんは兄妹が多くて、自分は独身だけれどもうたくさんの甥や姪がわたしの作品を使っているのをずっと見てきた、と語った。人数が多くて年の差もあるから、お下がりにすれば経済的なのに、みんな誰にも譲りたがらなくて、だから全員が『自分ひとりの朝川作品』を持っているんだ、そう楽しそうに話してくれた。

里見さんは高校生の時に同級生を相手に妊娠してしまい、先方が無責任に逃げたので、ひとりで産んで育てることにして、学校も一時休学したのだという。

「母親が面倒見てくれたので、なんとか復学して卒業しました。その後、バイトしながら専門学校に行って子育てして……自分のせいだから仕方がないんですけど、すごくしんどくて、気持ちも荒れてて、そんな時に保育園で朝川さんのバッグを使ってる子を見て」

ぱっと頭の中に花が咲いたような気がした、里見さんはそう言って笑った。

「すぐに注文して……ああ、なんか、頑張れるなあ、って。自分が直接使うものではないんですけど、あの明るさと可愛さがいっつも目に入るところにあって、その可愛いバッグを持ってる我が子もさらに可愛く見えて、どんどん、嬉しくなって……子供のバッグなのに、まるで自分を応援してくれてるみたいだ、って、そんな風に思えて」

しんみりと言う、その声音に水気が混じっているようでどきりとすると、彼女は慌てたように顔を上げ、目を瞬《しばた》いた。

「だからもう、入社してひと通り仕事覚えたらすぐに、朝川さんグッズ、プッシュしまくらせてもらいました。現役幼児子育てママの意見を聞いて！って。そうしたら、木島さんが『自分もその人、すごくいいと思ってる』って味方してくれて。ふたりがかりで、強引に企画通しました」

そう言って声を上げげて笑う彼女のことを、わたしはすっかり、好きになっていた。

そしてふたりが提案したのは、素材そのもの、布や糸から開発して、小物は勿論、親子お揃いの服やエプロンなどをつくってみませんか、という企画だった。各地で良質な綿や麻をつくっている農家さんに、染めや織りの会社も探して、一からこれだというものをつくる。その経緯は雑誌やサイトで順次公開して、あちこちのいい仕事を紹介したい。

そもそも家で手仕事をすることが好きな、つまりはインドア派であまり大勢の人と関わっていくことが上手でないわたしだったが、その企画には心が動いた。今使っている布や糸に特段問題や不満がある訳ではないけれど、時々「もっとこんな風だったらよかったのに」とちらっと思うことはあったのだ。

——そうだ、このふたりだったからだ……それから「こういうことをしたいと思ってる」とふたりがあれこれと話してくれた、その様子もとても好ましくて、興味深くて、聞いているだけで楽しくて、わたしはこの話に乗ろう、と決めたのだ。

大変な作業だとは思うけれど、でもとても関心がある、じっくり話を聞いて考えてみたいです、そう告げるとふたりはとても喜んでくれた。けれどそれから数日後、わたしに連絡をしてきたのはふたりではなく、今日の男性だった。

木島さんと里見さんは、と聞くと、あのふたりはもう来ない、と。

どういうことか、聞くと、あのふたりはそもそも発掘要員なんだ、と彼は言った。

「ウチの会社では新入社員やまだ経験の浅い社員にはまず発掘の仕事をさせます。ハンドクラフトのまとめサイトやSNSなどの口コミから、よさそうな素材を見つけてくるのがふたりの仕事で、見つかった後にその相手と仕事をするのは、自分を含めベテランが担当します、だからご安心してお任せください」と彼は滔々と語った。

わたしはあてが外れたような、はしごが外されたような、そんな気持ちがして……すっかりあのふたりに好感を覚えていただけに、どこか裏切られたような気すらした。なんだ、わたしって、彼らにとってただの商品のひとつに過ぎなかったんだ、と。

だからその後のあの男性との話には、どうしても今ひとつ本腰を入れられなかった。

しかも、男性が持ってきた企画は彼らの会社のマスコットキャラクターをわたしの小物のデザインに取り入れる、という、最初にふたりが持ってきたものとは全く異なる内容だった。最初にそのことを指摘すると相手は途端に不機嫌になり、「だからアイツ等はそもそも企画担当じゃないんですって。まず響きのいい適当なことを言って相手をその気にさせるんです。だけど本当にビジネスとして進めようと思ったら、そんな甘いことじゃ無理ですからね。ま、こちらに全部、お任せください」と押しつけるような口調で言った。

その押しの強さに、今までずっと、流されてきた。

わたしは名刺を睨むように見ながら、大きく息をつく。

本当はもっと早くにこうするべきだった。なのにわたしの弱さが、今までそれを邪魔してきた。

多分、あの、一番最初の時に断れていたら、相手もあそこまで激高はしなかっただろう。あの男の態度も言い分もひどかったけれど、そうさせたのは自分でもあるのだ。

わたしは指先にその二枚の名刺を取った。

もこり、と胸の奥に黒い雲が膨らんで不安と焦燥が喉の下まで上がってくる。

もう……駄目だろうか。まだ、なんとかならないだろうか。

いや、駄目だろう。だってつい先刻、あそこまで完全に決裂したのだ……その同じ会社相手に、何をいまさら。

それに、いくら世間知らずだと言ったって、わたしにだって、まわりには家族を含めて普通に会社勤めしている人が大勢いるし、ニュースやネットでだって会社組織がどういうものか、ということは少しは判っている。

今自分がやろうとしていること、いや、やりたい、と思っていることは、例えば営業の人に制作まで全面的に担当してほしい、と言っているようなものだ。普通の会社では、勿論そんなことは通らない。

だけど。

――どうか貴女も、自分にとって『正しい』と思うものを、つくり続けてください。

どうせ頼んだところで、駄目なら断られて、それで終わるだけの話だ。向こうの会社で笑い者にされたり、悪口を言われたりするかもしれないが、それがよそにいるわたしにとって、いったい何だと？　そんなこと痛くもかゆくも無い。

わたしは一度大きく深呼吸して、名刺を手に持ち、パソコンへと向かった。

けれど結局、そのメールを書き上げるのに、わたしは十日近くを要してしまった。

書いては消し、書いては消しして、文面は遅々として進まなかった。

書いた物を読み返すと、自分ではそんなつもりはまるでないのに、抗議文めいていたり恨みがましく読めてしまう気がして、何度も何度も書いては消した。

そういうことじゃない、伝えたいのはそうじゃないのだ。文句を言いたい訳ではなく、あれがわたしにとってどう感じられたか、それを踏まえて今の自分はどうしたいと思っているのか、そういうことをできるだけ過たず、伝えたい。

自分にとってすべて『本当』のことなのに、何故か言葉にすると他人には言い訳にしか聞こえない、そう言っていた高窓さんの気持ちが痛い程判った。

日数をかけ、なんとかやっと、文面は完成に近づいて――前の日、高ぶった神経のまま「眠らなければ」と深夜に布団に入ったものの、日の出と同時に目が覚めてしまう。

仕方なくさっとシャワーを浴びて着替えると、またパソコンの前に座った。

あまり時間をかけ過ぎている自分が悪いのだが、何日も文面を見ていると、語尾とか『てにをは』とかやたら細かいところが気になって、気づけば時間はお昼前だった。

逃げてるんだ、わたし。

文章が仕上がらないから仕方がない、そう自分に言い訳しているんだ。

弱いなあ……。

泣きそうになるのをこらえて、わたしは机の隅に置いたふたりの名刺を取り上げた。

——とにかく今日、このメールを出そう。

わたしは画面と手元の名刺を代わる代わるに見ながら、一文字ずつゆっくり、ふたりのメールアドレスを順に宛先欄に打ち込んだ。

入力し終えたメールアドレスを間違いが無いか三度見直すと、大きく息をついて、椅子の背にもたれて。ああ、ただアドレス入れただけなのに、えらく疲れた。

コーヒーでも飲もう。

わたしは立ち上がってコーヒーをいれると、いつもは少なめにしている砂糖とミルクをたっぷり入れ、買い置きのクッキーを持って机へと戻った。

こく、と何口か飲みながらクッキーをかじると、すっかりエネルギー切れしていた頭に糖分がまわってくるような気がして、ほっとため息が漏れる。

コーヒーを飲み干してふう、と息を吐くと、覚悟を決めて、開けたままのメールの画面の『送信』ボタン部分にカーソルをのせる。

指が勝手に震えて——その瞬間、チャイムが鳴った。

「えっ……あ」

驚いて振り向くと同時に、指に変な力がかかって——かちり、とマウスのボタンが音を立てる。

——あ、駄目。

そう頭の中で叫んだ時には、もうメールの画面は消えていた。

わたしは呆然と、その画面を見つめる。

送って……しまった。まさか、こんな。

気が抜けるような、新しい緊張が襲うような、奇妙な気分でいると、もう一度玄関でチャイムの音がした。

そういえば誰か来たんだ、わたしは急いで玄関口に出て、「宅配便です」という声に、あれ、どこからだろう、と不思議に思う。

そしてドアを開いて、度肝を抜かれる。

配達人のお兄さんが両の手で抱え込んだその箱は、どう見ても縦が一メートル以上ある大きさで——いったいなんだこれは？

別に自分のせいじゃないのに、「大きくてすみませんねえ」とぺこぺこ謝りながら手の端で受領証を示すのに、受け取って判を押す前に相手の名前を見て、動きが止まる。

——高窓晶子。

送り主の欄には、あの見慣れた字があった。

「……あの、どうかされました？」

大きな荷物を抱えたまま、相手が心配そうに聞いてきたのにわたしは我に返って、謝りながら判を押して相手にそれを返した。

「どうも。お荷物、重いですからお気をつけて」

上がり框に配達員さんが荷物を置いて、「またよろしくお願いしまーす」と笑顔で去っていくのを頭を下げて見送って、ふうっと息をつく。

いったい何だ、このやたら大きく長い箱は……？

恐る恐る、配達人さんがやっていたように箱を抱くようにして持ち上げてみる。うん、これは確かに重い。

わたしはそれをもう一度よいしょ、と抱え上げて、テーブルの上に置いた。箱の、縦にした時の一番上の面に『ここを上にするように』という指定のシールが貼ってあったのだ。

緊張しながらガムテープをぴーっと剝がすと、そろそろと箱を手前に開いてみる。

「……え？」

思わず、声が出た。

中はびっしりとエアキャップで一面覆われていて——その奥に茶色っぽいものが透けて見える。

首をひねりながら、それを手でむしるように引き剝がすと、出てきたのは焦げ茶の木の箱だった。

その木箱を外にひきずるように引っ張り出すと、裏に封筒が二通ある。

一通は薄い縦長の白封筒、もう一通は厚めの茶封筒だ。

それはとりあえず脇に置いて、目の前の木箱の、手前にある小さな金属の取っ手を引いてみる。

「……！」

そこにあったものに、すべての時が止まった。

……これは。

瞬きも息もできずに、わたしはただただ、それを見つめる。

目の前に輝かしく立っている、それは——。


あの『夜を測る鐘』だった。


どれほどの時間、そうして固まっていたのかは自分でも判らない。

そしていったい、何がきっかけで急に動き出せたのか、それも判らない。

でも気がつくと自分は、横に置いた封筒二通を引っ掴むように握って玄関に向かっていた。靴を履く直前に、はっと気づいて部屋へと駆け戻り、引き出しからあの合鍵を取り出してまた玄関へと急ぐ。

立ったまま靴を足先で履きながら、玄関脇のラックから車のキーを取り出すと、わたしはいつになく強引な運転でまっしぐらに高窓さんの家へと向かっていた。

——そしてあの門柱の前で、立ちすくむこととなる。

そこには赤地に白い文字で『売家』と書かれた看板が下がっていた。

六通目の手紙

声さえ出ないまま、わたしはずいぶんと長いこと、門の前で立ちつくしていた。

やがてふと、遠くで甲高く鳥の鳴く声がして、はっと我に返る。

音を立てて息を吐き出すと、もう一度その看板を見直した。

看板の下には不動産会社の名前と電話番号が書かれていて——かけてみようか、と電話を出しかけたけれど、もし今からそちらに行きます、なんて言われても正直困る。

わたしは辺りを怖々と見回して、人気は勿論、防犯カメラの類も無さそうなのを確かめると、そうっと門に近づいて合鍵を回してみた。

——開いた。

キイ、と金属音を立てる門柱扉に、また心臓がどきりと騒ぐ。

わたしは辺りに気を配りつつ車をできるだけ奥まで入れると、扉を閉めた。

封筒を脇に抱えて、『ガス閉栓中』の紙が細い針金でくくりつけられた扉に近づく。

今度こそ本当に緊張したが、鍵はいつもと同じようにかちりと確実に回った。

「……こんにちは」

何となく小声で声を投げかけながら、そうっと扉の中へ入る。

そこにあったガラス皿やスリッパ立ては、どこにも見当たらない。

わたしは靴を脱ぎ、足音を殺して家へと上がった。

手前からダイニングの扉、居間の扉、台所の扉と順に開いて覗いてみたが、どれも見事に空っぽだった。

あんなに素敵だと、心底落ち着く、可愛らしいと思った家なのに……家具が全部消えてしまっただけで、なんだかホラー映画のワンシーンみたいに感じられる。

わたしは深呼吸をひとつして、一番奥、寝室の扉を開いた。

「……あ」と小さく、声が出る。

他と同じように、家具や絨毯、カーテンも持ち去られた部屋。

けれどそこには、たったひとつだけ、物が残されていた。

あの、揺り椅子。

わたしはそこに近づき、その背をそうっと指の甲で撫でた。

高窓さんはきっと、判っていたんだ。

あの届け物を見たら何を置いてもわたしがここに駆けつける、それを判っていた。

だからこれは、わたしのためにここに残されたんだ。

わたしは息を吐き、そこに腰掛ける。

深く寄りかかると、きっ、と小さく椅子が軋んだ。

封筒を二通並べて膝の上に置く。

よく見ると白封筒の方には、表に『朝川さんへ』と文字が書かれていた。

封を開くと、便箋が何枚か入っている。

わたしはそれを引きだした。

◆

朝川さんへ
こんな大きな物が届いて、さぞびっくりなさったでしょう。

貴女の驚く顔を想像すると、ちょっぴり嬉しくなります。

これは私からのささやかなお礼です。どうかぜひ、受け取ってください。

家の管理をしていただける人を探していたところに貴女が現れてくれたのは、私にとって本当に恩寵《おんちょう》のような巡り合わせでした。

ずいぶんご面倒をお掛けしましたが、引き受けてくださって本当に感謝しています。

辛抱強くリハビリの面倒を見てくれた病院にもとてもありがたく思っています。

私の方は、まだ杖を使ってはいますが、もう全然、問題なく歩けていますよ。

私は基本的に丈夫な質ですから、あまり肉体的に痛い、しんどいという思いをしたことがなくって。

だから逆に、つい何でも大げさに捉えてしまって、怪我の直後は、こんなに痛いことがこの世にあるのか、とくさくさしたりもしていたのです。

けれど、よかった。

私はあの日、階段を転げ落ちて、本当によかった。

あの瞬間に、私本当は、「ああ、死ぬのかしら」なんて思ったりしたのです。

でもそうかもしれない。

私はきっと、あの時死んで、生まれ変わったのだと思います。


朝川さんがお見舞いに来てくださった次の日、私は黙って姿を消しましたね。

あの節は本当に失礼なことをしました。

あの日はリハビリも無理を言ってお休みにしていただいて、私は朝早く、ひとりで電車に乗って、かつて自分が暮らしていた東京へ向かったんです。

私が働いていた食品会社は大手に吸収されてしまって、今はもうありません。

早紀が働いていたお花の総本部は勿論まだありますけれど、ちょうどバブルの頃にすっかり新しい建物に建て替えられたそうで、昔の面影はなくなっていました。

あの街……私達のアトリエがあったあの街へも、行ってはみましたけれど、まずあの場所にたどり着くのにずいぶん苦労をしました。方向感覚は悪い方ではないんですけど、もうとにかく何もかもが変わっていて。

もちろんあの建物も、跡形もありませんでした。

建物があった場所はアパートになっていたのですが、その前に立っていた大きな木だけが、変わらずそこにありました。

木というのはある程度まで大きくなるとそれ以上にはならないものなのか、それは記憶にあった姿と寸分違わないように私には見えました。

懐かしい、と、考えてみたらあの場所にいい思い出なんてひとつだって無いはずなのに、私は、その木を見て……懐かしい、そう感じました。

自分が……すべてを、失った、場所なのに。

木を見つめていると、急に頭の中に電球が灯ったように、「この木は楠《くすのき》だ」という声が響きました。

私はえ、と驚いて……そんな知識は自分にはなかったはずなのに、どうして、と思った次の瞬間、思い出したのです。

それを私に教えてくれたのは、早紀でした。

しかもそれは、私が最後に早紀を見た、あれから十数年が経った後でした。

私はこの木の名前を、早紀からの手紙で知ったのです。

大きな木を見つめたまま、私は激しい衝撃に打たれていました。

そうだ、自分は早紀から手紙をもらっていた。

本当に驚くべきことに――私はそれを、その瞬間まで、完全に忘れていたのです。

衝撃覚めやらぬまま、私はゆっくり、記憶の糸をたどりました。

あれは、船戸が死んでから一年ちょっとが経った頃だったと思います。

ずいぶんぶ厚い手紙でした。

銀座の大老の告別式の時に、私は当時の自分の住所を記帳していて……青年からそれを聞き出して送ってきたと、そこにはありました。

あの時も本当に驚いたのを覚えています。

――でも、実を言うと、その木を前にして、私はその内容も、それを読んでその時自分がどう感じたのかも、あまり思い出すことができませんでした。

多分、あの頃……当時の私はもう、本当に、精神的に摩滅してしまっていたのだと、今は思います。

あれだけの時間を経過してやっと自分の心は平らかになった、もうあんな風に心を激しく揺り動かされるのはごめんでした。

私はそれを、道端の電光掲示板に流れる文字のように右から左へ流してしまって、何も感じず引き出しの奥にしまい込んで、――そしてもうずっと、忘れていました。

あの木を見るまでは。

中身のほとんどを忘れていたのに、何故かあの瞬間、早紀の一言だけがくっきり、脳裏に浮かびました。

——あの、玄関のところの楠。あれ大きかったよねえ、と。
私はその足で自分の家に向かって、早紀の手紙を探し出しました。
そして今度は何度も何度も、暗唱できるくらいに読み返しました。
私は朝川さんのおかげですっかり昔の自分を取り戻していた。
その目で読む早紀の言葉は、一度目とは打って変わって、私の心に沁み込みました。

私は貴女に言いましたね。
私達は、自分の魂がそうあるべきだと思うものをつくっていたのだ、と。
どうか貴女も、『正しい』と思うものをつくり続けてほしい、と。
私もそうすべきだと思いました。
確かにあの時、私はすべてを失った。
けれどもう一度つくれるかもしれない、そう思ったのです。

私は看護師さんに頼んで、銀座の青年の名前をインターネットで調べてもらいました。
彼はとうに独立して、やはり銀座に自分のギャラリーを持っていました。
退院して一番に、私は彼に電話をかけたのです。
何十年ぶりかだというのに挨拶もそこそこに、今早紀がどうしているか知っているか、と聞くと、彼はだいぶ驚いたようでしたが、九州の住所を教えてくれました。

船戸が死んでしばらく後に、父方の田舎を頼って移り住んだのだそうです。

今も年賀状だけはやり取りしているから、きっとまだそこに暮らしているのだと思う、彼はそう教えてくれました。

私は何度もお礼を言って電話を切ろうとしたのですが、その時彼が言いました。

「高窓さん、またおふたりでつくられるんですか？」と。

お互いもうそれなりの年齢で、電話越しでさえ声が年老いていることが判ったのに、その時だけはその声は奇妙なほどに弾んでいて、あの頃のように若く耳に聞こえました。

私はとっさに「はい」とも「いいえ」とも答えられなかったのですが、彼は一向構わない様子で、やはり明るく「ではできあがったら一番に、僕に見せてください。本当の『音の窓』作品を飾るのは、うちの店が最初ですよ、約束です」と言いました。

私は……もうなんだか、ただただ可笑しくて、笑いながら電話を切りました。


退院する前から、不動産会社の方に連絡を取っていました。

あの場所は何年もの間、本当に素敵に私を守ってくれた。

あれは美しくきらめく、頑丈な殻でした。

あの場所にいられたことで私はずっと、ある意味で幸福でいられた、そう思っています。

あそこを貴女も好きだと言ってくれて、本当に嬉しかった。

早紀のところへ行きます。

向こうに連絡はしていません。

銀座の彼によると、賀状はいつも定型文が印刷されているだけなので、現状どんな風に暮らしているかは全く判らない、そう言っていました。

私はあの時、彼女の手紙に、何の返事もしませんでした。

そのことを彼女がどう思ったか、私には皆目見当がつきません。

彼女がどんな風に私を迎えるのか、私には全く先が見えないのです。


なのに、楽しい。

朝川さん、今私、楽しいんです。

わくわくしています。

杖なんて投げ捨てて、走りだせるんじゃないか、って、そんな莫迦げたことさえ頭をよぎります。


貴女には、あれを託していきます。

あれは私と早紀との、最初の魂の礎でした。

私の中で、若く、一途で、最も美しかった時へのよすがでした。

だからもう、要らないんです。

朝川さん。

貴女は、ずっと彩度の低い薄明のような世界で生きてきた私にとって、二度目の曙光《しょこう》でした。

どうかお元気で。

ずっと、つくり続けていてください。


ありがとう。

さようなら。

最後の手紙・1

——気づくと、片頬にいつの間にか涙がつたっていた。

それを手の甲で拭って、不思議な思いでしげしげと眺める。

うれしいのだか、さびしいのだか、かなしいのだか……自分でも、よく判らない、なんだろう、この様々に入り混じった胸を満たす思いは。

下唇をぎゅっと噛んで、さらにあふれてきそうな涙をなんとかこらえて。

無意識にぎゅっと握りしめていた空の封筒に気づいて、慌てて皺をきれいに伸ばしていると、その指先に、ふっと今朝ついに押してしまった送信ボタンのことを思い出した。

——ずっと、つくり続けていてください。

——『正しい』と思うものを。

高窓さん、わたしは……やりました。やれた、と思います。

貴女のおかげで。

わたしは一度深く呼吸して、丁寧に便箋を折り畳んで封筒に戻した。

そして今度はあの茶封筒を手に取って、中から分厚い紙の束を取り出す。

べらりと開くと、高窓さんの流麗な文字とはまた違う、けれど読みやすい、男の人が書くような、線の太く、ぱきぱきとした文字が目に飛び込んできた。

◆

晶子。

早紀です。

この住所、大老のところの彼から無理に聞いたの。勝手にごめんね。

……本当はね、ちゃんと書いたの。最初。

だってちゃんと、読んでもらわなくっちゃいけないし。

でもダメね、わたし、昔から作文ってダメだった。書いても書いても、どう見ても文としておかしいんだもの。いいかげんイヤになってね。

それで、あきらめたの。

あきらめて、一度全部、声にして喋ってみたのよね。それを録音して、文字に直したの。

だからずいぶん、読みにくいものになると思うのよ。先に謝っておく、ごめんね。


先々月、船戸の一周忌が済みました。

なんだか気が抜けた気分。

気がつくと毎日毎日、ぼうっとダイニングに座ってただお茶をすすっててね。

隠居したお婆ちゃんみたい。

あのひと本当に、あっという間に逝ったから……出先からね、知らない人から電話があって、驚いて病院に飛んでいったら、もう全部終わってた。

なんて言うのか……拍子抜け、してね。

こんな風なのか、って。

想像もしてなかった。

もちろん、年齢差があるんだから、このひとの方が自分より先に死ぬって、それは判ってた。いつかそういう日が来るんだろうって。介護とか、自分にできるものかしら、って、そんなことを考えたこともあった。

でもこういうのは、考えたことがなかった。

どう言ったらいいのかなあ……もっと、面倒くさいもんだと思ってた。

介護とかそういう意味じゃなくって、だんだん、じわじわ、相手がそういうとこに近づいていくのが……それを横で見ている、っていうのがね。

その時、あのひとがわたしにどういう態度を取るのか、それにわたしがどう思うのか、それを考えると怖いような気がして。

なのに、あんな呆気ない逝き方でね。

わたしはなんかもう本当に、ぽかんとしてて、その間にお通夜とかお葬式とか納骨とか、そういうこと全部、終わってて。

多分、他の人から見たらきっと、『突然旦那に先立たれた妻が悲しみのあまり呆然としているんだ』って感じだったと思うの。実際そういうこと、たくさん言われたし。

でもそうじゃなかったのね。

確かにびっくりは、したけれど……でも悲しくは、なかったの。

それ、子供達には、気づかれてた。

病院に飛んできたふたり、あれの体に追いすがってわんわん泣いてね。

ひとしきりそうやって騒いだ後に、わたしの方を向いて、睨むの。「なんでアンタは泣かないの」って。

……そう、この子達、ひとのこと「アンタ」って言うのよ。本当失礼よね。

でもいくら叱ってもダメだったし、第一船戸が、それを許してた。だから呼ぶわけない、「母さん」なんて。

「判ってる、アンタ父さんのこと、キライだったもんね」「アンタには何もやらせない、大事な父さんのお葬式、アンタにジャマさせない」って。

人のお葬式ジャマしようなんて、思うわけないのにねえ。

なんだかその時はわたしし、本当にもうすべてがどうでもよくなってたから、ハイハイって全部あの子達に任せたの。実際その方がラクでよかったわ。

相続もね、「アンタにはびた一文やらない、形見分けも一切しない」って。別にそれでよかったし、そっちもハイハイ、って全部放棄しちゃった。

いらないもの、あのひとの遺したものなんて。

納骨の時にね、あの子達言ったの……「アンタはここには入れないから」って。ここにアンタの入る場所は無いから、どっかで無縁仏にでもなって、って。ああ、そうよねえ、て思ったわ。ここ、わたしの入る場所じゃない。そうじゃないし、それにそもそも……わたしはここに、入りたくない。死んでまであのひとの横にいて、これ以上何かを奪われるのは、もうイヤだ、そう思ったの。


わたしね、実は船戸の前の奥さんに会ったことがあるの。

船戸が亡くなった後の話なんだけどね。

最初の頃に、「どうして前の奥さんと別れたのか」って聞いたことがあって。船戸はしばらくは「言いたくない」の一点張りだったけど、そのうち、心底辛そうな顔見せて、「向こうに他に好きな男ができたんだ」って。

その時はわたし、真剣に彼のことかわいそうだと思ったわ。なんてひどい女なんだ、って。自分はこのひとにそんな思いを絶対させない、一生一緒にい続けるんだ、ってそう固く自分に誓ってね。本当、子供。

結婚して、自分にも子供ができて、何年も経って……「あれはもしかして船戸の嘘なんじゃないか」って、少しずつ思うようになったの。

だからって本人からは聞き出せないから……ちょっと悩んだんだけど、興信所みたいなところを使って、前の奥さんの当時の住所、調べたの。

それで、会ってお話ししたい、って手紙を書いたんだけど、しばらくしてその興信所の人から、「彼女から渡してって頼まれた」って返信をもらったのよ。

相手の手紙には、まず『読んだら燃やしてほしい』て書いてあった。

自分のことは、この住所も含めて絶対に船戸に教えないでくれ、って。

それから、すまないけどわたしに会うことはできない、って。自分はもう残りの人生でほんの少しでも船戸と繫がりを持つのがこわいんだ、そう書いてあったの。

もうこれ以上、自分を船戸に奪われるのは嫌なんだ、って。


若いわたしは愚かだったから、あの頃はあのひとが言うことが何でも正しく見えた。

自分よりずうっと年上で、頭の回転が速くて、お洒落で、アートの仕事をしていて。

すべてが、ぴかぴかに光ってた。

……時々は、ううん、本当言うと、何度も、あれ、って思うことは、あったんだ。なんだかおかしい、って。

でもそのたび、あのひとが立て板に水を流すみたいにとうとうと喋っているのを見ていると、そんなこと、わたしどうでもよくなっちゃうのね。

このひとが言うんだもの、そっちが正しいに決まってる、って。

取材で会ってからすぐ、「もう一度会いたい」って連絡をくれて、二回食事して、「つきあってください」って、そう言われた。

早過ぎる、ような、気がしたし……わたし本当は、晶子に相談したかった。

そしたら、そういうのって違うんじゃないかな、って船戸が。

大人はそういうこと、するものじゃないんじゃないかな、そもそも恋情っていうのは他人に相談したところでどうこうなるものなのかな、って。

そんな基準で決めてしまって、後で失敗だった、って思ったらどうするの、って。

うん、でも……船戸の言ってることは確かに正論なんだけど、そうじゃなかったの。

ただわたしは、晶子に会って、一度にうわーって、「こういうことがあってこんな風になって最後にはこんなことにまでなったんだ」って全部ぶちまけたかっただけだった。

ただ、晶子に話したかったの。

他の誰かじゃなくて、晶子に話したかった。

読んではくれてないかもしれないけど。

でも、話すね。


あのひとに初めて会ったのは、池袋のキレイでお洒落な、あの頃はみんな『喫茶店』て言ってたけど、『カフェ』って呼んだ方が似合う、そういうお店だった。

そのお店を指定してきたの、あのひとだった。

わたしはそんなお洒落なところに入るの初めてで、すごく緊張した。

店の前で何度も深呼吸して、やっと気持ちを決めて、ドアを開けたら、お店の奥の方で、「やあ」って船戸が、手を上げてて。

わたしそれが、すごくまぶしく見えた。

ブルーのストライプのシャツに、麻のほんのり黄色みがかったジャケットを着ててね。首には細い金のチェーンがかかってて、お店に負けないくらいお洒落だった。

わたしは急に、自分の格好が気になって。

あの日は、わたしの一番のお気に入りの格好をしてた。あの臙脂のミニのワンピースに太めの白のカチューシャ、丸い緑のイヤリングをして。大きめのサングラスもかけてたっけ。

そういう、当時の若者まっただ中、みたいな格好の自分が、なんだか急に気恥ずかしくなって。

もっとシックな服を着てきたらよかった、そう思ったっけ。

わたしが近寄ると、自分が座っていた奥の長椅子の席を空けてそちらに座らせてくれたのも、差し出した名刺のデザインがすごくしゃれてたのも、そういうのみんなひとつひとつ、何もかもまぶしく見えた。

子供ね。

晶子は知ってのとおり、わたし、コーヒー苦手で……でもね、相手が飲んでたのがコーヒーだったから、ムリして自分も、同じの頼んだの。少しでも大人ぶって見せたくてね。

あのコーヒー、苦かったな。

取材なんてね、正直、大したこと喋ってないの。経歴の確認とか、記事に書く個展の場所や日程の確認とかね。だからその辺は全然、さらっと終わってね。

ひと通り済んだ後に、あのひと言ったの。

実はわたしに会うのは、これが初めてじゃないんだ、って。

えっ、て思った。全然、記憶になかったし。

聞いてみたら、受賞してわりとすぐぐらいの時に、銀座の大老の紹介で神田のギャラリーで実演したことあったじゃない、覚えてる？　あの時あそこに、いたんだって。

あれよ、ほら、わたしがイベントの直前にヒール折っちゃった時。あの時、受付の女の子の靴を借りて何とかしのいだじゃない？

あの時よ。

……わたしね、きっと人からは、バカなこと言ってるって思われるんだろうなあと思ってる。自分でも思いついた時には、いやまさか、って自分をバカにしたもん。

だけど、どんどん、時間が経つほど、そう思うといろんなことがぴたぴたっと合ってくるような気がして。自分ではもうそれが正解なんだ、って確信してる。

多分あのひと、わたしが自分より背が低かったから、わたしのこと選んだんだわ。

……ああ、何言ってるの早紀、って晶子の呆れた顔が目に浮かぶみたい。わたし好きだったなあ、わたしがすっとんきょうなこと言うたびに、晶子が目をまんまるにする顔。

でもねえ、多分間違ってないと思うのよ。

あ、だけどね、それだけじゃないことは判ってる。

背のことだけじゃなくて、ウチが裕福だったから、それもあったと思う。

今思えば、取材に来た時、あのひとウチの実家がどの辺りとか、そういうことまで、よく知ってたなあって。

どこ出身、とか同じ高校の同級生とかっていうのはわたしも晶子もプロフィールに出してたし、わたしの名字も晶子の名字もちょっと珍しいから、出身地が判れば実家のことを調べるのは簡単だと思うのね。

それで、ウチの母親の実家は結構な資産持ちで、父さんも大手の会社で役職付きで、ってことまで調べあげてたんじゃないかなあ。

わたしが金持ちの娘で、自分より背が低かったから。

だからあのひと、わたしを選んだんだわ。

出会ってからは、どんどん、ぐいぐい、押し流されてるみたいでね……なしくずしにつきあうことに決まってしまって。そうしたらあれこれ、服とか靴とかもね、「これが可愛いよ」とか「こういう方が君には似合うよ」って、そう言われたらああそうなのかって……時々、何気なく昔の服を着ていったりするとね、何にも言わないんだけど、見るからに顔が不機嫌になって……わたしそれを見るのが、その頃、心底怖くてね。

何を言われるわけじゃないんだけどね。

だから昔の服は、全部捨てちゃった。好きなのいっぱいあったのに。

最初の頃は、本当になんとも、思ってなかったんだけど、結婚してどんどん時間が経って、その頃になってやっと思った。ああこれ、昔のわたしみたいだ、って。

母親が生きてた頃の自分みたいだ、って。


つきあい始めてから……わたし、やっぱり晶子には話したいって言ったのね。

でも船戸が「もう少し先にしよう」って。

正直今の時点で、まだ君はそこまで気持ちが固まってないだろう、って。自分はちゃんと君の気持ちがこっちに向くのを待ちたいんだ、って。

そうなのかなあって思った。

わたし自分ではもうその時には、十分気持ちがあったように思えたから。

でも船戸は、僕からはそうは見えないよ、って。

デートしている時の君は、まるで中学生みたいだよって。きっとまだ、どこか、恋に恋してるような感覚があるんじゃない？って言うの。

自分ではよく判らなかった。でもそう見えるならそうなんだろう、って思って、子供くさい自分がイヤになったし、そういう気遣いを相手にさせてるのが申し訳ないとも思った。だから押し切れなかった。

でも、あの、大老のところでの凱旋パーティーの時、あの後に、もういいでしょって聞いたの。わたし本当にあなたのことを好きだって今日もつくづく思った、だからもう晶子に打ち明けてもいいでしょう、って。

でもやっぱり、ダメだ、って。

その時にはもう、晶子と船戸が、顔を会わせた、後だったから……これからも自分は君達のようなアーティストをどんどん取材したい、本音を聞きたい、それなのに僕達がそういう仲だって知ってしまったら、彼女は僕に本音で話してくれなくなるかもしれないから、って。

どうして、って聞いたら……どうも晶子は、自分に嫉妬をしてるように感じる、そう言ったの。早紀を取られたように思ってるんじゃないかって。

そんなことない、晶子はそんな人間じゃないってわたしは怒ったけど、とにかくもうしばらくは待ってほしい、って。君には判らなくても僕には判ることがあるから、もし本当に全然違うのだったら、告白が少しくらい遅れたって彼女は怒りはしないはずだ、けど、本当はやっぱり嫉妬心があるのなら、今ここで打ち明けたら最悪の結果を招くよ。だから今は待った方がいい、そんな風に言ったの。

それに、そうさせたのは君にも原因があるんじゃないかな、って。

今まで見てきて、君はいろいろ、高窓さんに甘え過ぎなところがあるんじゃないの、君がそんなだから高窓さんだってつい、『早紀は自分のもの』みたいに考えてしまって、結果、する必要もない嫉妬心が出てきちゃったりするんじゃないのかな。

仕事を辞めることも、君、高窓さんにずっと言いたい言いたいって言ってたろう。でもそれって僕からしたら変な感じがしたよ。だって君が働いてる、君の職場だろ。そこを辞めるとかどうとかって、高窓さんに関係あるの？　彼女にとって大事なのは、君がアートの仕事を続けるかどうか、で、他のことは別問題だよね？

……今思ったら、正論に聞こえるけど、実際はめちゃくちゃなこと言ってるって判るのよねえ。

でもわたし、その時には、怖くてね。いろんなことが、もう怖くて。

わたし自身にまだそういう、ダメなところがいっぱいあるのだとしたら、このひとにも晶子にも見捨てられてしまう、それが無性に怖かったの。

だから頑張らなくちゃって。

この先もずうっと晶子と一緒につくるために、晶子から自立していかなくちゃ、って。

そんなバカバカしいこと、真面目に思ってたの。

よく考えたら、いろんなことが、ほんとにみんな、変だった。お花の仕事のこともね、なんだかいろいろ言われて、それに何か言うと、またもっと言われて、そうしてるうちに、お花の仕事を辞めるってこと、それがわたしが自分で言いだしたことで、自分で決めたことみたいに感じてた。

　でも本当はそうじゃなかった。

……言い訳ね、そう聞こえるの判ってる。でも本当に違うのよ。

言いだしたのはあのひとだった。

もちろん、「辞めなよ」なんて直球な言い方をしたわけじゃない。

ただ、あのひとが進める方へ、指さす方へ、そっちを見て、じゃそれならどうしたらいいと思う、自分で考えてみたら、って言われたら……わたしにはそれ以外の、選択肢が残されてないの。そういう風に、もう話が全部、できあがってるの。

それを取る以外にできることが無いから、それを取るしかない。

でもそうすると、「それは君が考えた、君の意志で決めたことだ」ってなるのよね。

あのパーティーの後、先生にもうものすっごく怒られて……そうしたらあのひと言うの、「君が決めたことなら僕は全面的に応援したい、でも今はもう少し立ち止まってまわりを見ることも必要なんじゃないかな」って。

　あの時はもう、パニック状態だったから。先生やあのひとが言うことに全部うなずいて、全部「ハイそうします」って言ってたら、いつの間にか、仕事、続けることになってて。そしたら自分でもびっくりするくらい、ほっとしてね。

あれ、わたし、あんなに強く、仕事を辞めてアートだけに生きるんだ、それがわたしが一番輝ける未来への道だ、って、そう思ってたのに。

ひと晩寝て冷静になって、思った。そもそも、仕事辞めるのわたしに勧めたの、あのひとだったよなあ、って。

それなのにゆうべは、今はまだ早いとか、もう少し地に足をつけた考え方をしなくちゃダメだよ、とか。

さすがに理不尽な気持ちになって、会った時、言ったの……そうしたら、あそこではああ言わないと納まりつかなかったろうって。君の立場を真剣に考えたからああ言ってあげたのに、君は僕の気持ちが判ってないんだね、って少し機嫌が悪くなってね。

わたし、ドキドキして……あの頃はいつもそうだった。船戸がほんの少し、眉をしかめたり小さくため息ついたりするたび、わたしはドキドキしたの。

ときめいてるんじゃなくて、怖くてね。

そういうの、見るたび、心臓がドキドキして、不安でいっぱいになって……どうしよう、どうしたらこのひとの顔を元に戻せるだろう、って、頭の中がぐるぐる渦を巻いてるみたいになった。

よく考えてみたら、おかしいのにね。

だってそもそも、あれは船戸が言いだして、うまくわたしを乗せたことだった。

だから本当なら、「僕がこんなこと君に勧めたせいでこうなってしまって悪かった」っていうのがせめてもの正解なんじゃないかと思うのよ。先生にだって、「僕が調子に乗せてしまったせいです」って頭を下げるくらいしたっていいくらい。

でもあの後、アトリエの話なんかが出てきて、わたしその辺のことがみんなふっとんじゃってね。あれは、本当に嬉しかったなあ。

これからは晶子とあの場所で思いっきりやれる、ってことはもちろん、ああそうだ、やっぱりこのひと、わたしの味方なんだ、って。

前の晩にぺしゃんこになってたとこだったから、それがもう、大げさだけど、本当に天にも昇るように嬉しくって。

晶子とこのひとがそばにいて……何もかも、完璧だ、なんてステキなんだろう、って。デビューの時に、大老がわたしに、「君はこれから自分の翼で飛ぶんだ、そんなものは石ころみたいなものでしかないよ」みたいなこと言ったじゃない?

あの時、わたしねえ……本当に、背中に翼が、生えたみたいな気がした。

それまでの人生で味わったことのない解放感だった。

あのアトリエの話を聞いて、それから実際、そこを見た時も、信じられないくらい体にエネルギーが満ちあふれて、ああ、今ならなんでもできる、きっと毎晩徹夜してものをつくったって平気だわって、そんな風に思ってた。

あの、玄関のところの楠。あれ大きかったよねえ。

わたしあれ、今でも夢に見る。

大きくて、風が吹くと葉がさやさや、って揺れて、幹のいろがちらちら変わるの。あんなに世界が明るく見えてたこと、なかったな。

本当はすぐ足下にまで、夜が来てたのに。


今から書くことは、とてもイヤなこと。

本当にあの時のわたしはバカだった。

いくら謝っても足りない。

謝らないといけない晶子に、イヤな思いをさせるのってどうかしてると思うんだけど、でもあの時のわたしの愚かさを隠しておいたら卑怯《ひきょう》だと思うし。

わたしねえ、あの頃、ちょっぴり晶子に、不満があった。

どうしてもっと、アトリエに来てくれないんだろうって。

わたしは船戸の力添えもあって、門限を免除してもらった。晶子の方も、免除とは言わないまでも、もう少し遅くしてもらうとか、何かしらできないものなのかって。

あのね、今考えたら、ちゃんと全部判るのよ。

時間とか、距離とか……仕事の日はどうやったって無理だろうってこと。門限もね、ウチの事情が特殊なわけで、晶子の会社でそんな特例、認められるわけなんかない。

当時のわたしには、判らなかった。

判らなかったし……船戸がそれを、いろんな言葉で、どんどん後押ししてた。

「高窓さんはこのアトリエ気に入らなかったのかな」とか、「僕が勝手に決めちゃったことがイヤだったのかな」とか、「君とものをつくることはもしかして高窓さんの中では優先順位が低いことなのかな」とか。

最初にわたし自身が感じたわたしの不満は、小さいものだった。

多分週末になって晶子と会って、一日没頭したらきれいさっぱり消えちゃうような。

だけどその不満を、あのひとが丁寧に丁寧に、水や肥料を与えるようにして大きく育てあげた。

それからあのひと、作品そのものにも、いろいろ言いだすようになった。

どの部分をどっちが提案したのか、そんなことをいろいろ聞いて「ああやっぱり」って。「きっとこっちは早紀担当で、こっちは高窓さん担当なんだと思ってた」って。

自分がオブジェを見て今ひとつだったり、もう少しここを変えればもっとよくなるのに、って思うところはたいてい高窓さんだ、そう言うの。

どうしてここをこんな風にしたのって詰問するみたいに言われて、「晶子がそう言ったから」って言うと、眉根にシワを寄せてため息ついて、「ああまたそれ」って言うのよ。

どうして君は自分の意見を言わないの、どうして君が思うとおりにつくろうとしないの。このままじゃ君の才能が生かされないよ。

でも、そもそも、意見も何も、それがいい、それが素敵だって思ったものがたいていだったし……アイデアがぶつかった時でも、全部試してみて、これだってことを最後に残してた。それがわたしの意見だったこともあるし、そうじゃない時もあった。ただそれだけのこと、そうだったよね。

なのに彼に言わせると、それはみんな、わたしが晶子に妥協してるんだってことになっちゃうんだ。

今ならあれが、どれだけおかしかったか、全部判るの……だけどあの時のわたしは、実際もう半分くらい、思考を彼に奪われた状態になってた。彼の考えがわたしのそれである、そういう風に、なってしまってた。どう言えば彼のお眼鏡にかなうのか、あの頃は気づかなかったけど、今思えばそればかり必死になって追ってた。

わたしがそうやって追い込まれていくにつれ、どんどん、船戸の言葉もそこを目がけて突いてきて……「だいたい『音の窓』はふたりのユニットなんだよね。僕はふたりが同等の権利を持ったユニットだと思ってたけど、実はそうじゃなくて、高窓さんがリーダー、君がサブ、そういうこと？　僕から見たら、高窓さんはただ君のことを心配してこれに一緒につきあってくれてるだけで、創作に対する姿勢とか気持ちとか、君と彼女にはずいぶん差があるように思うよ」なんてことを言うの。

……ねえ、言い訳にしか聞こえないわね、でもわたしそれでも何度も、言い返したり怒ったりしたのよ。わたし達はずっとふたりでやってきたんだし、晶子はわたしのことをそんな風には見ていないって。

でも船戸はわたしの言葉なんて聞きもしなくて……あのクリスマスイベントの話が来たのも、その頃だった。

イベントそのものはね……そんなこと勝手に決めて、とは思ったけど、そういうことは、別にやってもいいんじゃないか、って思ったの。華道の本部に対してそれで少しでもお詫びになるのなら、と思ったたし、何より自分達の作品が人に見てもらえる機会があるのは素直に嬉しかったから。

だから、そこのところは晶子にもちゃんと話せば判ってもらえる、そう思ってたんだけど……船戸が、言ったのよ。

少し、つくり変えてみないか、って。

もちろん、反対したよ。て言うより、聞いた時にはただもうびっくりした。え、何言ってるの、って。

あのひと、言うのよ。

今回はお花に合わせてオブジェを置くんだ、だからオブジェとお花、両方からの相互作用が重要なんだって。

双方から相手に寄り添う、相手から受けたインスピレーションを反映させる、そういう場にしなくちゃダメだ。有名な外国のアーティストもそういうことをしているよって。

外国の話はともかく、ただそのまんま置くんじゃなくてお互い同士を反映させるっていう展示の仕方は面白いな、と正直ちょっと思っちゃったのね、わたし。

でもその時には当然、わたしと晶子、ふたりでやるんだと思ってた。

そう言ったら船戸に、こっぴどく叱られたの。君は何を考えてるんだ、って。

君は理解ある会社で楽に仕事ができてるんだろう、でも高窓さんは違う。経理をやっている人間が年末にどれだけ忙しいか知らないだろう？　君のもらってるお給料だって、年末にちゃんと調整して税金を計算してくれて、そういうことはみんな、高窓さんのような人がちゃんと裏で頑張ってくれているからだ。目が飛び出る程忙しくしている彼女に、そんな負担をかけてもいいと、君は本当にそう思ってるの？　君の高窓さんへの友情は、やっぱり、僕が感じたとおり、甘えなんじゃないの？

本当、おかしい……それまではずっと、「会社の仕事ばかり優先する高窓さんはどうかと思う」なんて言ってた癖にね。

でもわたしその時には気づけなかった。

ただただ晶子に申し訳ない、という気持ちと……違う、甘えてなんかいない、自分は晶子に頼ってばかりのお嬢様じゃない、例え晶子がいなくてもわたしだけでも十分できるんだって、猛烈な反発と。

それで、あれをやってしまった。

わたしの人生で最も愚かで、薄汚くて、おぞましい行為だった。

あの後の、ことは……あんまり話したくない、でも、わたしは、一度車にはねられて、その後続けて走ってきた車に何度もひかれた、そんな気分だった。

全部が、ずたずただった。

ぼろくずみたいな気がした。

何にもできないまま、ただ流されて……わたしにはもう、何かに逆らえるような力なんか、ひと筋も残ってなかったの。

あの晩、船戸が言った。

「高窓さんにあんな思いをさせて、君はいったいどういうつもりなんだ」って。

彼女があんなにショックを受けるとは思わなかった、君がよっぽど、彼女の気持ちにそぐわないものをつくったからじゃないか。

わたしは心底、打ちのめされた。

でも、あの時にはもうただ混乱してて何にも頭に浮かばなかったけど……後になって思えば、つくり変えた内容の大半は、船戸が提案したものだった。もちろんみんな、最終的にはわたしが思いついた、わたしが言いだしたことになってしまってるんだけど。

だけどその時のわたしはこれをどう償ったらいいのか、それしか考えられなかった。

だからその後、新作をつくる時にも必死で……少しでも貢献しないと、晶子にも船戸にも先生にも顔向けできない、って。

そうやってるつもりで、ただ船戸の手の上で踊ってただけだった。

もうまともな思考なんてできなくなってた時に、母親が亡くなって……あれは、動揺したな。

自分でも、びっくりした。だってずうっと、あの人嫌いだったもの。ほら、よく言うじゃない、いくらイヤだキライだ言っていようが、実のところは愛情があるんだよって。だって親子なんだからって。

でもあれはそういうことじゃなかった。そういう……情愛的な、ことじゃなかったの。わたしはね……家を出るまで、ううん、家を出てからもずうっと、どこかで、母親に支配されたままだった。

自分の真意を、絶対に知られないようにふるまってた。だって知られたら、粉々にされるから。踏みにじられて、もう立てないような気持ちにさせられるから。

でもあの人に知られないところならいい。わたしにはちゃんとわたしだけの王国があって、そこでならわたしはわたしとしてふるまえる。呼吸ができる。

小さい頃から、そうやって、ずっと生きてきて……でも晶子に逢えて、わたし少しは、強くなれたと思ってたのよ。晶子とのこの時間を守るためなら何でもするんだって。

だけど、家は出たし、東京で就職もした、好きな服を着て好きなものをつくってた、でも今考えてみれば、ただそれは逃げてるだけで、本格的に立ち向かったり、っていうのとは違ってた。

多分あれがあのまま何年か続いて、わたしが『母親の眼鏡にかなう男』を連れて来なかったら、きっとムリヤリお見合いさせられて、そうして全部、終わってた。

だから、銀座の大老が言ってくれたあの言葉は、わたしにとって、神様からのお告げみたいに、きらきらしてた。

逃げるとか、戦うとかじゃなくって……もう全然、次元が違うんだ、って。あの人は地面にいてわたしは空を飛ぶんだ、だからもうわたしはわたしの王国を隠さなくてもいい、だってそれは空にあるんだ、そういう生き方をしていいんだ、って。

本当に、羽根が生えたみたいだった。

だけどその羽根を、船戸がむしった。


わたし、多分ね、本当のところは、楽だったのかもしれない。

ずうっとそうやって、母親の支配下で生きてきた。

だからそれが突然失われて、あんなに動揺したんだと思うの。

普段は全然意識してないけどずっと足の下にあった台が突然取りのけられた、そういう感じだった。

だから、次に自分を支配しようとする相手が現れた時、ろくに抵抗もしないで自分を明け渡してしまった、そんな気がするの。

ずうっとそうやって生きてきたから、そういう相手がどこかに存在している方が、多分、楽だったのね。自分の人生に全部誰かが一定の方向づけをしてくれる、ってことが実のところはそれ程苦じゃなかったの。

母親があんな風に突然いなくなって、わたしは心底、混乱した。いったい自分はこの先どうやって生きていけばいいのか、その道筋が突然何にも、見えなくなったみたいで。

せっかく大老が飛べって言ってくれたのに、もうその頃にはわたし、羽根がなかった。

だから、その時にわたしを完全に支配していた、あのひとにすがってしまった。

嵐の海みたいなところにひとりでいて、どうしていいか判らなくて……そこに、あのひとが駆けつけてきてくれて。

うん、今思っても……あれはやっぱり、嬉しかったな。

ああいうポーズができるのも全部、あのひとの計算の内なんだ、って今は判ってはいるけれど、それでもやっぱり、わたしあの時、心底嬉しかったのよ。

だからあのひとの、「結婚しよう」ってプロポーズも、「これからは僕達で『音の窓』をやろう」って言葉も、受け入れることにしたんだ。


電話、出てくれなかったよね。

当たり前のことだけど。

何度も何度もかけて、それからあきらめた。

船戸から「もうやめる」って晶子の言葉、聞いてたし。

わたしはこういう風に生きていくんだな、って、そう思った。

今の自分には船戸しかすがれる相手がいない。

他の全部を、わたしが自分から捨てたんだ、って。


『夜を測る鐘』は、わたしがひとりで、元に戻したの。船戸には指一本触らせなかった。

全部を磨きに磨き直したけど、何度磨いてもくすんでるみたいで、汚れてるみたいで。

……それは全部、わたしの心の、くすみだったんだと思う。

ほとんど徹夜で修復して、まだ夜明け前のアトリエで、一度だけ、動かしてみた。

夢のように、それがきれいでね。

気がついたら、泣いてた。

泣く資格なんて、無かったのにね。

ここに行きたかったのに。

わたしは晶子とふたり、ここへ行くはずだったのに。

——この世にも美しい、まっすぐな場所へ。

最後の手紙・2

晶子の送別会、覚えてる？　わたしあの後、ものすごく怒鳴られたの。それまでは、『叱られる』ことはしょっちゅうあった。たしなめられるって言うかね。物の道理を知らない子供を諭すみたいに。

だけどあの時、初めて怒鳴られたの。意外かもしれないけど、それが最初で最後だった。あのひと……何年も経つうち、だんだん、感じてきたんだけど……ナマの気持ちっていうか、感情みたいなものが、無い人なんじゃないか、って。

ただ冷たい人とか情の薄い人とか、そういうレベルじゃなくってね。もともと何にもない、素っ裸の上に、外からはそれがあるように見えるプロテクターを付けてるだけ、そういう感じ。

母親の死の時に飛んできて一晩中わたしを慰めてくれた、あれも今思えば感情からの行為じゃなかった、そう断言できる。

でもこの時だけは、違ってた。

あんな風にむきだしになったあのひとを見たのは、あれ一度だけだった。

「なんで事前に店の名前を聞いておかなかったんだ」って。そう、何度も怒鳴られて。

あの日は「ちょっと用事があるから車をやるんで、それに乗ってきて」って、ただそれだけ大老から聞いてて、家までタクシーが迎えに来てくれて、それに乗って行ったのよ。

だからわたし、どうして船戸がそんなに怒ってるのか、さっぱり判らなかった。

わたしは何度も、必死に謝って……でもどうしても理由が判らなくて、あの店の何がそんなにイヤだったのか、そう聞いたのよ。

そうしたら船戸、急に黙ってしまった。

黙ったまんま赤黒い顔色をして、その頬や唇が、引きつれるみたいにぐいぐいとゆがんだ。

その瞬間、急に、たまらない程このひとが恐くて。

今までだって、叱られたらどうしよう、嫌われたらどうしよう、そんな風に怖さを感じたことはある。でもそれって生身の人間同士の怖さで……だけどあれは、違ってた。

子供の頃に、つくりものって知らなくて、お化け屋敷やホラー映画を見て心底恐がってた、そういう……『ホンモノ』を見ちゃった時の、恐さだった。


その時には結局、本当に判らなかったの。あのひとが何がそんなに嫌だったのか。

わたし言ったよね。

あのひときっと、わたしが自分より背が低かったからわたしを選んだんだって。

あの時のお店、お座敷だった。

だからあのひと、それがあんなに、嫌だったんだわ。

デートでも一度も、靴を脱がなきゃいけないところには行ったことがなかった。

だからわたしずうっと、あのひとの本当の身長に気づかなかった。

あの料亭では、なんでこんなに怒ってるのか動揺しててそんなところ見落としてたし、実家に来た時だって靴は脱いでたはずだけど……でもあの時は混乱してたから、そんなことには全然意識が及ばなかった。

結婚することになって、あのひとが見つけてきた家は、横浜の昔外国人が集団で住んでいた辺りの、イギリスの貿易商が住んでたっていう一軒家だった。だからもちろん、その家も土足を前提につくられてたの。

でもわたしは当然、そんな生活、慣れなくて……別にもともと住んでた人がそうだったからって、自分達もそうしなくてもいいんじゃない？って言ったの。

でも船戸は首を振って「将来的には君は海外にだってはばたける作家だ。だから今から、こういうのにも慣れておかなくちゃ」って。

結局、わたし……船戸と一緒にいた二十数年、あのひとが靴を脱いで、立ってる状態のところをほとんど、見たことがなかった。

いったい何が、あんなにイヤだったんだろう。

正面切って聞いたことなかった、ううん、聞きたいって気持ちがそもそもなかったな。

だって、恐かったから。

もしそんなこと聞いて、またあんな恐い思いをするのなら聞かない方がマシ。

他のことには無感情だったのに、あれだけがあのひとの何かを動かすたったひとつのスイッチだった。

あれだけが。

棺《ひつぎ》に、入ってね……ああ、小さいなあ、って。

つくづく小さかった。

これがあのひとが生涯かけて忌み嫌ってきた自分の『小ささ』なんだな。

こんな小さいものに、わたしはずうっと、支配され続けてきたんだな。

この小さな影の中に、すっぽり閉じ込められていたんだな、そう、思った。


もともと、結婚してから『音の窓』で、わたしの名前、音羽早紀っていうのがちゃんと出てたのは、あのゴールデンウィークのイベントのチラシだけだったの。

それから後は、船戸早紀になった。

それは本名だから、ある意味当然のことなのかもしれないけれど……でもわたしには、わだかまりが残った。だってもともと、『音羽』の『音』と、『高窓』の『窓』だもの。

だけどまだ新婚だったあの頃に、「自分は君と結婚できてとても幸せだ、夫婦で協力してアートを制作してるってことをもっと世間にアピールしたい」って言われて、表記を新姓にすることをしぶしぶ承諾してしまった。

アイデアを出すのは、ほとんどわたしなの。あのひとそれに、手を加えるだけ。でも動かす仕掛けはわたしには全然だったから、そこは全面的にあのひとがやらないといけなくて、結果、前みたいに凝った動きは全然無理で、単純なものばかりになった。やたらぴかぴかしてるだけの、シンバル叩く猿のオモチャと大差ない。つくりながら、それでも努力はしたのよ。なんとか少しでも近づけたい。昔自分と晶子が、本当につくりたい、そう思っていたものに。だけどつくればつくるほど、それは遠くなっていった。見えないほど、遠くなった。

結婚して一年もしないうちに、子供ができて……それは素直に、嬉しかったの。あの時の……あの晩の、あの顔を見てから、心のどこかにある恐怖と……このひと実のところは全然、わたしに本心を見せてないいんじゃないか、そう思ってて。まだ『本心』なんてものがあるって信じてたのね。だから、子供が産まれたら、もっとこのひとも、本音を自分にぶつけてくれるんじゃないか、本物の夫婦になれるんじゃないか、なりたい、そう思ってた。確かに、いろんなことがあった。でも結婚するって決めたのも、子供をつくって産むって決めたのも自分。だからそれは大事に育てていくべきことだ、そう思ってたし。船戸にもこの子にもちゃんと愛情を注いで、向こうからもこちらに心を開いてもらえれば、そう真面目に考えてた。

妊娠を告げた時、船戸がたいそう喜んでくれたみたいに見えたのも、わたしがそう考えた一因だった。彼が喜んでくれたことに、わたしがどれだけ安堵したか。

だから、逆らえなかった。

「産まれるまでは子供第一に過ごしてほしい、だからこれからしばらくは、『音の窓』は僕の名前だけでやることにするよ」って、彼の言葉に。

最初の子供は女の子だった。

……今でもね、思い出せば、ああ、可愛かったなあって思えるの。辛いお産だったけど、本当に可愛かった。

だけど、そのままわたしが入院することになって赤ちゃんだけ先に退院して……船戸がすぐに、わたしからあの子を取り上げてしまった。「かなり難産だったから安静にしていないと」って、母乳もあげさせてくれなかった。

しばらくしてから退院したけど……船戸は育児を、ほとんどわたしにやらせなかった。それ以外の家事は今までどおり全部わたしだったけど。

そういうの、人に言うとね……「いい旦那さんじゃない」て言われるの。

「今時珍らしい旦那さんだね、当たりクジ引いたね」って。

外でもベビーカー押したりおんぶや抱っこ、ぐずった時の面倒、そういうの全部、船戸がやってて……当然、まわりの人の株はだだ上がりよ。

だけどわたしは……そんな風に育てられてるんだもの、赤ちゃんからしたら知らない人とおんなじよね。ちょっと触っただけでも、ひどくぐずるのよ。

そうなり出してからはね、逆に、人目があるところでは妙に触らせようとするの。自分が抱いてからわざわざハンカチとか出そうとして、「ちょっと抱いてて」とか。

するとあの子は、体そっくり返して泣き出すもんだから、「ああやっぱり君じゃダメだね」って取り返されて。そしたらぴたりと泣き止むのよね。

そうやって船戸の株が上がる程、ご近所や船戸の仕事関係の仲間内でのわたしの株が下がっていくことになった。あの奥さん毎日家にいて何やってるんだろう、自分の子供の面倒ひとつ見られないのか、外《はず》れ嫁だな、母親失格だな、って。

そういうこと、わたしに聞こえるようなところでも平気で言うの。

だけど、先刻も言ったけど、育児以外の家事は全部、わたしなのよ。あのひとゴミのひとつだって拾いやしない。

だから離乳食だって、つくってたのは全部わたし。

でも、食べさせるのはあのひと。

汚れたよだれかけや服を洗うのもわたし。

でも、子供が自分の面倒を見てくれてる、と思うのはあのひと。

だけどわたし、ちょっと不思議でね。

だってそれまでは、あのひとそれなりに文筆の仕事もしてた。あっちこっちの美術展に取材に行ってね。

正直任されるのはただの紹介文と、本当の専門家のコメント取りだったけど、それでもそれなりに仕事はあったのよ。芸術でさえあれば、あのひとジャンルは選ばずある程度のウンチクが書けたから、使い出があるって重宝されて。

ただ、そうは言っても、現実に使ってる分に比べて稼いでる分が少ないように見えたのね。でも、働いてくれてる人にそんなことは言い辛くて……だけど子供が産まれてから、あのひと本当につきっきりで、毎日家にいて。

でもお金に困ってる様子はなくてね。

いつだったか聞いてみたの。お仕事は大丈夫なのか、って。

そしたら言ったの。若い頃に両親を亡くしたって言ったよね。実は遺産が、そこそこあって、って。

だけどお金は人の態度を変える、だから今までまわりの人にはほとんど話したことはないんだ、だけど君のことはずっと一緒にいてもう判ってる、信頼できると思ってる、だから教える、そう言うの。

バカね、その時、まだわたし嬉しかったわ。自分を信頼して打ち明けてくれたんだ、これから先もっと努力をしていけば、もっといい夫婦になっていけるだろう、って。

だから言ったの。この子はわたし達ふたりの子供だ、って。

だからその子の養育にあなただけのお金を使うのは間違ってる。

自分にも出させてほしい、そう、言ったの。


知ってのとおり母親の実家は本当に名の通った家だった。

だから亡くなった後の遺産、相当だったのよ。

母親が亡くなった時、父さんがね……若い女がこんな金を持ってると知られたらどんな面倒が起こるか判らない、だから誰にも黙っとけ、金はこっちで預かっとくから、って。

わたしは父さんにお願いして、そのお金を自分の手元に戻して……結局あれは、ほとんど右から左に、船戸に渡ったわ。

まあもちろん、そのお金で子供の学費やら何やら、出したりしたんだから、全部船戸のほしいままに使われちゃったってわけじゃないんだけど……だけど、そうね、子供か船戸が使ったわね、あれは、ほとんど。

わたしのためになんか、ろくに使わなかった。


子供がまだ小さいうちに、船戸は無認可の保育園を見つけてきたの。わたしが家にいたから、普通の認可園には入れられなくて。

わたしがいるからいいのにって言ったんだけど、「将来的には君は制作に完全復帰するんだから、今のうちに子供もこういう生活に慣れといた方がいい」って。

あんなにこまめに面倒見てたのに、急にあっさり、全部を他人任せにして、自分は仕事に戻ったの。

家にいる時はわたしだけで面倒見ることも多くなったけど、もう子供はすっかり、お父さんっ子に仕上がってて……本当に全然、わたしの言うこと聞かないのよ。

何から何まで、「お父さんじゃないと嫌だ」って。「アンタ嫌い」って。

「アンタ」じゃない、「お母さん」だ、そう何度も叱ったけど、そのたびあの子、ひきつけ起こすみたいにそっくり返って顔まっ赤にして泣いてね。

船戸の言うことならきっと聞くから、あなたから言って、そう言ったけど……心底困ったような顔で言うのよ、「産まれた頃君があまり面倒見てなかったから、君のことを『母親』だと認識してないのかもしれない」「今の時点では自分は子供にムリ強いはしたくない」「君からの努力や働きかけが足りないんじゃないか」って。

だけどねえ、よく考えてみたら、船戸がそう呼ばせなきゃ誰が呼ばせるっていうのよ。わたしの知らないところで、ああ呼ぶように教え込んでたんだろうな、きっと。

保育園から、何度か呼ばれたこともあったっけ……言い辛いんですがお母さん、この子の面倒、ちゃんと見てますか？　子供を愛せない、そんな悩みを抱えていらっしゃらないですか？って、言うのよ、真顔で。この子があんまり母親のことを嫌うから、って。

そりゃあ、そうよねえ。だってそういう風に育てたんだもの、船戸が。

もともと言葉が早い子だったけど、そうやって、ものごころがつけばつく程、あの子はわたしのことを嫌って、憎んで……ある時わたし、あの子に対する感情がすっかり枯れ切ってる自分に気がついたの。

本当、母親失格ね。


二人目の時には、頑張ろうと思ったのよ。今度こそ全部自分の手で育てる、って。

でも二人目は、一人目よりももっと難産で……もう覚えちゃいないんだけど、どうも死にかけたらしいの、わたし。

だから今回は本当に、産んだ後にかなり長いことベッドから離れられなくって。

やっと退院できて、その後も長いこと自宅療養を強いられて……子供の面倒と君の面倒を一緒に見るのはさすがに自分にもムリだから、悪いけどしばらく実家に帰って静養してくれないか、そう言われて、もう仕方がなかった。

やっと戻った時には、もう全部盗られた後だった。

産む前までは、張り切ってたんだけど……よく考えてみたらムリよねえ、だってこれって、いわば船戸がふたりいるようなもんだもの。

上の子はもうすっかり船戸の呼吸を飲み込んでて、まるでコピーみたいに先回りしてふるまって、わたしを遠ざけるよう下の子に教え込むの。

そうやってふたりがかりで、わたしから二番目の子も奪ってしまった。

奪われたのは、子供だけじゃなかった。

上の子が保育園に入ってすぐの頃、船戸が言ったの。

これで仕事に専念できる、ついては『音の窓』も再開しようと思うって。

わたし内心、小躍りしたわ。

もちろん、このひととふたりで納得できるものなんかつくれてなかった。

でも、それでも、なんにもつくれないよりはずうっとよかったの。

作品の中にたった一ミリでも、自分の魂を反映された輝きがあれば、それでよかった。

だけど船戸は、首を横に振った。

僕は君との間にもうひとり子供がほしい。だからその子が保育園に入れるようになる頃までは君には活動を自粛してほしい。

わたし、驚いて……でも続けてあのひと言ったの、でもそれは別に、つくるなと言ってるわけじゃない。表に出て宣伝とかインタビュー受けたりとか、そういう活動的なことはこっちに任せて、慎んでもらいたい、そう言ってるだけなんだ、って。

不満が、無いわけじゃなかったけど……つくれるのならいいか、そう思った。

だけど、盗られたの。名前まで、盗られたのよ。

晶子が知ってるかどうか判らないけど、あのひとユニット名を、変えてしまったの。

『音の窓』をフランス語で『Fenêtre du son』、これ『フネートル・デュ・ソン』て読むのよ。

わたしはそれを、ラジオで聞いたの。

ラジオのトークに出るから、録音しておいてくれって頼まれてね。

聞きながら頭から音を立てて血の気が引くのが判った。

そこからわたしと晶子の気配は、完全に消されてた。『徹』の音から『オト』、『窓』はフランス語読みで『フネートル』、だから『Fenêtre du son』、『音の窓』なんだ、って。

わたし、本当に……もう言葉にもできない程、猛烈に腹が立って……でもそれと同時に、寒気がするみたいに恐くなったの。

だって言ってることめちゃくちゃじゃない、このひと。

もともとはわたし達の名字からよ。それをこんな風にこじつけてまで自分のものにしてしまう、その異様なくらいの、執念が恐くて。

どうしてフランス語なんだって聞いたら、それは自分が昔フランスに住んでたからだって言ったの。仲のいい友達がたくさんいて、みんなに「お前の名前は窓なんだぞ」ってよくからかわれてたんだ、てそんなこと言ってた。

でもそれ、嘘よ。

ううん、嘘って完全に言い切ってしまえるわけじゃない……だってフランスに行ったのは、事実だから。でもそれ、たった一週間くらいだったんだ。

新居に引っ越してすぐの頃、タンスを整理してた時にあのひとのパスポートが出てきて、そこにスタンプが押してあったの。もう期限もとっくに切れたパスポートだったけど。後になって判ったんだけど、それ、新婚旅行だったのね。一度目の。

でも、それだけ。あのひとがフランスに行ったのは、それっきり。

もちろん友達なんて、みんな嘘。

その、完全な嘘を、完璧に喋るあのひとの声が、たまらなく恐くて。

得意気にとうとうと語る声を聞いてると、ぞうっとした。

何が恐いって……あのひとの声、それを信じているように聞こえたのね。

嘘をついてる声じゃなくて。

もうすっかりそれが本当のことだと自分で信じ切ってる、そういう声をしてたの。


帰宅してきてから着替えをしてるあのひとに、わたしテープを差し出したの。「聞いたけど、名前、あれどういうことなの」って言って。

そしたらあのひと、全然悪びれない顔で言ったの。「うん、成り行きでね」って。

収録の前の打ち合わせで『音の窓』の由来を聞かれたが、説明できなくて「特に意味はない」と言った、そうしたら向こうが「それでは困る」と言ったんだ、って。

それじゃ話が盛り上がらない、何かリスナーを惹きつけるような話をしてほしい、そう向こうが強く望んだんだ、って。

その時ふっと、自分のことをフランスの友人が「窓だ」と言っていたのを思い出してその話をしたら面白がって、それなら、と提案してきたのがその語呂合わせの名前だった、自分は正直、早紀達のことを考えたらどうかと思ったしずいぶん渋ったが、向こうがどうしてもと言うのと、そうは言ってもなかなかしゃれた名前だ、と思ったこともあって収録の時にはそれを喋ったんだ、って。

悪かったとは思ってる、でもスタッフの人もよく話が盛り上がった、ってずいぶん褒めてくれた。だってもう公の場で喋っちゃったんだから仕方がない、そうだろう？

そう、笑顔で言うのよ。

でもわたし、知ってたの。

あのひとがフランスに住んでなんかいなかったことも、もちろん友達なんているはずもないことも。

今それを言ったらどうなるんだろう、ふっとそう思った。

そしたら足下の床が、消えてなくなるみたいな気がした。今のわたしの世界を支えているものは全部、その瞬間に崩れ去るんだ、何もかもが終わってしまうんだ、って。

わたしそれが震える程おそろしくて、なんの言葉も出なかった。

言えばよかった。

でも言えなくて、そうやってわたしは全部を、あのひとに奪われたの。

大老のお葬式で、晶子はもちろんだけど、他にも来てたでしょう、顔見知りの人達。

でももうだあれも、わたしのことなんか覚えちゃいないのよ。

ううん、ちょっと違うな、『船戸の妻』として、『船戸の子を産んだ母親』として、そういう存在を船戸が持ってるってこと、それはちゃんと、覚えてるの。「奥様、お久しぶりですね」とか「ああ、お子さん、もうずいぶん大きくなられて」みたいなね。

でも誰もわたしを、『音の窓の音羽早紀』として覚えてなんかいないのよ。

でもあのひと、ほら、覚えてる？　あの大老の遠縁の、最初の頃ずっとわたし達の面倒見てくれてたじゃない、彼だけはちゃんと、わたしのこと覚えてててくれた。

最初「音羽さん」って話しかけられて、胸がいっぱいになったっけ。

向こうは言った直後に気がついて、すごく謝られたけど……でもわたし、嬉しかった。

自分を『音羽早紀』だと認識してくれる人がまだいるんだってことが、本当に嬉しかったのよ。

船戸が子供を連れて先に行ってしまってから、「高窓さんも来られると思います」って、彼はそう教えてくれた。

わたしはどうしていいか、判らなくなって……ワラにもすがる思いで言ったの、「どうしたらいいでしょうか」って。どんな顔をして、何を話せばいいんでしょうか、って。

彼はびっくりするくらい優しい顔して笑って、お顔を見たら、自然に出てくるんじゃないでしょうか。だっておふたり、お友達でしょう、って、そう言った。

わたしはまた胸がいっぱいになって、大きく頭を下げたの。

会場で見た晶子、もともと細かったけど、もっと痩せたみたいに見えた。

でもね、すらっとした体に全身黒の喪服って、弔事なのに大きな声じゃ言えないけど、すっごく格好よくって……ああ、わたし昔からずうっと、晶子のこの、背筋のぴいんと張った立ち姿、好きだったなあって思い出した。

船戸はね、あんなだったから……わたしはずっと、低い靴しか履かなかったし、気づけばついつい、猫背になってた。それがもう慣れっこになってて、なんとも感じないようになってた。

だけどあの晶子の、凛とした姿を見たら、嬉しくて……こんな場所で喜んじゃいけないのに、でも気を抜いたら口元がほころんじゃいそうになるくらいに嬉しくて……ああ、本当だ、て思ったの。顔を見たら自然に気持ちが出てくるんだ、って。

わたしやっぱり、純粋に晶子のこと好きなんだ、って。

でも、わたしが晶子に、とんでもないことしたのは事実で、だからきっと晶子はわたしを許さないだろう、そうも思った。

お葬式の間中、そんなことずっと考えてた。

わたしあの時、逃げればよかった。

晶子が差し出してくれた手を迷わず取って、全力で駆け出して逃げればよかった。

あの瞬間も何度も夢に見る。

わたしはちゃんと手を伸ばして、それなのに足下の地面がいきなり崩れて飲み込まれたり、大波が来て押し流されたり、背中から……突然、船戸に刺されたり。

子供達にいきなり手を切り落とされたりもした。

起きたら心臓がばくばくいっててね。

夢だ、いつもの夢だ、だから大丈夫ってそう自分に言い聞かせて。

夢だから……夢なのに、またできなかった。

夢なら望むままになったっていいはずなのに、またダメだった。

胸の奥がきりきり刺されるみたいに痛くて、いつも涙が出た。

夢でさえ自分の望みが奪われるみたいで、涙が止まらなかった。

本当に、あのひと何ひとつ……夢さえ、わたしに、残してくれなかったのよ。

最後の手紙・3

船戸の前の奥さんに会った、って話したよね。

あれ、亡くなって少ししてから、向こうからわざわざ連絡くれたの。

彼女は……わたしと同じくらい、背の低い人だった。

一目見て、互いに苦笑したっけ……わたし達まずこれで選ばれたんだわね、って。

彼女は新聞で訃報を見たんだって。

見た瞬間に……自分でも驚くくらい、涙があふれて止まらなかったんだって。

でもそれは悲しかったからじゃない。安心したからなんだ。

船戸がこの世のもうどこにもいない、そのことにこんなにも自分が安堵して、解放された気持ちを味わうなんて思いもしなかった、って彼女言ったわ。

彼女ずうっと、船戸にお金を、渡していたのだって。

やっぱり彼女の実家も、相当なお金持ちで……結婚当時から、彼女は船戸に言われるままに、船戸がやりたいことにお金を出していて……だけど何年経っても子供ができなくて、検査したら彼女に原因があって、そしたら船戸はあっさり「じゃ離婚だね」って。

でもそれは君が原因なんだから、僕がこうして数年をムダにした分も含めて、君にはきちんと慰謝料をもらうよ、って。

ひどい話だと思うんだけど、彼女、打ちひしがれてて何にも考えられないまま、ハンコついて、かなりのお金を渡しちゃったんだって。

それから後も「結婚生活の間に君にこんなお金を使った」「君のせいで今こんなことになっている」とか何とか、無理な理由をつけては何度もお金をせびりに来たそうなの。

船戸が言ってた両親の遺産、あれ本当は、彼女のお金だったの。

両親が亡くなってるのは本当なんだけど……彼女が結婚した頃にはもう、父親の方はガンで亡くなってて、結婚してる間に母親の方も、くも膜下出血で亡くなったのだって。

財産なんか全然無かった、そう言って彼女、笑ってた。

わたし、ぞうっとしたわ……船戸がわたしと会って、結婚するまで、彼女はずうっと、お金渡してたんだ、て言うから。

あの時、母親が死んで船戸が夜行で飛んできてくれた、あの電車賃さえ彼女が出していたんだ、そう聞いて卒倒しそうになった。

でも彼女言うの。お金はどうでもよかったんだ、って。

自分はお金だけはある、だからそれでいいなら全部あげたってよかった。一銭残らず持っていってていいから……自分の魂をあれ以上奪い取らないでほしかった、そう言うの。

彼女、言うのよ。

別れて思った、自分はどれ程、船戸に踏みつけられて生きていたんだろう、って。

結婚していた間も別れた後も、ずっと心をむしり取られ続けた。何も聞きたくなくて、来ればすぐにお金を渡した、なのにそのたび、船戸は自分の心をえぐりとるような言葉を必ず何か一言二言、残していって……そのたびに感情がすり減っていくようだった、って。

一度たまりかねて、ほしいならあるだけ全部あげるから、だからもう来ないでって言ったそうなんだけど、彼は、真面目に不思議そうな顔をしたのだそうよ。

君の言ってることが判らない、って。

自分は単純に金がほしくて来てる訳じゃない。入り用だからだ。だから必要な分だけ用立ててもらえればそれでいい、僕がただ金を欲しいだけでここに来てると思っているなら、それは君の誤解だ。

再婚してからはさすがに全く来なくなって、とってもほっとしたんですって。

だけど、何年かしてから、わたしが手紙、出してしまって……彼女はそれが、わたしから、船戸の今の妻からだと判った瞬間、まだダメなんだ、これ以上もっと削られるんだ、そう思ってぞっとしたんだって。

でも、手紙読んで、そうじゃない、これはわたしが船戸に隠れて出してきたんだ、そう判って……わたしが気の毒になった、そう言うの。

自分がアドバイスできればわたしの状況を変えられるかもしれない、そうは思ったけど、どうしてもできなかったんだって。

その過程でまた、船戸に捕まるのが怖い。

もう一目だって、あの男の顔を見たくない。一言だって、声も聞きたくない。

ちょっとでもそれを想像すると、全身が石みたいになって息もできなくなるんだ、そう言って彼女、体を震わせてた。

ごめんなさい、って、あの時は本当にごめんなさいって、泣くの。

わたし慌てて、彼女の手を取ったっけ。

だって、ねえ、悪くない。全然悪くないもの、このひと。そうでしょ？

彼女の手を握りながら、わたし慄然とした。

人はここまで、人の何かを奪えるんだ、って。

肉体的な傷なんて何ひとつつけてない。お金をたかるのにあれこれ言いはしただろうけど、それは脅迫、なんてレベルにはほど遠いものだった。

だけどあのひとは、彼女の魂から決定的なものを奪ったのよ。

多分、まわりは彼女に「断ったり逃げたりしなかったあなたもどうかと思う」って言うと思うの。

だけどそれ、できなかったのよ。わたしには判る。

まずそんなことが全然できなくなるところまで、心を折るの。

それからゆっくり、むしり取れるだけむしり取るのよ。

彼女と話して、わたし考えたの。

あのひといったい、なんだったんだろう。何が、したかったんだろう。

あのひとね、『音の窓』としての活動、オブジェの方には、数年で飽きちゃって……あそこまでのことをして奪ったのにね。

それで、他にもいろいろやったの。小説とか、映画とか。

でもそれも全部、他人様から奪ったものだった。

直接知らない相手も何人かいるけど、知ってる人もいる。

船戸はライターとしてあちこちのジャンルに顔が広かったから、誰々さんを紹介してほしい、みたいな依頼でよく人が来てたのよ。

そうすると、うまいこと言葉で相手を釣り上げて、アイデアをみんな吐かせちゃうの。

それをアレンジして、自分の作品にしてたのね。

だけどそもそもアイデアだから、まだ導入部分だけだったり、オチまであっても船戸が変に手を入れちゃうから、最初だけはちょっと面白いような気がしても、最後は「結局大したことなかったな」て思うようなものばっかりだった。

でもあのひと、口だけはうまいから、出版社の人も断らずに出してくれるのよね。

だけどさすがに、映画にお金を出してくれる会社はなかったから、知り合いの会社の寄付金や知人からカンパを集めて、ボランティアと自主映画つくったりもして。

もちろん、それもつまんないのよ。

だけどね、不思議なの。

『音の窓』を騙ってやった制作も含めて、あのひとがやったこと、どれも正直、ぱっとしなかった。

そもそも聞こえてくる評判そのものが少なかったけど、どれもみんな、褒めてはなかったわ。だけどあのひと、平気なんだ。

わたし達さ、ほら、落ち込んだりしたよね……作品発表した後、年寄りの批評家なんかが、「くだらない、子供のオモチャだ」みたいなこと言ったりした時。

だってイヤじゃない、精魂込めてつくったものに、そんな見当違いなこと言われてけなされたらさ。

ただつくりたいものをつくってただけなんだから、世に出て何やかや言われたってどうってことないって、賞取るまでは思ってたんだけど、やっぱり嫌よね、ああいうの。アンタ達なんか全然何にも判ってないくせに、って悪い批評見るたび、むかっとしてたっけ。

だけどあのひと、全然平気。どこからどれだけけなされても、意に介さない。つるんとしてるの。

それはまあ、要するに精魂込めてないからなんだろうけど、本当に判らなくなって。

わたし最初は、目立ちたいんだと思ってたの。

人から注目されたい、脚光を浴びたい、有名になりたい、栄誉を得たい。

だからわたしや他の人から、それを奪ったんだと、そう思ってた。

だけどそれ、違うんじゃないかってだんだん思えてきて。

だって人から褒められたいなら、けなされるのってイヤじゃない？　でもそこは本当にどこ吹く風だった。一度ぱーっと世間に名前が出たら、それだけでいいみたいだった。

彼女が有り金全部出すからもう来ないでって言ったのにそれを拒んだ、子供にわたしをとことん嫌わせた。そういうの、見ていて……あのひとただ単純に、『人から何かを奪い取ること』そのものが好きだったんじゃないか、そう思えてきたの。

奪い取って自分のものにした、それを奪った相手と世間にはっきり認識させる、それが目的。

だから奪い取ったもの、それ自体がその後どうなろうが特に気にしない。

奪った、それだけが彼の成果で満足だから。


奇妙なことを言うけど。

とうてい、晶子にはうなずけないことだと思うけど……ある意味でわたしは船戸にとって特別で大事な存在だったんじゃないか、そう思うことがある。

彼は同じ人から何度も奪い取ることはしなかった。前の奥さんを除いて。

その前の奥さんも、わたしと結婚してからは、完全に接触を断ってしまった。

船戸は背は低かったけど、でもあんな風だから、やっぱり結構、モテたのよ。その中にはお金や名声を持っている人も、船戸とそんなに背の高さ、変わらない人だっていた。

だけど船戸は、うまいこと口車に乗せて本や映画に多少のお金を出させたりはしても、決して彼女達から『真に何かを奪う』ようなことはしなかった。

もちろん浮気も、一度だって無かった。

……まあ『知らぬは女房ばかりなり』って、まわりはきっと、言うんだろうけど……でもね、これにはわたし、確信を持ってるの。

あのひとが興味があるのって、そういうことじゃなかったのよ。


きっとあのひと、奪われ続けていくわたしを見てるのが、好きだったのね。

他の人のそういう姿じゃなくて、わたしのそれを、見ていたかったんだと思う。

誰だってよかったわけじゃないんだわ。

わたしが奪われるところ……特に、わたしと晶子との特別な繋がり、それを根こそぎ奪い取ったこと、それはあのひとにとってきっとスペシャルなことだったのよ。

アイデアとかお金とか、そういう表面的なことじゃない、誰か単独の人の精神でもない、『繋がり』という人と人との間にある形の無いものを断ち切って奪えた、その時のわたしの姿が……きっとあのひとにとってたまらなく魅力だったんじゃないか、そう思うの。

そういう意味で間違いなく、わたしはあのひとの特別だったんだ。


前の奥さんと会った後にね、わたし、あれ、って思った。

わたし船戸の話を、久しぶりにしたなって。

亡くなってまだ半年も経ってなかった。

だからその間、人に会えば「このたびは……」的なあいさつもしたし、「急なことで」とか「お体に変調はなかったんですか」とか、『死そのもの』に関わる話はしてたのよ。

でもそれって、『船戸という人間そのものの話』じゃなかった。

本当に急な死に方だったから、いろんな方面に頭を下げて回らなきゃいけなかったのね。その時の相手の人達って、船戸と、仕事とか遊びとか、とにかく何かをやってきていた人になるわけでしょう。

そしたらもっと、生前の船戸との思い出話とか自分が船戸のことをどう思ってたかとか、船戸の生前の作品についてとか、そういう言葉が出てきてもいいんじゃないかと思うのね。

なのにそういうの、全然無かった。

みいんな、さらっとしてた。

どう言うのか、今まで二度顔を見た程度の遠縁の人が亡くなった時、みたいなね。

そういうのって、例えば葬式で集まったって、何にも話すことないじゃない？　その人自体のことは。死因とか、そういうことは話せても。ああいう感じ。

だあれも、悲しんでいないし、いなくなっても何にも影響、出ていないの。

さすがに、船戸にアイデア、盗られた人達は……全員に会えたわけじゃないけど、何人かはたまたま挨拶回りの先にいたりして、少しだけ話をして……みんな一様に、あっさりした顔で「ちょっとイヤな思いはしましたけど、まあ今となってはもういいですよ」って一言言って、それっきり、そういう感じ。

たったそれだけよ。

それだけの印象しか、まわりの人に残してはいけなかった。

一周忌をやった時にも、一応通知だけはしたんだけど、ほとんどの人に「すみませんけどその日は前からの予定が……」てごにょごにょ言われて出席を断られちゃった。

今でも時々、何かの機会に生前関わってた人に会うことがあるんだけど、もう誰の間からも彼の存在は消えてるの。

わたしや、前の奥さん、それからきっと、晶子のことも……あれだけ苦しめた、あれだけ人生に爪痕を残された、なのに……それ以外のすべての人達には、あのひとのことは何にも残ってないの。

かすり傷ひとつみたいな名残りさえ、残していけなかったのよ。


なんだか少し、かわいそうにもなってね。

うん、まあ……本人はやりたいようにやってたんだろうから、かわいそう、って言うのも違うかもしれないんだけど。

だけど……すかすかじゃない、こんなの？　すっかすかよ。

本質的な中身なんて、あのひとには何も無かった。全部上っ面で、中身はからっぽ。

まっくらな底なしの穴があって、それがまわりからなんでもかんでも吸い取って、なのにその穴は全然埋まらない。いつまでも空のまま。

それに当人が気づいていたのかいなかったのか、それはわたしには今もよく判らないんだけど。

もしかして本人もそれに気がついていて、あがこうとしてたのかな、そう思ったりもするんだけれど。

ただの穴の上に、人から奪ったきれいなお面や飾りをのっけて、うろを隠そうとしてたのかなあ、って。

だとしたら……一生かけてそうやってきた、それが何にもならなかった……そう思うとやっぱり少し、かわいそうだったな、あのひと。


一周忌が終わってからね、わたし『姻族関係終了届』ってのを出したの。

これ知ってる？　要するに、「今後はわたくし、船戸家とは無関係です」っていう届なのね。こういうのあるのよ、役所にちゃんと。

名字も戻したの。『復氏届』っていうんだけど、そうすると戸籍がわたしだけになるの。つまり、子供とわたしの戸籍、別になるわけ。

本当、母親失格なんだけど……ものすごい、解放感だったわ。

だってわたし、確かに母親失格だったけど……あの子達はあの子達で、子供失格、だったもの。

生活費や学費の多くを出してたのはわたし。毎日の料理やお掃除、お洗濯もわたし。船戸がやってたのは対外的なことだけ、外に遊びに連れていったり、授業参観や面談に行ったり。PTAなんかも、名前を出すのはあのひとだけど、裏方の仕事は全部わたし。

本当にまだ小さい頃は、判らなくて当然だと思う。だけど……中学生や高校生にもなれば、生活のほとんどを誰が担ってるかって、見れば判ると思うのよ。別に頭が悪かったわけじゃないんだもの、あの子達。

だけどダメだった。

それにはもちろん、わたしにも大きく責任がある、でももうそれ以上は、ムリだったの。もう頑張れなかったの、あの子達のためには。

だって向こうが要らないんだもの、わたしのこと。

名字を戻したらね、ものすごくののしられた。父さんのこと、生きてる間は利用するだけ利用して、死んだらさっさと捨ててよそへ行くんだ、ずいぶん尻軽な女だね、って。

でもその一方で、よかった、って。

これで自分達とアンタとは無関係だ、戸籍だって別なんだもの、ただの他人だ、って。

船戸は言ったとおり自分の財産ってなかった。でも、結構いい生命保険に入ってて……まあそのお金、わたしが出してたわけだけど……豪華な一軒家が建っちゃうくらいの、相当な保険金がおりたの。

わたしそれ全部、あの子達にあげたわ。他のこまごましたものもみんなね。

一周忌の時、上の子は成人はしてたけどまだ大学生で、下の子も大学入ったばっかりで、だけどこのお金があれば十分でしょ、って。

これだけの金額があれば、学費や家賃や生活費を払ってもあなた達が大学卒業するまでは十分足りる、余るくらいだから、もうそれで好きにして、って。

わたしがこの先、あなた達を頼ることは絶対に無い、だからあなた達もこれでおしまいにして、これ以上はわたしに頼ってこないでね、そう言ったの。

鼻で笑われたけどね。

一度だってアンタに頼ったことなんかない、面倒見てもらったこともない。自分達をここまで育ててくれたのは、全部父さんだ、って。

……そうね、さっき、かわいそうって言ったけど……そういやそうね、この子達がいたっけ。

少なくともこの子達には、船戸、しっかり跡を残したわ。

ふたりとも、ものの考え方とかさっと上手な嘘をつくところとか、船戸にそっくり。

……でもやっぱり、かわいそうかな。

きっとこの先、この子達もああいう風にしか生きられないのね。

誰かから奪うだけ奪って、でもそれ以外で人の心に食い込むことは絶対にできずに、死んだ後にはさらっと忘れられるのね。

我が子ながら、やっぱり少し、かわいそうかな。


父の実家が、九州にあるの。

そうだ、言ってなかった……父さん、三年くらい前にね、ガンで亡くなったんだ。

知ってると思うけど、わたし父さんのことは、素直に好きだった。

あのきつい母親に、ずっと尻に敷かれてたけど、わたしのことは理解してくれてた。母さんに見つからないようにな、って晶子とのことも応援してくれてて、高校の時とか、よく隠れておこづかいもらったっけ。これで材料を買いなさい、って。

だからしょっちゅうは行けなかったけど、わたし父方の祖父母は結構、好きだったのね。

叔父一家が、今は祖父母と一緒に住んでて、田舎だから土地も家も広くて、よかったらそこで一緒に暮らさないかって言ってもらえたの。

別の伯父の会社が近くにあって、そこで仕事も紹介してもらえることになって。

来月にはそっちに移るんだ。


晶子ともう会えるとは、思ってないの。

この手紙、出すけどね、返事ももらえるとは思ってない。

わたしはとんでもないことをした。

わたしは船戸に何もかも奪われたけど、わたしも晶子からいろんなものを奪ってしまった。

取り返しのつかないことをたくさんした。

手の中の砂が全部こぼれて、なんにも残ってないような。


きっとわたしが子供達に対してなんにも心が動かなくなってしまったみたいに、晶子も多分、わたしに気持ちがなくなっているだろうな、そう思ってる。

そうさせたのはわたし。

ごめんなさい。

本当にごめんなさい。


晶子とものをつくる時間が、本当に好きだった。

この世界の様々なものが隠し持っている本当の魂、核みたいなもの、その輝きが、晶子と何かをつくっていると、透けて見えてくるような気がしてた。

自分が見たかった、自分が行きたかった先の場所、魂ごと違う世界へ引っ張りこんでくれるようなもの、晶子といるとそういうものがつくれる気がした。

自分がちゃんと生きている、そんな風に感じてたのに。

わたしは本当に愚かだった。

あんなに光っていたものを、自分から全部、手放した。

あんなにまっすぐで正しかった道を、全部自分でふさいだ。

引っ張られるままに、おかしなところへ、暗いところへ、どんどん勝手に、進んでいって、二度と、戻れなくなってしまった。

あんなに好きだったのに。

ずうっとふたりで進むんだって、そう決めてたのに。

ごめんね。

ごめん、晶子。


『夜を測る鐘』を晶子が持っていてくれている、それだけがわたしの救いです。

後の二つは、手を入れられたまま、船戸がお花の本部に寄贈してしまったの。

しばらくは飾ってあったみたいだけど、今はどうなってるか知らない。

多分倉庫の奥にしまって、それっきりよ。よほど世間で有名な人の作品でもなければ、寄贈品ってそういう扱いだったから。下手したら捨てられちゃってるかもしれない。

晶子は……きっと、持っていてくれてるよね。

この手紙、読んでももらえないとは思うけど、そのことだけは、わたし、信じてる。

信じていいよね。

あれはわたし達ふたりの、最初で最後の結晶だから。


……ああ、なんかすっきりした。

もちろん、まとめて一度にってわけじゃないけど、わたしこんなに長い文章、生まれて初めて書いたよ。言ったとおり、最初にテープに吹き込んだんだけど。

それもやっぱり、一度にじゃなくって、少しずつ少しずつ……ちょっと喋って、ああそういえばまだあれの話してなかった、そう思って戻って話し足したりして。


楽しかった。

その間ずうっと、向かいに晶子がいるみたいで。

ひとしきり喋って、今晶子はどんな顔して聞いてるだろう、聞いたらなんて言うだろう、そんなことあれこれ想像して。

ああ、これがずうっとしたかったんだって思った。

わたしこうやって何もかも、晶子に喋りまくりたかった。

大学の時よく、徹夜でふたりで喋ってたよね。

創作のことももちろん、そうじゃないことも……でも今になってみたら、どれもこれもどうでもいいような話で、だけどそれがどっちも全然、尽きなくて。喋ってることそれ自体がもうたまらなく楽しくて。

あれを思い出したな。

ああ、わたしこうやって、ずうっと晶子に、話したかったんだ。

もちろん謝りたい、心底謝る、それがこの手紙のとっても大事な目的。だけどもしかして本音のところは、ただ何もかも全部、こうやって晶子に、ぶちまけたかっただけなんだわ。

あの頃と同じ。

なんでもないことをただだーっと晶子に話して、それを晶子が笑ったり呆れたり、時々は怒ったりもされながら、ただ一晩中、ずうっと隣で喋ってる。

どうってこともないのに、胸が楽しいの。

ああいう風に晶子に話をしたくて、その気持ちがもう限度一杯になってしまって、それでこの手紙、書いたのかもしれない。


ただ、話したかった。

晶子、ただ全部をあなたに、話したかった。

わたしがそれをしたいと思う、たった一人のひとだから。

本当にありがとう。
わたしはあなたと出逢えて、世界が変わった。
胸のうちに漠然と描いてた空の王国、それをあなたが、形にして手渡してくれた。
あの日からわたしのすべてが始まった。
あの明るい日々にわたしと共にいてくれて、本当にありがとう。
それを裏切ったことを、一生背負っていきます。

ごめんなさい。
さよなら、晶子。

いつか、春の日に

——気づくともうすっかり、日が暮れていた。

思いもよらない外の暗さに、わたしは驚いて立ち上がる。

ばさばさっと膝から紙の束が落ちて、はっと見下ろすと、その紙の上にももう闇が落ちていた。

読み終わった頃には、まだそれなりに明るかったのに。

いったいどれくらい、ぼうっとしていたんだろう……。

自分自身に呆れながら、膝をついて紙を拾い集めて。

並べ直そうとしたけれど、もう文字が読めるような明るさではなかったので、とりあえず拾うだけにしてとんとん、と整える。

その間もずっと、手紙の中のいくつもの文章が針のように胸を刺していた。

思い返すとまた涙ぐみそうになりながら、紙の束を封筒に戻すと二通の手紙を重ねて揺り椅子の上に置き、湖の見える掃き出し窓に近寄って。

カーテンの取り外された窓を開くと、ひゅうっ、とひと筋、風が吹き込む。

わたしは靴下のまま、バルコニーへと足を踏み出した。

外はもうすっかり、暗い。

対岸にちらほらと建物の明かりが見える。

天上はどこもかしこも闇の色をしていて、そこに金砂を撒いたように星が散っている。

風が少し吹いていて、湖面が揺れて、岸辺でかすかに波音を立てる。

その音がわたしに、『夜を測る鐘』のオルゴールの美しいメロディを思い起こさせた。

逢えただろうか。

あのふたり、もう逢えただろうか。

……きっと逢えている、そうわたしは確信していた。

胸の内は目の前の湖のように、満々と透明なかなしさとさみしさと——それから泡のようにきらめくと喜びと嬉しさとで満たされてゆらゆらと揺れている。

気づくと祈るように、両の手を胸のすぐ下でぎゅっと組み合わせていた。

高窓さん。

音羽さん。

ふたり、もう……わたしの、大事なひとです。

どうか。

どうか、幸福に、なっていてください。

窓や扉の鍵をしっかりかけたことを確認してから車に戻ってエンジンをかけると、カーナビに表示された時刻が十時を軽くまわっていたのに、わたしは改めて面食らった。

すっかり更けてしまった夜の道を、用心しいしい運転して。

普段使い慣れている道まで戻ってくると、やっと緊張が解けてくる。

そうなって初めて、ずいぶんお腹が空いていることに気がついた。

どこか寄って、食べようかな……でもそうしたら帰りがもっと、遅くなっちゃうしな。

そんなことを考えながらアパートへとたどり着き、車を入れるとふう、と息をついた。

自分で自分の肩を軽くもみながらアパートの玄関へと向かい——そこに黒い人影が並んで立っているのに、どきりとして足を止める。

こんな時間にこんなところに誰が、そう思った瞬間、

「——朝川さん」

と、その影から、耳に覚えがある声がかけられた。

はっとしたその瞬間、影の小さい方が小走りにこちらに近づいてきた。

「里見、さん」

いつの間にかカラカラになっていた喉から、小さく声が出る。

「朝川さん！　ああよかった……すみません、こんな時間にこんな風に、待ち伏せみたいなことして……でも自分達ふたり、どうしても今日のうちに、朝川さんとお話がしたくて」

里見さんの後ろからは木島さんが現れて、こちらに頭を下げてきた。

「え、どうして」

里見さんの言葉に訳が判らなくて問うと、ふたりは顔を見合わせた。

「――この度は大変、失礼なことをして申し訳ありませんでした」

そして同時に言って、同時に頭を深々と下げる。

「え、えっ……」

わたしがかなり引き気味にあとずさると、ふたりはまた、顔を見合わせて。

「ちょっと……場所、変えましょうか。立ち話でするような話ではないので」

それから木島さんがそう言って先に立って歩きだすのに、わたしはどうしていいのか判らないまま、その後について歩き始めた。


大通りに出ると木島さんはタクシーを拾って、「この時間なので居酒屋になってしまってすみません」と道中電話で、居酒屋の個室を予約してくれた。

車の中ではっと気がついて、財布を忘れたことを正直に話すと、ふたりは笑って「おごります」と言ってくれたけれど……今度絶対に返そう、そう心に決める。

お店に入ってとりあえず注文した飲み物が運ばれてきて、ああ、何はともあれ最初は乾杯かな、と思ってチューハイの入ったジョッキを手に取ろうとすると、目の前でふたりが腰を浮かせて、座布団から脇へずれて座った。

「えっ？」

そんなに広い個室ではないので、向かいでふたりの体は壁にぴっちりつく程ぎちぎちになっていて……いったい何をしているんだろう、とわたしは疑問に思った。

するとふたりは背中を丸めるようにして頭を下げた。

「この度は本当に、弊社の者がご無礼とご迷惑をおかけして申し訳ありませんでした！」

「申し訳ありませんでした！」

木島さんに続いて里見さんがそう言ってさらに頭を低くして――え、えええ、ちょっと待って。

「いえっ、やめてください、あの、頭」

もう自分でも何を言おうとしてるのか判らないまま、わたしは泡を食って前のめりに大きく両手を振る。

「今度のことは全部、自分の仕事を手放してしまった自分の責任です。本当に、申し訳ありませんでした」

「木島だけのせいじゃないです。わたしも同罪ですから！　申し訳ありません！」

「あの、もう全然、話が判らないので。とにかく、頭を上げてください」

まだもつれる舌で必死に言うと、ふたりはようやく少しだけ頭を上げて、お互いに顔を見合わせた。

それからそろそろと同時に姿勢を戻すと、もう一度軽く頭を下げてから、ずりずりと腰を動かし座布団に座り直す。

わたしはひとまずほっとして息をついた。

それからもう一度ジョッキを手にして、ふと見ると、ふたりはまだきっちり四角く、両の手を膝の上に置いて正座している。

「……あの、とりあえず、飲みませんか」

ジョッキをちょっとだけ持ち上げて言うと、ふたりのぴんと張った肩のラインが少しだけやわらかくなった。

里見さんがぱっと唇をほころばせて、ビールのジョッキを手に取る。

「じゃあ、あの……そうですね、とりあえず、再会に乾杯で」

彼女が明るい声で言うのに木島さんも微笑んで、もうひとつのジョッキを持つ。

「じゃあ、再会に乾杯」

かちん、と音を立てて、三つのジョッキが合わさった。


運ばれてきた料理を前に、木島さんが今回の経緯を話してくれた。

結論から言うと、あの男性が言っていたことは、その多くが嘘だったのだ。

ふたりが作家の発掘をしていることは事実だ。けれど別に、それが専門という訳ではなく、あの男性とふたりがいる部署では誰もが発掘も企画も担当しているのだそうだ。

だから本当はわたしの企画も引き続きふたりが担当するはずだった。けれどそれを、彼が横から持っていってしまったのだと木島さんは言った。

木島さんには別に抱えている企画があって、そちらの方で少々いざこざが長引いていた。

それを理由に、ただでさえ多く時間を割く必要がある企画にその状況では専心できないだろう、と木島さんの先輩であるあの男性が「自分が代わりに」と言い出したのだそうだ。

「まあ要するに、横取りですよ、横取り」

憤慨しきり、と言った顔で、まるでそれが当の相手であるかのようにぐいぐい、と強く手羽先の骨を引っ張って外しながら、里見さんが頬を膨らませる。

「あの人ね、いっつもそうなんです。そうやって人の取ってきた仕事、横取りばっかりしてるんですよ。それで成功させてりゃいいですけど、こうやってつぶしちゃうことしょっちゅうなんだから」

「里見」

勢いよく話す彼女を、横から木島さんが姿勢はこちらに向けたまま、肘だけで軽くつついて制した。

「……あ、すみません」

「すみません、弊社のいらぬ事情を」

小さく頭を下げるのに慌てて「いいえ」と手を振ると、木島さんはふうっと肩を落として息をつき、ビールから移行した日本酒のおちょこをぐっとあおって。

「まあでも、はい、そういうことなんです。自分達が把握してたことも、してなかったこともあったんですが……今回朝川さんからご連絡いただいて、これは捨て置けない、と部署内で上司も一緒に確認したところ、該当の社員が他にも似たようなことを繰り返していることが判ったんです。実を言いますと自分が今関わっているトラブルも元はその社員が引き起こしたものでして」

「そう……なんですか」

「でももう、ご心配をおかけすることはありません」

ぴんと背筋を伸ばして、木島さんはこちらをまっすぐに見る。

「該当の社員とは上が後日きちんと話し合いをして、しかるべき処分が下ることになりました。今後は一切、朝川さんにはご迷惑をお掛けしませんから、ご安心ください」

「あ……いえ、あの、わたしはそんな、別に」

わたしはどうにも、どぎまぎしてしまって下を向く。あのメールで、そんな一大事をよその会社の中に引き起こしていただなんて……しかもそれを全然知らずに、携帯も何も放り出して外出していただなんて、何とも肩身が狭い。

「本当に、びっくりしましたよ。だって朝川さんがメールで教えてくださった企画、わたし達のと全然違うんですもの」

唇をとがらせて言う彼女に、わたしは顔を上げた。それは自分も気になっていたのだ。

「メール拝見して、上司と話して、これはどう見てもウチの側に問題がある、と思って行ったんですよ、確認しに、本人のところ。そしたら、証拠があるのか、って」

横からしきりに肘でつついてくる木島さんを尻目に、彼女はぐいっと身を乗り出して話を続ける。

「確かに向こうから断られたけど、それは向こうのわがままで、自分には原因は無い、って。彼女が言ってる企画変更のことなんて自分には全然覚えがない、それは全部、交渉決裂に腹を立てた彼女が自分を陥れるための嘘だって。どの口が言うか、てヤツですよ、ねえ？」

怒ってはいるけれど軽やかな口調を前に、わたしは少し自分が青ざめるのを感じた。ふたりは嘘をついたのはわたしではなく、あの男性側だと判ってくれているみたいだが、確かに証拠は何も無いのだ。

「でも、じゃあ……どうして、こちらを信じてくださったんでしょうか」

どもりながら言うと、ふたりが一瞬顔を見合わせ、どこかきょとんとした目でまたこちらを見た。

「いや、そんなの……当たり前じゃないですか」

「うん。普通、そうでしょう。だって自分達ふたりは、見てますから、朝川さんのお顔」

「え？」

「企画を提案させてもらった時の、朝川さんのお顔。きらきらしてましたから」

そう言って木島さんが歯を見せて笑ったのに、わたしは酔いではない熱が耳元にぱぁっと集まって、頬が熱くなるのを感じた。

「あんなにあの時盛り上がったんですから、ねえ。そんなしょうもない嘘、朝川さんがつくなんて誰が信じますか」

里見さんが何故か胸を張ってそう言って、笑ってぐっとジョッキを飲み干す。

「でもどうして、あの人おふたりの企画、変えてしまったんですか？」

安堵した勢いでどうしても謎だったことをぽろっと聞くと、笑顔だったふたりの顔がぐっと渋くなった。

「……面倒くさかったんですって」

その顔のまま、里見さんが声までぶすっとした調子で言う。

「へ？」

その予想外の答えに、つい妙な声が出た。

「そんな、一から布や糸つくったりする企画、面倒くさかったんですって。それと、わたし達の企画使って当たったら、やっぱりそれって、ある程度はわたし達の手柄になる訳じゃないですか。それも、気に入らなかったそうなんです」

「大人げない……」

呆然としながら思わず呟いてしまうと、ふたりの口元が少しやわらいだ。

「ねえ。いい年して本当に……どうも今回、調べてみたら他にも似たようなことやってたみたいで。勝手に自分がやりやすい企画に変えて、会社側には『相手側からの希望で変えた』で通してて、断られた時には企画変えたことなんて何にも言わずに『向こうが条件が気に入らなくて断ってきた』って言ってて。よくもまあ今までバレずにやってきたもんだなあ、って、ねえ」

そう言って隣を見上げるのに、木島さんはもう諦めたような顔で片手を上げて。

「まあ、そんな訳で……朝川さんに見せていた資料も含め、彼が勝手に作成していたものがいくつもあることが判って……ですから弊社側としては朝川さんにお詫びの気持ちこそあれ、疑いをかけるなんてことは決してありません。どうかご安心ください」

「あ……ありがとうございます」

「だからそこは、こちらがお礼を言わなきゃいけないところなんですよ」

ほっとして頭を下げると、里見さんが明るくそう言ってくれてわたしはさらに肩の力が抜けるのを感じる。

安心すると同時に、そういえば……わたしは結局、まだ自分のメールの返事を、聞いてはいないことに気がついた。

今までふたりがしてくれた話は、最初の出会いの時から今日まで、ふたりの会社で裏でどういうことが起きていたか、という説明だけだ。

思わず小さく息をつくと、目の前でふたりが顔を見合わせた。

そして同時に、おちょことジョッキをテーブルの端に置く。

「……え？」

それからまた、無理矢理に座布団の外に出て――そして並んで、手をついて頭を下げた。

「え、ちょっ……」

「朝川さん」

度肝を抜かれたわたしの声を、頭を下げたままの木島さんのそれが押し止める。

「弊社の社員の数々の失礼なふるまい、見当違いな話に何か月もおつきあいさせてしまったこと、自分達ふたりが無責任な仕事をしたせいでご迷惑をおかけしたこと……許していただけるようなことではとうていありませんが、それでも……どうか」

木島さんは一度言葉を切って、さらにぐっと深く頭を落として。

「お願いします。自分達と……もう一度一緒に、やっていただけないでしょうか」

「お願いします！」

──胸の底からぱあっと光のような波が上がってきて、頭の上まで一気に駆け抜ける。

わたしが……メールで、どうしてもふたりに伝えたかったこと。

もう一度。

今度は、あなた達ふたりと一緒に。


「──はい、勿論です」

ぎゅっと胸が詰まるのをこらえてうなずくと、ふたりがぱっと頭を上げた。

そして顔を見合わせ、互いにうわっと破顔する。

「よかった……よかった」

「ありがとうございます、朝川さん！」

いっぺんに気恥ずかしくなってきて、顔が熱くなっているのを自覚しながら、わたしは何度もうなずいた。

「前回も、お話しましたけれど……私事ですが、自分の家は、兄妹が多くて。甥っ子や姪っ子が、七人もいましてね」

そんなわたしに指を折って数えながら、木島さんが話し出す。

「なにせ自分がこういう仕事をしていますので。まあ社割なんてものもありますから、特に最初の甥っ子が生まれた頃とか、いわゆる伯父バカというヤツで、あれこれ買い与えまして」

ちょっと照れくさそうに笑うその姿は、先刻からの生真面目さと好対照だ。

「その後も、次々とね……けど何年かして、使ってるバッグとか見て、あれ、と気がつきまして。見たこともないものを使ってる、って」

そう言って少し眉を上げ、肩をすくめてみせて。

「それもね、最初はひとりの子だけだったのが……あっという間に増殖するみたいに増えていって、気づけば皆、似た雰囲気の品を持っていて。これどうしたのって兄や姉に聞いたら、ちょっと気まずそうな顔されましてね」

ふふっ、と歯を見せて笑うと、木島さんは軽くおちょこをあおった。

「最初のはどうも、義理のお母さんにもらったんだそうです。だからまあ、使わない訳にはいかないんですが……そもそも品自体がすごくいいな、と姉は思ってて。そうしたら別の甥や姪もそれを見てほしいと言い出して、ああやっぱり、子供から見てもいいんだこれ、て思ったんだそうです」

言いながら胸ポケットからスマートフォンを取り出すと、さっと操作して画面をこちらに向けてくれる。

身を乗り出して覗き込むと、そこには幼稚園や保育園に通う年代から小学校低学年くらいまでの子供が何人も、ぎゅうっと身を寄せ合うようにして笑顔で写っていた。

その小さな手に、わたしのバッグやポシェットが下げられている。

あまりのことに、ぎゅうっと喉の奥が苦しくなった。

実は、お子さんが使っている写真を送ってくれるお客さんは結構いて……その度にわたしは嬉しくて嬉しくて、わざわざ印刷してメモをつけてアルバムに貼っている。

どの写真も、見る度に胸が詰まって泣きたくなる。

その時と同じ熱さが上がってきて、わたしは慌てて目を瞬いた。

「申し訳なさそうな顔して……ごめんね、こっちが気に入っちゃってこっちばっかり使うの、あんたのとこの品もいいのは判ってるんだけど、でも子供って一度気に入っちゃうとそういうもんだから勘弁してやって、って」

木島さんはスマートフォンをしまい直しながら苦笑を浮かべる。

「正直に申しますと、最初はちょっと、むっとしましたよ……何だそれ、って。やっぱりどうしても、自分達がつくってるものはよく見えますし、大事ですから」

「あっ……あの、すみませんでした」

急に自分が悪いことをしているような気がして胸の熱さがすうっと引いて、わたしは慌てて頭を下げる。

「いや、そんな……それで、悩みましてね」

木島さんは話しながら手酌でお酒をついで——里見さんが慌ててお酌をしようとするのを軽く片手で止め、くいっと一口飲んで。

「何が違うんだろう、って。確かに布そのものの質とか縫製とかはいいです。すごく。だけどそれが子供の決め手になってるとは思えなくて、デザインもいいんですけど、でもそこまで決定的に違う何があるのか、自分ではどうしても判らなくて子供達当人に聞いたんです。何がそんなに好きなの、って」

わたしは思わず、息を止めて木島さんを見つめた。親御さんの感想はメールでよくいただくが、当の子供の直接の感想はなかなか聞けない。

隣で里見さんも、興味津々と言った顔で相手を覗き込んでいる。

「そうしたら……これは自分のだから、って」

「え？」

「これは世界でたったひとつの、自分だけのものだから、って。そう言うんです」

思いもよらない言葉に驚いて見ていると、木島さんはちらりとわたしを見てはにかむように微笑った。

「朝川さんね、例えば同じバッグを頼んでも……絶対、同じにはなさらないでしょう」

「え？」

「まあそもそも、注文時点で地の色とか持ち手の色とかポケットのサイズとか、相当数のパターンが選べるようになさってますけど……例えば同じ花模様でも、数が違ったり、色や位置が違ったりしてますよね。お伺いしたかったんですけど、あれはやっぱり、同じところからの注文の場合、柄にも多少の変化を入れてらっしゃるんですか？」

「あ……はい」

突然の相手からの問いに、わたしは戸惑いながらもうなずいて。

「お子さんって、だいたい、お揃いって好きでしょう。で、完全にお揃いになってるよりも、ベースは同じ柄なんだけど横の添え物的な柄の色や形や数がちょっとだけ違う、とか、そういうのだと、さらに喜ぶじゃないですか。なんとかちゃんとなんとかちゃんのお揃い、でもここはなんとかちゃんのはこうなの！　みたいな」

まあつまりは自分もそういう子供だったのだけど、わたしは照れながらそう説明する。

「お母さん方も、その方がぱっと見どちらがどちらのものか判りやすくていいみたいで。仲良しのお母さん達同士でそれぞれのお子さん達にって時にも、他の子と自分の子の柄が少しだけ違うっていうのは喜んでいただけるし……だからそういうの、注文の時に完全同柄か変化を入れるか、ご希望を聞くようにしてるんです」

「……やっぱり、そういうところなんですよね」

ちらっと隣の里見さんと目を見合わせて、こちらを見直して木島さんは微笑んだ。

「そういうところね、うちみたいな大手は、かなわない……そりゃ子供達もうちの商品より朝川さんのものを選ぶ訳です」

「え？　あ、すみません」

「いや、我が身内ながら見る目があります。頼もしい」

やっぱり申し訳ない気分で頭を下げると、相手は今度は歯を見せて笑って。

「だから、もう……自分はどうしても、朝川さんと一緒に仕事がやりたかったんです」

そしてその目がすうっと優しく細められて、わたしの心臓がひとつ打った。

「どうしても、です」

もう一度繰り返して、相手はふっと照れたように目を伏せ、おちょこを口に当てる。

「わたしも」

とん、とジョッキを置いて、里見さんがにこにこしながら隣の木島さんとわたしを交互に見た。

「わたしももう何が何でも絶対、朝川さんとやりたかったです。わたしね、朝川さんのグッズ、いくつも持ってるってお話しましたけど……一番好きなのが最初に買ったテントウ虫の柄のバッグで」

言われてわたしは、ああ、とそれを頭に思い浮かべる。昆虫柄ではあるものの、男の子だけでなく女の子にも結構人気の柄だ。

「わたし、あれ買った頃、かなりヘビーな状況で」

にこにこした顔のまま、里見さんはそんなことを口にした。

「お話ししたとおり、わたしシングルマザーなんですけど……当時、すっかり縁が切れてたと思ってた子供の父親とその両親と、ちょっと揉めまして。どういう風の吹き回しか、やっぱりこっちに引き取りたい、経済力のある父親の方が子供が幸せだとかなんとか言って」

話しながら何かを思い出したのか、彼女の眉間にほんの一瞬、小さな皺が寄った。

「その頃はちょうどバイトしながら就活してて、でもなかなか決まらなくて、しかもタイミング悪く、両親が体調を崩してしまって。子供は子供で家の中が殺伐としてるのが判るのか、連日熱出したりお腹壊したりぐずったり……頼むからもうアンタまで面倒かけないでよ、寄ってたかってわたしの足引っ張らないでよって、もう相手構わずカリカリしてて」

正直今の明るい里見さんからは想像もつかないような話をして、彼女は肩をすくめてちょっと舌を出してみせる。

「毎日毎日、イライラしてピリピリして、でも自分でもそんな自分が、イヤでイヤで仕方なくって……夜中にやっと布団に入ると、何もかもが情けなくなって涙が出て。そういう時に、保育園の他の子が朝川さんのバッグ使ってるの、見たんです。それがあの、テントウ虫のバッグで」

彼女はそう言ってまっすぐわたしを見て、きゅっと口元を引き締めるように笑った。

「あれ、ほら、地の色が青でしょう。あれが本当に、五月の底が抜けたみたいな真っ青な空の色をしてて。そこに、端っこに紫陽花の花が咲いてて、その葉っぱから羽根を思い切り広げて、天に向かってまっすぐテントウ虫が飛んでる」

語っている彼女の瞳がすうっと細められ、どこか遠くを見るようなまなざしになる。

「テントウ虫って……模様として使われる時って、たいてい羽根閉じてますよね。それが本当に思い切り、力一杯、羽根を開いてて……赤い羽根の下にキラキラした布で下の羽根がちらっと見えてて、持ち手のところがきれいな七色の虹になってて……そこに向かっていくみたいに、脇目も振らずに全力で昇ってく」

言いながら彼女は、何か思い出したようにくすっと笑った。

「それを、見た時に……お迎えが遅くなって、子供もぐずってて、その日の面接も駄目っぽくて、家に帰ったらたまった洗濯物と夕食の準備と……そんなことでごった返してた頭に、すかん、とあの青空が目に入ってきたんです。気がついたら、ぼろぼろ泣いてました」

急に言われたそんな言葉に、わたしはどきんとした。

隣の木島さんも、おちょこもお箸も置いて、体を斜めに向けて真面目な顔で彼女を見つめている。

「子供は勿論、保育士さんも、まわりのお母さん達もびっくりしてて……別室にまで連れていかれちゃって。わんわん泣きながらあれこれ話してたら、自分でもびっくりするくらい気持ちが楽になって」

どんどん心臓の鼓動が速くなっていくのを感じながら、わたしは相変わらず楽しそうに話し続ける里見さんを見つめて——その目の端が、わずかにきら、としたのに、また心臓が跳ね上がった。

「その時のお母さんや保育士さん達もいい人で……ほら、わたしずば抜けて若くてしかもシングルだったんで、正直ちょっと、遠巻きにされてる感があったんですよね。だけどその時はそういうの全然なくなって、皆もう必死に……いまさらのこのこ出てくるような男なんか蹴飛ばしちゃっていいよ、洗濯物たまってたって死にゃしないよ、ご飯ならどこそこのスーパーのお惣菜が安くて美味しいからあれで済ませちゃえばいいよ！って、もう、あれこれいろいろ……あ、ああ、ごめんなさい」

　笑顔のまんま、ぽろっ、ときれいな肌の上を涙が玉になって転がったのに、わたしは胸の奥がきゅうっと絞られたような気持ちになった。自分の瞳にも熱さが下からのぼってくるようで、必死にそれをこらえる。

「その、バッグ持ってた子のお母さん、そのひとにね、わたしもこれ買っていいですか、後から同じのにしちゃって申し訳ないですけど、これ見たらもうすごく勇気づけられてって言ったら、ですよね！　これ素敵ですよねって、すぐサイト教えてくれて。彼女、七つ年上なんですけど、お子さんはうちのと同い年で。それまで挨拶くらいしかしたことなかったんですけど、それですごく意気投合して、子供達も仲良くなって……今では大親友なんですよ」

　バッグから出したハンカチで目と顔を押さえて、彼女は改めてにっこりと微笑み直した。

「だからわたし、ここの会社に就職が決まった時、いつか絶対に朝川さんとやるんだ、って」

まだきらきらと光を反射する、まっすぐな瞳で見据えられた瞬間、わたしは高窓さんの「貴女が正しいと思うものを」という言葉を思い出した。

「絶対にお逢いして、お礼を言って……それから一緒に、つくりたい。わたしの力でどこまでできるか判らないけど、少しでも、自分も朝川さんのように、誰かの心をすっと立ち上げられるようなものを、つくりたい。そうずっと、思ってきたんです」

力強く言い切ると、彼女は伸びた背筋を斜めにして頭を下げて。

「だから、本当に、お願いします。一緒に、やりましょうね」

――とうとうこらえきれなくなって、わたしの瞳からもすうっと一筋、涙が落ちた。

「……はい」

喉を詰まらせながらなんとか声を絞り出すと、里見さんが顔を上げ、びっくりしたように軽く身をのけぞらせて。

「えっ、やだ、……あの、すみません、ああどうしよう木島さん」

「……いいんだ。今のは泣いていい話なんだ」

隣でやけに固い、押しつぶしたような低い声で言う木島さんをちらっと見ると、顔を壁の方に向けてわずかにうつむいていて、あれは多分泣いてるのでは、とわたしは涙を落としながらついかすかな笑い声を上げてしまった。

「朝川さん？」

途方に暮れた様子で声をかけてくる彼女に、指先で涙をぬぐいながら笑い返して。

「ごめんなさい……なんだかもう、嬉しくて」

喋るとまた涙が出てくるのを、いいか、もう、止めなくても、という気持ちになってそのままにして、わたしは一度深呼吸すると、思い切ってテーブルの上にばっと両手を突き出した。

「えっ？」

「わたしも、やりたいです。おふたりと一緒に。自分が本当にいいと思うものを、ちゃんと考えて、つくってみたいです。……三人で、一緒に」

顔を戻した木島さんと里見さんが、ぱっと目を輝かせると、ふたりがそれぞれ、わたしの左右の手をぎゅっと握ってくる。

「ぜひ。ぜひ、やりましょう」

両の手にそれぞれの温かみがじいんと伝わってくるのを感じながら、わたしはふたりの手を強く握り返した。

それから数日後、わたしはミナモを家に泊まりに誘った。

あれこれ買い込んで家で飲みながら先日のことを話す。

男性社員のふるまいに、ミナモが憤慨しながら彼の一言一言に手厳しい突っ込みを入れるのを涙が出る程笑いながら聞き、木島さんコンビを褒め称えるのを自分のことのように嬉しく聞き、山のような祝福の言葉をくれるのに照れながらも胸を張った。

「でも本当、よかった」

ジェットコースターのように喋りまくった後、ふうっと言葉の速度を落として、ミナモがそう呟く。

「こないだ飲んだ後さ、ほら、ちょっと、心配してたから。そういう、ちゃんとした方に話が進んでいって、本当によかったよ」

「ん。ミナモのおかげでもある。ありがとう」

「どういたしまして」

軽くビールのグラスを上げてみせると、ミナモはにかっと笑った。

「でもちょっと、正直意外よ。だってほら、そんなことがあった後にきいの方からメールしたとか……なんか、きいらしくないっていうか、珍しいなあと思って。あ、ごめん、これ悪口言ってるんじゃないのよ」

「……ん」

ミナモのその言葉に、わたしの唇にもふうっと笑みが浮く。

確かに、そうだ。昔のわたしならきっと、あんな状況で、それでもなお自分の気持ちを伝えたいがためにメールを書く、なんて無理だった。そもそも、あんな風に断ることが無理だ。

そして木島さんと里見さんに差し出した、自分の両手。

あんなことも昔のわたしからしたら驚天動地のふるまいだ。今思い出しても、顔が熱くなる。

それができたのは……あの、ふたりのおかげだ。

「判ってる。わたしも、そう思うもん。わたし攻めるの苦手だから」

「だよね。だから意外だし、すごいなと思った。正直話がそこまでいっちゃったら、わたしでさえその後にメール出せる気はしないもん」

「いや、ミナモは大丈夫でしょうよ」

その言葉にわたしは思わず声を上げて笑ってしまった。ミナモなら最初にあのふたりと違う男性が来た時点で、塩撒いて追い返してそうだ。

「ええ？　こう見えてわたし、ナイーブなんだよ？」

「はいはい」

相手の言葉を軽くいなして、わたしは立ち上がる。

「……あのね、それ、そもそもはやっぱり、ミナモのおかげなんだよ」

「え？」

「ちょっと待ってて」

わたしはリビングにミナモを残して、寝室に行くとあの『夜を測る鐘』を大事に抱えて戻った。

「何、それ？」

すっとんきょうな声になるミナモに微笑み、「見ててね」と言って電気を消すと、わたしはぜんまいを巻く。

——そしてわたしの平凡なアパートの部屋が、一瞬にして遠い宇宙で輝く星雲のようなきらめきで満たされた。

その光に笑い合う高校時代の、そして大人になった、それからすっかり年をとった、そんな二人の笑顔とさざめくような笑い声が聞こえる気がしてわたしは目を細める。

細くぴんと張った背筋に映る雨のようなさみしさがすうっと消えて、青空に虹がかかった。


「……何これ、すごい」

仕掛けが止まってたっぷり一分、その間わたしは息を殺して相手の反応を待つ。

そしてようやく彼女が呆然と呟いたのが、その台詞だった。

わたしは嬉しさと安堵とが一杯に上がってきて、ふう、と息をつく。

「すごい。こんな……なんて言えばいいんだろ、こんなきれいで完璧な世界、見たことない」

ああ、やはり彼女は最高の友だ、わたしはそう思いながら微笑んだ。

「電気、つけるね」

そう言って立ち上がりかけると、ミナモがぱっと手を振る。

「今はまだ、いい……余韻に浸りたいから。あ、ねえ、それの明かりだけつけて」

そう言ってミナモが部屋の隅のスタンドライトを指さしたのに、わたしはうなずいて立ち上がると、そのスイッチを入れた。

部屋の一部分が、ぼんやりとしたオレンジがかった光で照らされる。

「……すごいもの、見ちゃった。ねえ、それどうしたの、きい」

その明かりを頬に映して、ミナモがまだどこかぼんやりとした声で呟いて。

「……報酬、かなあ」

わたしは座り直しながら、考え考えそう答えて。

「ほうしゅう？」

「ん。……最初に見た時からずっと心の奥に置いて、自分もものをつくる道に進んで……なんとかそれなりにやってきたこと、自分が納得できない話を振り切ったこと、勇気出して踏み込めたこと、ミナモの頼みを引き受けたこと……そういうこと全部の、報酬」

「え、わたし？」

目をぱちくりさせるミナモに、わたしは微笑んだ。

「ん。すごいこと言うよ、びっくりしないでね。あのね、これつくったの……若い頃の高窓さんと、そのお友達なんだ」

「え？」

ミナモの声が、一オクターブは高くなる。

「あの高窓さん？　あのひとが？　えっ、え、いつ？　どこで？」

すっかり裏返った声に、わたしは可笑しくなって笑った。

「もうずうっと、若い頃。……その頃高窓さんには、大の親友がいたんだって」

――それからわたしは、ゆっくりと、ふたりの長い長い物語について語りはじめた。


全部をすっかり語り終えた後、自分でも気づかぬうちに、わたしは泣いていた。

話を始めてから、ミナモは時々思い出したように炭酸の抜けたビールのグラスを口に運ぶくらいで、ほとんどを黙ったまま、話すわたしを見るでなく、うすぼんやりとした瞳にオレンジの明かりを映してどこかを見つめていた。

わたしもあんな風だったのかな。あの、海辺の部屋で。

そう思いながら、こっそりと涙を拭う。

「……わたし、さ」

すると、ぽつりと声が聞こえて、わたしは慌ててそちらを見た。

まだどこかピントの定まらない目をして、ミナモが小さく息をついて言う。

「ほら、病院でさ、いろんな人、見てると……本当にいろいろな人がいて、でも……高窓さんはその中で、ひときわ、……たたずまいが美しいひとだな、って思ってた」

ミナモの言葉が、ずっしりと胸に落ちてくる。

「波の立たない、湖みたいな……音のしない霧雨みたいな……何をしていても、そのまわりに誰も触れられない透明な膜みたいな空気をまとってる感じで、いったいどういうひとなんだろう、どんな風に生きてきたんだろうって、思ってた」

言いながらミナモは瞳をつい、と巡らせ、わたしの傍らに置かれた『夜を測る鐘』を見た。

「……よかったよ」

「え？」

「わたし、多分……他の人から同じことを頼まれてたら、断っちゃうか、師長に相談して誰か紹介してもらうか、してたと思うの。でも、高窓さんね、きいに、ちょっと似てる気がして」

続けられた言葉に、わたしはぎょっとした。いや、それはあまりにおこがましい。

「ああいうさ、浮世離れした感じっていうの？　世間の時計と針の動くタイミングが違うって言うか。あ、これ、褒めてるよ」

「そうかなあ……」

ああ、そっちか……でもどうも褒められてる気がしないのは何故だろう。

「そうだよ。……あ、似てるな、って思ったから、きっとお互い大丈夫だ、って思ってふたり、引き合わせたんだもの」

そう言ってすっかりいつもの表情に戻って笑うと、ミナモはこちらに身を乗り出して。

「きいは彼女から、自分の物語とあのオブジェを託するにふさわしいひとだ、って選ばれたんだよ。それだけ高窓さんが、きいのこと信頼してくれたってこと。それだけふたりの間に、通じるものがあったってことだよ。わたしの見る目、やっぱり捨てたもんじゃない」

「……そうだね」

にかっ、と笑って言う彼女に、わたしは語り続けていた間にあった心の緊張がするんとほどけるのを感じて、自分からも微笑み返した。

「よし、飲もうか」

ミナモはさっと立ち上がってキッチンへ回ると、自分の缶ビールとわたし用の缶チューハイを持って戻ってきた。

缶をわたしに手渡して、自分のビールをぷしゅっと開けるとグラスに注ぐ。

わたしは自分のチューハイをグラスに注いで、アイスペールの底にまだいくつか溶け残っていた氷を入れた。

「――きい」

ことんと缶を置いて、ミナモがこちらを見る。

「今度……いつかさ、逢いに行こうよ、高窓さんに」

突然の彼女の言葉に、グラスを持とうとしていた手が止まった。

「高窓さんと、音羽さん。ふたりに逢いに行こうよ」

「え、でもどうやって？　わたし、九州の住所は聞いてないんだよ」

「簡単」

軽くグラスをこちらに掲げてから一口飲んで、ミナモはいたずらっぽく笑って。

「電話帳見てさ、銀座にあるギャラリーに片っ端から電話かけるの」

「え、でもわたし、その男の人の名前も、知らないよ」

「それも簡単」

グラスを置くと、ミナモはこちらにぐいっと身を乗り出す。

「片っ端から、聞いてくんだよ……今度『音の窓』作品を展示するのは、いつのご予定になりますか、って」

思いもよらないその言葉に、わたしは息を止めた。

きりきり、と自分の背中のぜんまいが巻かれて、ぱあっとまわりに、明るい花が咲いたような心持ちになる。

新しくて、正しい、本当の『音の窓』のオブジェ。

それがぴかぴかに磨かれたガラスのショーウィンドウの中に誇らしく並んでいる姿が、はっきりと目の前に見えた気がした。

「きっとね、喜んで教えてくれると思うんだ……大ファンなんです、ファン二号なんです、て言おうよ」

「二号？」

「うん。だってきっと、一号はその男の人だから。そうでしょ？」

弾むようなミナモの声に、わたしはただただ、うなずいて。

「それで、逢いに行こう。ふたりに……いつか、きっと」

胸の底の方から蒸気のように熱が上がってきて、頬が火照るのを感じた。
見られるんだ。
そうだ、いつか、きっと、わたし、もう一度……あの輝きを、見ることができるんだ。
完璧な宇宙の前で、完璧なふたりが、並んで笑う、その姿を。

多分、季節は春だ。
何の根拠も無いけれど、勝手にそんな気がする。
いつか、きっと。

——いつか、春の日に。

あとがき

この本を手に取ってくださった方、お読みになってくださった方、本当にありがとうございます。

この作品は『小説家になろう』にて掲載していた『雨に似たひと』という物語を、機会あってこの度本にしたものとなります。

本ができるまでにご尽力くださったすべての方にもお礼申し上げます。

キーボードを打っている間、バックにずっと流していたのがÓlafur Arnaldsというアイスランドのミュージシャンの曲でした。

燦々と明るい廃墟を歩むような、世界が終わってしまう寸前のような、切なく美しく胸を締めつける作品をつくる方です。

晶子のつくるメロディは、この人の曲をイメージしています。

ちなみにお名前、「オーラフル・アルナルズ」と読むそうです。曲のタイトルも、アイスランド語のものはどう発音するのかは勿論、意味も全く判りません。

ですが、「アイスランド」は「氷島」なので、アイスランド語のことを「氷語」と呼ぶのだそうで、それを知ると読めなくても何だか美しい言葉に思えます。

YouTubeのご本人の公式チャンネルにてライブの映像などが見られますので、読まれる際のＢＧＭに流していただけると、より物語の世界観に浸れるかと思います。
ぜひお試しください。

これから書き続ける中、良いものが書けたら、その時はまたどこかでお逢いしましょう。

二〇十六年八月　酷暑の京都にて

富良野　馨

この物語はフィクションです。
実在の人物、団体等とは一切関係がありません。

富良野馨先生へのファンレターの宛先

〒101-0003　東京都千代田区一ツ橋2-6-3　一ツ橋ビル2F
マイナビ出版　ファン文庫編集部
「富良野馨先生」係

Fan
ファン文庫

雨音は、過去からの手紙

2016年9月20日　初版第1刷発行

著者　富良野馨
発行者　滝口直樹
編集　水野亜里沙（株式会社マイナビ出版）　須川奈津江
発行所　株式会社マイナビ出版
〒101-0003　東京都千代田区一ツ橋2丁目6番3号　一ツ橋ビル2F
TEL 0480-38-6872（注文専用ダイヤル）
TEL 03-3556-2731（販売部）
TEL 03-3556-2733（編集部）
URL http://book.mynavi.jp/

イラスト　ふすい
装幀　関戸愛＋ベイブリッジ・スタジオ
フォーマット　ベイブリッジ・スタジオ
DTP　株式会社エストール
印刷・製本　図書印刷株式会社

　ISBN978-4-8399-6062-9
Printed in Japan

Fan
ファン文庫

神崎食堂のしあわせ揚げ出し豆腐

著者／帆下布団
イラスト／あんべよしろう

定食屋×豆腐屋の美味しい料理に舌鼓！
ネットで話題のグルメ小説。

レトロな丘の山商店街にある神崎食堂の人気NO.1メニューは揚げ出し豆腐。看板娘の神崎花は今日も店に立つが、ある日見知らぬ男にプロポーズされ…？

万国菓子舗
お気に召すまま
薔薇のお酒と思い出の夏みかん
溝口智子
Satoko Mizokuchi
マイナビ